WARRIORS

貓戰士

星預兆

四部曲之II

戰聲漸近

Fading Echoes

艾琳・杭特(Erin Hunter) 著
高子梅 譯

晨星出版

特別感謝基立・鮑德卓

煤心：灰色母虎斑貓。見習生：藤掌。
獅焰：金色公虎斑貓。見習生：鴿掌。
狐躍：紅色公虎斑貓。
冰雲：白色母貓。
蟾蜍步：毛色黑白相間的貓。
玫瑰瓣：深奶油色母貓。

見習生 （六個月大以上的貓，正在接受戰士訓練）

薔掌：黑棕色母貓。導師：刺爪。
花掌：玳瑁色與白色相間的母貓。導師：榛尾。
蜂掌：帶有灰色條紋的淺灰色公貓。導師：鼠鬚。
鴿掌：灰色母貓。導師：獅焰。
藤掌：白色母虎斑貓。導師：煤心。

貓后 （正在懷孕或照顧幼貓的母貓）

蕨雲：綠色眼睛，淺灰色（帶有暗色斑點）母貓。
黛西：來自馬場的乳白色長毛母貓。
罌粟霜：玳瑁色母貓，和莓鼻生下小櫻桃和小錢鼠。

長老 （退休的戰士和退位的貓后）

長尾：有暗黑色條紋的淺色公虎斑貓，因失明而提前退休。
鼠毛：嬌小的黑棕色母貓。
波弟：肥胖的虎斑貓，口鼻灰色，以前是獨行貓。

本集各族成員

雷族 *Thunderclan*

族長　**火星**：英俊的薑黃色公貓。

副手　**棘爪**：琥珀色眼睛、暗棕色的公虎斑貓。

巫醫　**松鴉羽**：灰色公虎斑貓。

戰士　（公貓，以及沒有年幼子女的母貓）

灰紋：長毛灰色公貓。

蜜妮：嬌小的銀色母虎斑貓，原為寵物貓。

塵皮：黑棕色的公虎斑貓。

沙暴：淡薑黃色的母貓。

蕨毛：金棕色的公虎斑貓。

栗尾：琥珀色眼睛，雜黃褐色的母貓。

雲尾：白色的長毛公貓。

亮心：白色帶薑黃色斑點的母貓。

刺爪：金棕色的公虎斑貓。見習生：薔掌。

松鼠飛：綠色眼睛，暗薑黃色的母貓。

葉池：琥珀色眼睛，淺棕色的母虎斑貓，以前是巫醫。

蛛足：琥珀色眼睛，四肢修長，下腹部棕色的黑色公貓。

樺落：淺棕色公虎斑貓。

白翅：綠色眼睛，白色母貓。

莓鼻：乳白色公貓。

榛尾：灰白相間的嬌小母貓。見習生：花掌。

鼠鬚：灰白相間的公貓。見習生：蜂掌。

見習生　（六個月大以上的貓，正在接受戰士訓練）

歐掠掌：薑黃色公貓。導師：褐皮。

松掌：黑色母貓。導師：鼠疤。

雪貂掌：乳白和灰色相間的公貓。導師：橡毛。

焰尾：薑黃色公貓，巫醫見習生。導師：小雲。

貓后　（正在懷孕或照顧幼貓的母貓）

扭毛：毛髮賁張的長毛母虎斑貓。

藤尾：黑白褐三色母貓。

長老　（退休的戰士和退位的貓后）

杉心：暗灰色公貓。

高罌粟：長腿的淺棕色母虎斑貓。

蛇尾：有一根虎斑條紋尾巴的暗棕色公貓。

白水：長毛白色母貓，有一隻眼是瞎的。

影族 *Shadowclan*

族長　**黑星**：白色大公貓，腳爪巨大黑亮。

副手　**枯毛**：暗薑黃色的母貓。

巫醫　**小雲**：非常嬌小的公虎斑貓。見習生：焰尾。

戰士　（公貓，以及沒有年幼子女的母貓）

橡毛：矮小的公虎斑貓。見習生：雪貂掌。

花楸爪：薑黃色公貓。

煙足：黑色公貓。

蟾蜍足：暗棕色公貓。

蘋果毛：雜棕色母貓。

鴉霜：黑白相間的公貓。

鼠疤：棕色公貓，背上有長條疤紋。見習生：松掌。

雪鳥：純白色母貓。

褐皮：綠色眼睛，玳瑁色母貓。見習生：歐掠掌。

橄欖鼻：玳瑁色母貓。

鴞爪：淺棕色公虎斑貓。

鼩鼱足：有四隻黑足的灰色母貓。

焦毛：暗灰色公貓。

紅柳：棕色和薑黃色相間的雜色公貓。

虎心：暗棕色公虎斑貓。

曦皮：奶油色母貓。

長老　（退休的戰士和退位的貓后）

網足：暗灰色公虎斑貓。

裂耳：公虎斑貓。

風族 *Windclan*

族長　**一星**：棕色的公虎斑貓。

副手　**灰足**：灰色母貓。

巫醫　**隼翔**：雜色的灰色公貓。

戰士　（公貓，以及沒有年幼子女的母貓）

鴉羽：暗灰色公貓。

鴞鬚：淺棕色公虎斑貓。見習生：鬚掌（淺棕色公貓）。

白尾：嬌小的白色母貓。

夜雲：黑色母貓。

鼬毛：腳爪白色的薑黃色公貓。

兔躍：棕白相間的公貓。

葉尾：暗色公虎斑貓，琥珀色眼珠。

蟻皮：棕色公貓，有一個耳朵是黑的。

燼足：灰色公貓，有兩隻暗色腳爪。

石楠尾：淺棕色母虎斑貓，藍色眼珠。見習生：莿豆掌（毛色灰白相間的母貓）。

風皮：黑色公貓，琥珀色眼珠。見習生：礫掌（體型龐大的淺灰色公貓）。

莎草鬚：淺棕色母虎斑貓。

燕尾：暗灰色母貓。

陽擊：玳瑁色母貓，前額有一大塊白色印記。

苔皮：藍色眼珠，玳瑁色母貓。

長老　（退休的戰士和退位的貓后）

斑鼻：雜灰色母貓。

撲尾：薑黃色和白色相間的公貓。

見習生　（六個月大以上的貓，正在接受戰士訓練）

柳光：灰色的母虎斑貓，巫醫見習生。導師：蛾翅。

長老　（退休的戰士和退位的貓后）

黑爪：黑灰色的公貓。

鼠牙：矮小的棕色公虎斑貓。

曙花：淺灰色母貓。

黑暗森林 *Dark Forest*

虎星：暗褐色的虎斑大公貓，前爪特別長。

鷹霜：肩膀很寬的深棕色公貓。

碎星：黑棕色的長毛虎斑貓。

暗紋：烏亮的黑灰色公虎斑貓。

雪叢：白色公貓。

破尾：暗棕色公虎斑貓。

河族 *Riverclan*

族長　豹星：帶有少見斑點的金色母虎斑貓。

副手　霧足：灰色母貓，藍色眼珠。

巫醫　蛾翅：有斑紋的金色母貓。見習生：柳光。

戰士　（公貓，以及沒有年幼子女的母貓）

蘆葦鬚：黑色公貓。見習生：穴掌（暗棕色公虎斑貓）。

灰霧：淺灰色母虎斑貓。見習生：鱒魚掌（淺灰色母虎斑貓）。

薄荷毛：淺灰色公虎斑貓。

冰翅：藍色眼珠的白色母貓。

鯉尾：暗灰色母貓。見習生：苔掌（毛色棕白相間的母貓）。

卵石足：雜灰色的公貓。見習生：急掌（淺棕色公虎斑貓）。

錦葵鼻：淺棕色公虎斑貓。

知更翅：玳瑁色和白色相間的公貓。

甲蟲鬚：毛色棕白相間的公虎斑貓。

花瓣毛：琥珀色眼睛，毛色灰白相間的母貓。

草皮：淺棕色公貓。

貓后　（正在懷孕或照顧幼貓的母貓）

塵毛：棕色母虎斑貓。

被遺棄的兩腳獸窩
月池
舊雷族小徑
雷族營地
天空橡樹
風族營地
斷半橋
兩腳獸地盤
馬兒地盤
轟雷路
雷族
河族
影族
風族
星族

綠葉
兩腳獸地盤
兩腳獸窩
兩腳獸小徑
空地
兩腳獸小徑
影族營地
半橋
小轟雷路
綠葉
兩腳獸地盤
湖
半橋
小河
小島
河族營地

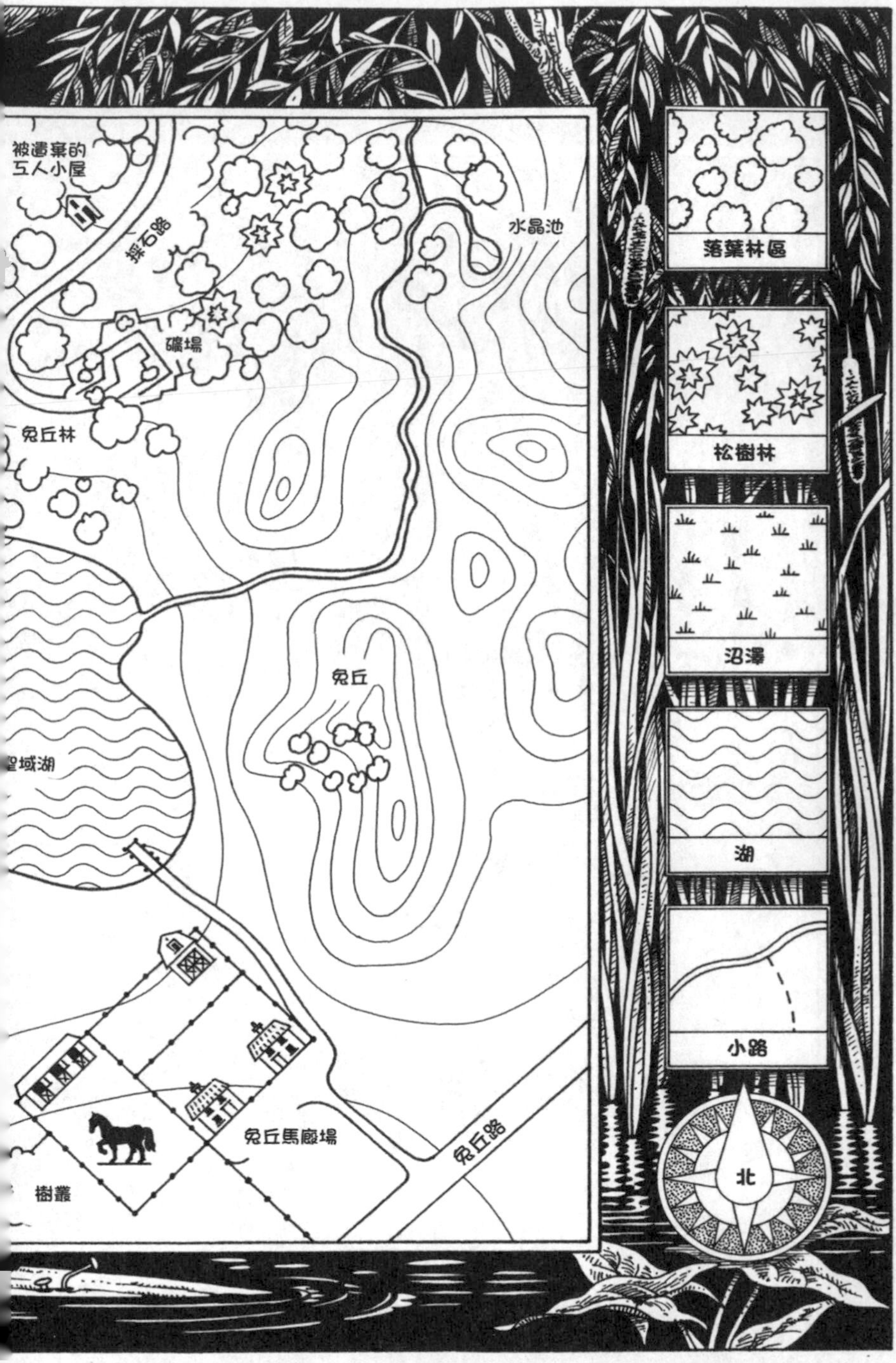
被遺棄的
石人小屋
採石路
礦場
水晶池
兔丘林
兔丘
聖域湖
兔丘馬廄場
兔丘路
樹叢
落葉林區
松樹林
沼澤
湖
小路
北

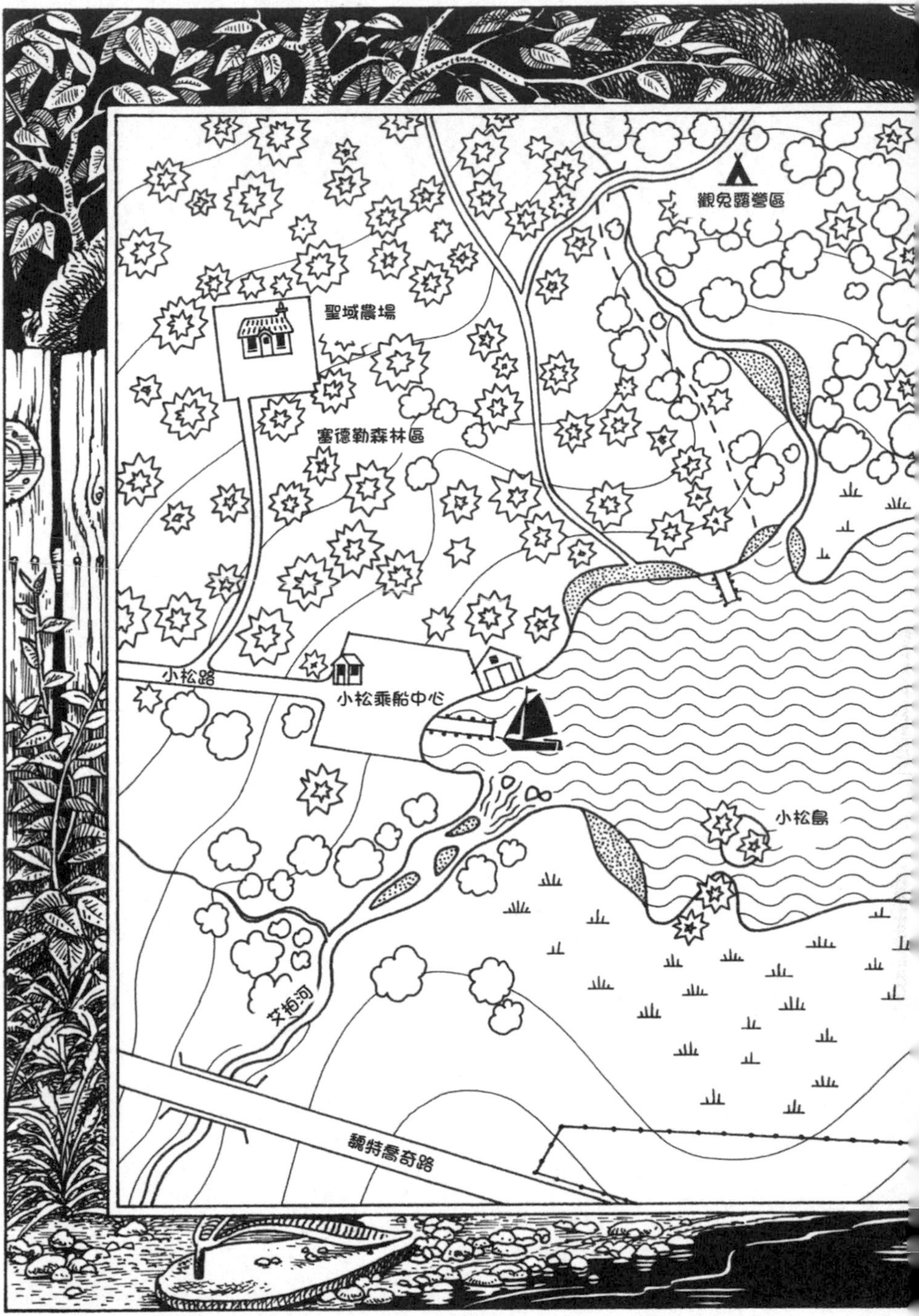
觀兔露營區
聖域農場
塞德勒森林區
小松路
小松乘船中心
小松島
艾柏河
飄特喬奇路

序章

樹影幢幢，枝葉沙沙低語，林地了無生息。樹幹光滑如白色骸骨，林木森黑，雲霧裊裊，樹梢之上蒼穹遼闊，寒冽颼冷，不見星光亦無月影，卻有詭譎熒光在林間閃現。

死寂的地面有沉重的步伐聲，兩名戰士用後腿撐起身子，撲向對方，黑暗中，棕色與黑色的二個身軀像鬼魅一樣纏鬥。林子迎風嘎吱作響，棕色公貓聳起肩膀，對準精瘦的對手，兇狠揮掌。黑色公貓及時閃開，瞇起眼睛，全神貫注，目光緊盯對方腳爪。

棕色公貓的攻擊未能奏效，四腳沉重落地，但還不及轉身，便被黑貓狠咬一口。他嘶聲大吼，再次用後腿撐起身子，單腳一扭，往前一撲，前爪像石塊一樣往黑貓肩膀砸下去。

公貓重擊倒地，胸膛撞及地面，口沫噴飛。棕色戰士尖爪狠劃對方毛皮，鮮血瞬間湧出，他動動鼻子，嚐到血的腥紅鹹澀。

黑色公貓像蛇一樣敏捷逃出對手箝制，前

掌開始很有節奏地左右猛揮，打得棕色戰士縮起身子，然後黑貓就抓準對方分神退縮的那一瞬間，往前一躍，利牙狠狠戳進戰士的前腿。

戰士慘叫一聲，甩掉公貓，眼裡迸出怒火。傾刻間，只見兩隻貓兒互瞪彼此，眼神陰沉，似乎都在算計著什麼。黑色公貓突然低頭扭身，伸爪就去扒棕色戰士下方的白色腹毛處，棕色戰士則搶在黑色公貓還沒盡全力之前撲上他，用彎曲的長爪勾住他的毛皮，一把將他壓在地上。

「你動作太慢了。」棕色戰士咆哮道。

黑色公貓死命掙扎，眼神驚恐，因為對方的下顎正往他喉嚨逼近。

「夠了！」一隻暗色虎斑貓從陰暗處走出來，巨大腳掌翻攪著林地上的裊裊雲霧。兩隻貓當場愣住，隨即鬆手放開彼此。棕色公貓用後腿坐了下來，抬起其中一隻前腿，好像有點受傷。黑色公貓爬了起來，甩甩身子，幾滴鮮血飛濺林地。

「鷹霜，你有幾招使得不錯。」暗色虎斑貓對著那位虎背熊腰的戰士點頭致意，接著目光轉向黑色公貓。「你有進步，風皮，可是當你在和身材壯碩的戰士交手時，動作一定要更快一點。如果體型上輸了一截，就得靠速度來取勝，利用對方的笨重體型來反制他們。」

風皮垂下頭。「我會盡量改進的，虎星。」

第四隻公貓從陰暗處悄悄走出來，他在虎星旁邊繞來繞去，晦光中，身上的銀色條紋微微閃爍。「鷹霜幾乎是打遍天下無敵手，」他開心說道，聲音像糖蜜一樣甜。「這世上少有貓兒像他這樣技術高超，體力超群。」

虎星撇撇嘴。「閉嘴，暗紋！」他嘶聲道。「鷹霜知道自己的強項是什麼。」

暗紋眨眨眼睛。「我又不是……」

虎星打斷他。「精益求精，懂不懂？」

第五隻貓從一棵樹下悄悄走出來。光滑灰白的樹皮更襯顯出他暗色毛皮的斑駁。「鷹霜太依賴自己的力氣了。」他咕噥道。

「風皮又太倚賴自己的速度，兩個合起來攻無不克，但分開來卻各有弱點。」

「碎星。」鷹霜表情不屑地向毛髮凌亂的虎斑貓打聲招呼。「一個連松鴉羽都打不過的戰士，他的意見值得參考嗎？」

碎星抽抽尾尖，「誰料想得到星族竟會出手相救。」

「絕對不要小看自己的敵人。」鷹霜伸一伸前腳，臉部肌肉微微抽搐。

風皮舔舔腰腹的傷口，鮮血染紅了他的舌頭。

「我們一定要做好萬全準備，」虎星吼道。「一次打敗一個敵人還不夠，一定要做到不費吹灰之力，就能扳倒整支隊伍才行。」

正在查看傷口的風皮這時抬起頭來。「我現在接受訓練時，已經能同時扳倒兔躍和葉尾了。」

虎星的眼神一黯。「訓練是另一回事，戰士在生死博鬥時，通常會更拚命。」

風皮的爪子扒著地面。「我也可以更拚命。」

虎星點點頭。「你的確有值得拚命的理由。」

風皮的喉嚨發出一聲低吼。

「因為他們都對不起你。」虎星用同情的語調說道。

風皮那張年輕的臉，神情如小貓般徬徨無助。「這世上好像只有你明白這一點。」

「我早告訴過你要有仇必報，」虎星提醒他。「有我們幫忙你，保證該報的仇都可以報。」

暗色戰士繼續說道，風皮的目光更顯迫切。

「尤其是那些眼睜睜看著你被剝奪一切，卻坐視不管的貓。」

「那就先從鴉羽開始好了。」風皮咆哮道出自己父親的名字。

碎星甩著尾巴。「你父親有保護過你嗎？」他的話帶點酸，不過這中間也多少摻雜著自己的過往經驗。

暗紋走上前來。「他從來不在乎你。」虎星用尾巴輕拍斑紋戰士的背，要他不必再說。

「他想把你壓的死死的，讓你無力反抗。」

「他壓不倒我的。」風皮呸口道。

「可是他想啊，也許他比較在乎他留在雷族的那三隻小貓吧，他們根本不配出生。」虎星緩步走向年輕戰士，眼裡幽光閃現，緊緊盯看風皮，猶如毒蛇對著獵物施以催眠。「他們用謊言和軟弱將你餵養長大，踩在你頭上成就自己，他們不斷傷害你，不過你夠堅強，一定可以撥亂反正。你的父親背叛他的部族，也背叛你。葉池更背叛星族，私通公貓。」

風皮甩著尾巴。「我要他們全都付出代價，」他的眼裡沒有炙熱的火花，只有冷冷的恨意。「一個也不放過。」

碎星火上加油。「風皮，你是位情操高尚的戰士，你無法活在充滿謊言的世界裡，你太遵守戰士守則了，你的血液裡充滿忠貞的因子。」

「不像那些懦夫。」風皮附和道。

鷹霜站了起來。「還要再練嗎？」他提議道。

虎星搖搖頭。「你還有別的事得忙。」他轉頭面對那位戰士。

鷹霜的冰藍色眼睛瞇成一條縫。「什麼事？」

「有另一個見習生，」虎星告訴他。「她有強大的力量，一定要找她加入，我們才會更有勝算。」

「你要我去找她？」鷹霜的語氣帶點邪惡。

虎星點點頭。「你去夢裡告訴她，我們這場戰爭是她的宿命。」然後彈彈他那條又長又黑的尾巴。「去吧。」

虎背熊腰的戰士轉身走進迷霧裡，虎星在他身後喊道，「這對你來說不難，因為她已經準備好了。」

第一章

睡夢中的鴿掌不停顫抖。

「鴿掌！鴿掌！」聲音在她四周縈繞，她在湍急的水流裡掙扎，惡水拖曳她的毛髮，將她捲入無邊幽暗。「鴿掌！」那聲音帶著恐懼。斷株殘幹從身邊墜落，沖向下游。下方是個無底黑洞，不斷擴大再擴大，嚇得她連大氣都不敢喘。

「鴿掌！」漣尾絕望的嗚咽聲在她耳邊迴盪。

她倏地睜開眼睛，從夢中驚醒。她的室友都睡了，各自蜷伏臥鋪裡。薔掌嘴裡咕噥著什麼，腳掌緊緊摀住鼻子，花掌和蜂掌背對背地躺著，腹部均勻起落，他們呼出來的熱氣多少溫暖了黎明初曉前的寒冷空氣。

鴿掌很安全。

她的妹妹藤掌在旁邊動了動。「妳做夢啦？」銀白相間的虎斑貓抬起頭來，一臉擔憂地看著鴿掌。「妳像老鼠一樣動來動去。」

「我做了惡夢。」鴿掌聲調力持冷靜。她的心仍跳得厲害，漣尾的哭喊聲還在腦海迴盪。她伸長身子，舔舔藤掌的頭。「已經沒事了。」她說謊。

藤掌又閉上眼睛，鴿掌深深吸入妹妹身上的淡淡香味。**我到家了**，她提醒自己，**一切都沒事了**。可是心還是跳得厲害。她伸個懶腰，抖了抖身子，費力地從臥鋪裡爬起來，小心翼翼繞過其他臥鋪，往窩外走去。

月光靜靜籠罩寬廣的空地與四周的岩壁，地平線上乍現魚肚白的曙光。罌粟霜那兩隻剛出生的小貓正在育兒室裡喵喵叫，聲音幽幽傳來，其他窩裡也都傳來輕微鼾響。她總覺得空氣怪怪的，鼻頭潮溼冰涼。這幾個月來，鴿掌的記憶裡向來只有大旱時的焚風與乾渴的舌頭，現在卻能聞到森林綠意盎然的氣味，她有種暈陶陶的感覺，口水直流。

稀疏的雲彩拂過星光點點的夜空，像蜘蛛網似地薄薄覆蓋銀毛星群。她好奇漣尾是否也躋身在戰士祖靈裡俯看他們？

對不起！這聲音像孤零零的夜鶯叫聲在她腦海裡迴盪。

即便上游的漫長探險之旅已經過了好幾天，但身上肌肉的痠痛仍不時提醒她那段艱辛的旅程。當初四大部族各派兩隻貓，隨同她和獅焰前往上游追查河狸堵住河水所造成的水荒問題。他們合力摧毀水壩，引出河水，湖水才再度滿溢。如今貓族的領地又恢復往日生氣，她聽到森林裡植物沙沙作響，也聽到營地外獵物的蠢蠢騷動。

她感到自豪。當初是她先發現河狸堵住河水，也是她幫忙摧毀水壩，讓貓族得以生存下去。不過這段回憶卻像舌間含著蓍草，感覺有苦有甜。河族戰士漣尾在河狸大戰中不幸身亡。

河狸的體型比狐狸還要大，黃色尖牙的致命程度更勝利爪。

自從鴿掌回來後，有關這段旅程的回憶一直在她心裡縈繞不去，她老是夢見漣尾的死。獅焰也跟她一樣嗎？她不敢問，也不敢告訴松鴉羽她到現在都還揮卻不去那段旅程的記憶。她怕他們以為她很軟弱。她還有偉大的使命等她完成，搜找河狸只是其中之一。

她到底該怎麼實現火星在幾個月前所得到的預言呢？那預言說：有三隻貓兒，你至親的至親，將會星權在握。

鴿掌是預言裡的三力量之一，獅焰和松鴉羽是另外兩隻。直到現在，她都還無法完全接受此事。她當見習生的時間不到一個月，但肩上卻已扛著比資深戰士還要沉重的責任。她要怎麼利用這與生俱來的天賦呢？就是這天賦讓她成為三力量之一的。她每天都在練習自己的特異能力，延展感官，伸向林子最深處……去傾聽、去嗅聞、去感覺……各種聲音、各種動靜……而那些聲音與動靜，連松鴉羽都無法察覺。

鴿掌蹲在見習生窩的外面，閉上眼睛。空氣裡溼氣很重，她的毛髮凌亂。她試著感應腳底下地表傳來的動靜，先過濾掉罌粟霜的小貓在育兒室裡的騷動聲，然後任感官四處馳騁，往營地四周的岩壁上方延展，伸向雷族領地的林子盡頭，越過邊界，橫過湖面，深入彼端林子。森林裡有各種生命在清晨微風中微微顫動，它們的氣味、聲音充斥她的感官：老鼠在地上亂扒；小鳥抖鬆羽毛，引吭高歌；一支影族的黎明巡邏隊正拖著疲睏的步伐走出營地，蹣跚踏在溼滑的松葉林地上；廢棄的兩腳獸巢穴旁有貓薄荷生長，嗆鼻的味道覆滿她舌間；風族邊界的河流裡礫石累累，水聲潺潺，輕輕搔動她的耳毛，有兩隻貓兒正緩步走在湖邊……

等一下！這時候湖邊怎麼會有兩隻貓呢？如果要狩獵，時間還太早。更何況光是兩隻貓也不夠組成一支巡邏隊，不過也不像迷了路，因為湖邊的腳步聽起來沉穩有力，像是有目標地前進，絕對知道自己要去哪裡。鴿掌開始緊張，她睜開眼睛，心想要不要把這件事告訴別的貓，可是她要怎麼解釋，才不會洩露自己的特異能力呢？找獅焰？不行，她不能去找她的導師，他還在戰士窩裡睡覺，如果去找他，一定會吵醒其他戰士。

對了，松鴉羽！自從葉池轉任戰士之後，松鴉羽就獨自睡在巫醫窩裡。鴿掌趕緊跑過空地，穿過巫醫窩外的地衣簾幕，進入幽黑的洞裡。

「松鴉羽！」她睜大眼睛，試著適應洞裡的幽暗光線，快步走到他的臥鋪，用鼻子推他。睡夢中的松鴉羽，一身灰色的虎斑毛皮，毛髮凌亂，鼻子塞在腳底下。「走開啦。」他咕噥道。

「我有重要的事。」鴿掌嘶聲道。

巫醫抬起下巴，睜開那雙盲眼。「我正在做夢。」他厲聲道。

鴿掌頓時繃起神經，她是不是打斷了他和星族間的交流？

「我正在抓隻老鼠，」松鴉羽伸出兩隻腳，比畫出一根鬍鬚的長度。「差那麼一丁點就抓到了。」

鴿掌差點笑出聲。原來松鴉羽也一樣會做追老鼠的夢，她寬下心來。「對不起。」

「這不好笑！」松鴉羽站起來，甩甩身上的毛。鴿掌閃到旁邊，讓松鴉羽跳出臥鋪。

「什麼事啊？」松鴉羽舔舔腳掌，摸摸鬍鬚。

「有兩隻貓繞著湖邊走。」

松鴉羽停下動作，迎視她的目光。鴿掌眨眨眼睛，松鴉羽雖然是瞎子，但在動作上就跟明眼貓一樣，她到現在還是不習慣這種感覺。

「他們往雷族領地來嗎？」

鴿掌點點頭。她很高興他沒有質疑這件事的真假，只是直覺地相信她。他完全地信任她，對她的特異能力深具信心，她確實是三力量之一。

松鴉羽長嘆一聲，若有所思。「妳知道他們是哪個部族的？」

她怎麼沒想到先查看看？這時只好再釋出自己的感官，延伸到湖岸，追蹤湖邊那兩隻貓。「河族。」她輕聲說道，因為聞得到身上的魚腥味。她隱約看出對方的毛色：一隻是金色，帶有深色斑點，另一隻是灰色。

有斑點的那隻貓體型嬌小，是隻母貓。「蛾翅！」身上有濃濃的藥草味。灰貓也是母的，不過體型較大，是個虎背熊腰的資深戰士。「還有霧足！」她認出了河族副族長。

松鴉羽點點頭，眼裡布滿愁雲。

「怎麼了？」鴿掌傾身向前。

「她們很悲傷。」他低語道。

經過他提醒，她才發現到河族貓的腳步沉重緩慢，有著濃濃的哀傷。只不過松鴉羽也點醒她，原來他可以像感受自己的情緒一樣直接感應到對方的情緒。「她們在難過什麼？」

「應該是豹星死了吧。」他嘆口氣。

「死了？」鴿掌當場愣住。「她的壽命已經到了盡頭？」

「這是她的第九條命了。所以只是時間早晚問題。」松鴉羽慢慢站了起來，往巫醫窩後面的岩縫走去。「霧足和蛾翅一定是去月池，」他回頭喊道。「霧足才能得到九條命。」

他消失在岩縫裡，聲音迴盪於幽暗處。「既然我們起得這麼早……」他的話裡帶點責難。「……那就乾脆做點有用的事好了。」

鴿掌幾乎沒聽見他在說什麼。**豹星，死了？**如果有了新族長，對貓族來說代表什麼呢？又會改變什麼呢？她把感官延伸到湖邊，進入河族營地，看到一個受創的部族，貓兒們繞著空地上一具屍體不安地走來走去，有幾隻貓正用迷迭香和水薄荷塗抹那具毛色帶著斑點的屍體，試圖掩蓋死亡的氣味，氣氛低迷，有隻貓后伸出腳掌，哄小貓回育兒室去。

松鴉羽叼著一捆藥草，從岩縫裡出來。「霧足會是個好族長，」他喵聲道，同時放下藥草，又回到儲藏穴。「她處事公正，行事明理，其他部族都很尊敬她。」他又叼了另一大捆藥草走了回來，丟在第一捆藥草的旁邊。

「豹星會成為星族的一員嗎？」

「只要是情操高尚的戰士，都會受到星族的歡迎。」松鴉羽開始把藥草分成小堆，味道嗆鼻，鴿掌不禁皺起鼻子。

她把注意力拉回到巫醫窩。「你在做什麼？」

「我們必須把這些藥草弄散，才好曬乾。」

「那豹星的事怎麼辦？」

「不怎麼辦。」松鴉羽將一團藥草推向她。「雨水滴進儲藏穴裡，我怕它們爛掉。」

她把那團藥草拉過來，感覺藥草溼溼的。「要不要告訴火星，豹星死了？」

「妳要叫醒他嗎？」

鴿掌看著眼前那堆藥草，心想等他醒了，從族長窩裡出來再告訴他應該也不遲。

松鴉羽已經熟練地將藥草分批放在乾燥的地上。鴿掌則開始小心翼翼地剝開裡頭的葉子。

「族長的位子都是由副族長繼承嗎？」

「只要沒有戰士自認比副族長的能力強，就是由副族長繼承。」

鴿掌驚訝地看著他，腳掌上猶掛著她剛剝出來的葉子。「這種事發生過嗎？」

松鴉羽點點頭。「風族的一星，就是靠自己爭取才當上族長的。」

「自己爭取？」鴿掌把那片葉子放在其他藥草旁邊，穩住有點顫抖的腳。同族夥伴竟會為這種事反目成仇？

「泥爪認為自己更有資格擔任族長。」松鴉羽就事論事地說道。他排放在地上的葉堆已經有一條尾巴那麼長。鴿掌試圖加快動作。

「小心點，」松鴉羽警告道。「如果妳把葉子撕破，汁液滲出來，療效就會減半。」

鴿掌猶豫了一下，才又從那坨帶潮的葉堆裡剝出另一片葉子。「這種事常發生嗎？」她覺得反胃。「我意思是……同族的貓兒互爭族長大位。」**族貓常為了爭取族長大位而做出違反戰士守則的事嗎？**

松鴉羽搖搖頭。「很少。如果霧足已經出發前往月池，就表示她的繼位沒有受到質疑。」他把鴿掌剝開的葉子弄直。「不過她以前曾受到質疑。」

「什麼時候的事？」鴿掌又將感官延伸到河族營地，焦急地尋看營裡有誰正不滿地彈打尾巴或伸出爪子。但什麼也沒找到，只有沉重的腳步和低垂的尾巴，全族的貓都沉浸在悲傷裡。

「鷹霜，」松鴉羽半帶不屑地說出這個名字。「他是蛾翅的哥哥，想當族長，如果他還在，就一定會質疑她。」

「鷹霜？」鴿掌聽過這名字，長老們在提到當年貓族剛遷居此處，圍湖而居的往事時，多少都會提到這名字。

「還好他死了。」松鴉羽連頭都沒抬，只是動作慢了下來，似乎正在回憶過往。

「你在星族見過他嗎？」鴿掌問道。

「動作快點，」松鴉羽沒理會她。「我得趕在太陽出來前，把所有葉子鋪好，才有足夠長的時間曬乾它們。」

他見過漣尾嗎？她有點好奇，同時又剝出一片新葉。河族戰士的死……這件事到現在仍令她耿耿於懷。

松鴉羽走到岩縫處，又抬出一捆溼藥草。「妳是被霧足和蛾翅吵醒的嗎？」

鴿掌抬起頭來，眨眨眼睛。

「是她們打斷了妳的夢？」他追問道。

鴿掌搖搖頭。她不想告訴松鴉羽她的睡眠被什麼打斷的。

「妳夢見漣尾？」

鴿掌猛地抬頭，驚訝松鴉羽竟然會這樣問，也驚訝他淡定的語氣。難道他曾進入她夢裡？

巫醫搖搖頭。「我沒進入妳夢裡。」

他在讀我的心思？鴿掌嚇得縮起身子，可是松鴉羽繼續說道。

「我看得出來妳有心事，也感覺得到妳的哀傷，像心裡梗著什麼刺似的，想拔出來，卻被扎得好痛。」

鴿掌又開始剝葉子，彷彿這是世上最重要的工作，目的無非是想要藏妥自己的情緒。要是讓松鴉羽知道她的軟弱，以後會怎麼看她？他會後悔讓她成為三力量之一嗎？

可是松鴉羽還是冷靜地分他的藥草。「妳或許覺得自己必須對他的死負責，但其實沒有必要。」他告訴她。「妳有妳的宿命，其他貓也都有各自的宿命。漣尾註定參與那次探險，註定前往上游拆除水壩。他天生膽識過人，沒有他，你們不可能成功。他的死等於為你們點亮一條路，幫助你們找到擊敗河狸的方法。他是為了救河族而犧牲小我。是星族帶他走上那條不歸路，不是妳。」

鴿掌深深看進巫醫的藍色眼睛。「真的嗎？」

「真的。」他把一片破掉的葉子揉成一團，包在另一片葉子裡，聲音又變得尖刻了起來。「把新鮮的葉汁擠出來，受損的葉子就不容易爛掉了。」他解釋道。

鴿掌點點頭，但其實沒有認真聽。松鴉羽的話多少觸碰了她心裡那團扎人的東西，也幫她拔掉了刺。自漣尾死後，這是她第一次感受到心靈的平靜。真的這麼簡單嗎？她只需要順從，剩下的交給星族就行了?可是有一天，她的力量會比星族還強大，這是獅焰告訴她的，然後呢?

她用後腿坐下來。陽光透過洞口的刺藤滲了進來。在她眼前是長長一排等著曬乾的藥草葉。「火星應該醒了，我們要不要去告訴他豹星的事?」

松鴉羽的眼睛有微光閃爍。「妳要怎麼解釋妳所得知的事?」

鴿掌皺皺眉。「不能讓火星知道我的特異能力嗎?」火星一直以為她是被星族託夢才知道河狸的事，鴿掌也從沒多作解釋過，但如果這次又拿託夢當藉口，不知道行不行得通。

「不行，」松鴉羽挑出一片爛葉子，丟到洞穴角落。「事情已經夠複雜了。」

「他也不知道你的本領嗎?」

松鴉羽用尾巴清掉葉子上的灰塵。「他甚至不知道我們就是三力量。」

鴿掌的心像被壓了塊大石頭。「不知道?」**為什麼不讓他知道?**如果他們未來可以保護貓族，為什麼要隱瞞?畢竟最先得知預言的是火星。「如果星族不想讓他知道，當初就不會把預言告訴他了……」

松鴉羽卻打斷她。「妳該去巡邏了，」他喵聲道。「剩下的事我來做就行了。」

她張嘴想爭辯，松鴉羽卻繼續說道。「我聽見棘爪從窩裡出來了，他不喜歡等太久。」

鴿掌心不甘情不願地轉身離開。松鴉羽顯然不想回答她。她從巫醫窩裡鑽出來，看見棘爪坐在通往擎天架的亂石堆旁，煤心在面前走來走去，其他戰士也都從窩裡陸續出來，聽取今天的任務內容。她發現雷族副族長看見她從巫醫窩裡出來時，臉上有驚訝的神色。

「妳還好嗎?」棘爪大聲問道。

鴿掌強迫自己別再抽動耳朵。「只是肚子有點痛，」她撒了謊。「不過現在好多了。」

棘爪點點頭。「這樣的話，妳來加入我和獅焰的巡邏隊好了。」

「有人提到我的名字嗎？」獅焰正從戰士窩裡走出來，嘴裡打著呵欠。

「你來加入黎明巡邏隊吧。」棘爪告訴他。

金色戰士眼睛一亮，但一瞄到鴿掌，又皺起眉頭，用種質疑的目光看著她，總覺得事情不對勁。她趕緊搖頭否認。

育兒室入口一陣沙沙作響，罌粟霜的小貓跌跌撞撞地出來，他們的母親跟在後面。玳瑁色的貓后疲倦地搖搖頭。「為什麼小貓都起得這麼早？」小櫻桃和小錢鼠蹦蹦跳跳地想往亂石堆旁的戰士們跑去，卻被她用尾巴攔住。「不准去。」她警告道。

「可是我想聽棘爪說什麼。」小櫻桃抱怨道。

「我們不會吵他們的。」小錢鼠保證道。

鴿掌兩眼茫然地看著小貓。雖然四周都是族貓，但她心裡仍揮之不去豹星的死訊，以致於對旁邊事物一無所覺，只知道待會兒要去狩獵。她突然覺得自己像被困在瀑布裡，湍急四濺的水花將她與族貓隔絕開來，她的聲音完全被隆隆水聲吞沒。

藤掌跳了過來。「好早哦！」她抱怨道，眼睛卻興奮地發亮。「你覺不覺得森林的氣味聞起來好棒？」她深吸一口氣，舔舔嘴脣。「空氣裡有獵物的味道。」

棘爪向銀白相間的見習生點個頭。「也許妳和煤心應該加入我們的邊界巡邏隊。」

「好啊，」藤掌看著姊姊。「我打賭今天頭一個抓到獵物的一定是我。」她誇口道。

煤心彈著尾巴，從他們旁邊經過。「我們得先確定邊界是安全的，才會開始狩獵。」她提醒自己的見習生。

「我知道啊，我是說等巡完邊界之後啊。」藤掌蹦蹦跳跳地跟在灰色的虎斑母貓後面。

鴿掌也跟了上去，在荊棘隧道那裡追上獅焰。這時棘爪、煤心和藤掌已經魚貫走出營地。**我應該把豹星的事告訴獅焰嗎？**「來吧，鴿掌！」藤掌在喊她。**不，我還是晚點再告訴他吧。**她從導師身邊悄悄溜走，朝妹妹跑去，姊妹倆相偕走進溼氣仍重的矮木叢裡。雨後森林迷濛縹緲，地面仍然潮溼，帶著芳香的味道。太陽烘暖了整座森林，枝椏間盡是氤氳水霧。地上布滿剛離枝的落葉，有些還沒變黃，只因最近大旱才枯萎，就又被滂沱大雨給打了下來。鴿掌一路踢打落葉，來到藤掌旁邊。她喵嗚一聲，伸掌拍拍妹妹的背。

「嘿！」藤掌甩甩身上落葉，濺得鴿掌一頭一臉，尾巴一扭，立刻跑開。

鴿掌緊追在後，藤掌跳上一棵橫倒地上的樹，樹皮屑被她的腳蹬得滿天飛舞，還噴到鴿掌的鬍鬚。鴿掌跳到藤掌旁邊，推她一把，害她一個不穩，掉了下去，鴿掌開心地喵嗚大叫。

藤掌喵喵哀叫，跌跌撞撞地走進濃密的羊齒植物叢裡，消失在葉叢後方。

「藤掌？」鴿掌聞聞羊齒植物，得不到回應。「妳還好嗎？」

葉叢窸窣作響，藤掌突然衝了出來，撲上鴿掌的後背，將姊姊扳倒在地，得意洋洋。「連小櫻桃都不會笨到受騙。」她開心說道。

鴿掌後掌一推，輕鬆擺脫掉藤掌。她知道那次的長途旅行把她鍛鍊得更強壯了。藤掌爬了起來，鑽到樹的後面，及時躲開想撲上來的鴿掌。

「哈！沒抓到！」藤掌得意喊道，衝下湖邊的山坡，在落葉堆上減速煞住腳步。跟在後面的鴿掌，也衝向林木漸疏的湖邊，卻差點撞上已經煞住腳步的藤掌。

「哇！」銀白相間的見習生瞠目結舌地瞪著湖面。

那裡原本是乾涸的湖床，只剩幾畦淺塘供魚兒苟延殘喘，如今全都不見了。取而代之的是波光粼粼的湖面，在黎明曙光下熒熒閃耀。湖水已經滿了，岸邊的矮樹叢和垂枝下方是微微顫動的湖水。湖浪起落拍岸，鴿掌的舌間盡是水的味道，一如河狸所在的那座林子般新鮮，處處散發生命的氣息。她感覺得到湖水深處的魚兒動靜，牠們終於從淺水塘裡被解放出來。

「來吧！」藤掌已經衝出林子。

鴿掌在後面追她，草地溼潤，害她差點在岸邊滑倒。她跟在藤掌後面跑向湖邊，腳下礫石喀喀作響。

「我從來沒見過這麼多水！」湖浪輕舔藤掌的四肢。

鴿掌不敢走上前去，她想起滾滾洪流沖垮河狸的水壩，也憶起水上翻滾的浮木，被連根拔起的灌木，像風暴一樣席捲她四周，將她沖回森林。那時候的大水很可怕，像頭久困水壩後方的憤怒猛獸，不斷冒出白沫。而如今湖水竟像隻肥嘟嘟的銀色虎斑貓，慵懶躺在藍天底下。

「這些湖水到底從哪來的？」藤掌追問道。「天上來的？還是河裡來的？」

鴿掌轉頭專心聆聽。她聽見大雨過後，四周河水竄流入湖的聲音。「是從河裡來的，」她告訴藤掌。「不光是這條河，而是所有的河，這都是拜大雨之賜。」

「太好了。」藤掌點點頭。「我希望湖水再也不要乾掉。」她低頭舔舔腳下閃亮的湖水，小小的浪花拍上她的鼻頭，她趕緊跳開。

這時身後突然傳來怒吼聲。鴿掌機警轉身，看見棘爪朝她們奔來，後面跟著煤心和獅焰。

「這是巡邏隊，不是小貓在遠足！」他斥責道。「妳們這麼吵，早就嚇跑這附近所有的獵物。看來這支狩獵隊是沒什麼作為了。」

鴿掌低頭跟著藤掌走回岸邊，站在棘爪面前。「對不起。」她羞愧到耳朵都紅了。

「我知道湖水滿了，妳們很興奮，」獅焰語帶同情地說。「但妳們可以晚一點再玩。」但棘爪的語氣還是不減嚴厲。「妳們重新標示氣味記號了嗎？」他甩著尾巴，指著離水邊約三條尾巴之距的氣味記號區。「現在湖水滿了，我們必須重新標示氣味記號。」

「我先來！」藤掌跑到旁邊去。「噢！」她突然停住，抬起腳來，垂下耳朵，瞪大眼睛，表情痛苦。

「怎麼了？」煤心趕緊衝向見習生，檢查她的腳掌。

藤掌表情痛苦扭曲，急著想把扎在腳底下的東西拔掉。

「別動。」煤心緊抓住見習生的腳，喝令她別動，然後聞聞腳掌，再用牙齒去剔。

「哦，噢！」藤掌哀叫，仍在掙扎。

「不要動！」煤心從齒縫裡擠出這幾個字。「我快拔出來了。」她緊緊抓住藤掌的腳，又剔了一次，終於剔出一根尖木片，上頭沾了血。

「星族啊，好痛哦！」藤掌痛得跳來跳去，嘴裡不斷咒罵，低頭把血吸出來。

鴿掌繞著她轉。「妳還好嗎？」

藤掌終於鎮定下來，甩甩腳，小心檢查傷口，還有點血絲。「好多了。」她嘆口氣。

棘爪聞聞地上那根剛拔下來的尖木片，環顧岸邊草地，看見草堆裡有根斷成兩截的棍子，目光一黯。「一定是那根斷掉的棍子飛出來的碎片。」棍子兩端像豪豬的刺一樣尖銳。

鴿掌立刻認出那根棍子。「上次我來這裡，也踩到過。」她拖出其中一截，放在棘爪面前，再拉出另一截。

獅焰驚愕地瞪大眼睛，看著那兩截棍子，張嘴想說什麼，棘爪卻搶先發言。

「把它們丟進湖裡吧，」雷族副族長下令道。「我可不想再看見有貓兒受傷。」

鴿掌拾起其中一截，拖到較高的湖岸，湖浪拍打沙色峭壁，她朝遠處一扔，看著它掉進湖裡，濺起水花，再轉身去拿另一截。但藤掌已經先舉起來，扔向遠方。

最後一截棍子掉進浪裡的那瞬間，鴿掌剛好聽見林間傳來貓兒的痛苦哀嚎聲。她愣了一下，是別的貓踩到尖銳的木片嗎？她回頭看看夥伴，只見他們都待在岸邊看她們扔棍子，並沒出聲啊。鴿掌皺起眉頭，索性延伸感官，豎直耳朵，想弄清楚究竟是誰在慘叫。有股味道乘風而來，帶點哀痛。

松鴉羽！

她聽見他用粗糙的舌頭在舔自己的腰腹，動作很急，彷彿在找疼痛的來源。

鴿掌突然害怕起來，因為松鴉羽的那聲嗥叫，淒慘到像是有誰用爪子往他心臟猛戳。站在一旁的獅焰，看著湖中央載浮載沉的兩截棍子，全身肌肉緊繃，眼裡有愁雲籠罩。她不懂為什麼，不由得發起抖來。

第二章

「噢！」一股刺痛像鷹爪似地戳進松鴉羽的腰腹，他蹣跚搖晃，身子歪向一邊，伸舌去舔，以為會舔到血，但根本沒傷。

他一臉疑惑地嗅聞空氣，只聞到巫醫窩地上的藥草味。他摸索四周，以為是刺藤的枝葉趁夜長了出來，伸進洞裡。

沒有！那到底被什麼刺到？

一定是他自己想像的。也許是豹星的死令星族哀慟至極，刺破空氣；又或許是霧足的命名儀式……她接收到全新的九條命，震撼之餘，連他也被波及。**真是這樣嗎？**他皺皺眉。一個部族的領導權轉移的確是件大事，所以他無可避免地會受波及。

他又循著藥草堆慢慢走上一圈，剛剛的劇痛已經緩和。風正從洞口刺藤叢間竄了進來，將地上的藥草慢慢吹乾，陽光曬暖了山谷裡的空氣，松鴉羽除了等待，根本無事可做。他有多餘的時間可以去看看罌粟霜和她的小貓。

松鴉羽繞過藥草堆，從入口鑽出窩外，刺藤輕輕蹭過他的背脊。火星正在擎天架上打盹兒，下巴擱在突岩上，鼻間徐徐吐出熱氣，在冷空氣裡化成裊裊白煙。沙暴躺在他旁邊。松鴉羽聽見他們腹部起伏，毛髮磨蹭的聲音。他們晚上多半會再出去狩獵。松鴉羽知道雷族族長和他的伴侶喜歡趁族貓都入睡時，溜出營地，跑進林子裡，在月影下的樹林裡馳騁奔跑。此刻的火星正在做狩獵的夢，松鴉羽感覺得到雷族族長隨伴侶馳騁森林的那種自由快感，族裡煩憂全被拋在腦後。

松鴉羽從火星的思緒裡抽回自己。每次潛入同族貓兒的思緒裡，總令他有點不安，但又忍不住想進去。

「別鬧了，花掌！」灰紋正在喝斥玳瑁白的母貓。「妳是來幫忙，不是來玩耍的。」

花掌當場愣在原地，原本還在甩動的尾巴停了下來，嘴裡叼的枯葉零星掉了一地。

「哈！」蜂掌及時閃開，腳掌滑過地面。松鴉羽想像得到那裡的畫面：花掌正打算把枯葉丟在她弟弟身上，卻被灰紋當場喝阻。

「對不起。」花掌放下嘴裡的葉子，用尾巴將它們掃到灰紋那裡，地上沙沙作響。

灰色戰士繼續忙他的工事，他伸長前腳，趴在育兒室的牆上，毛髮上沾了許多刺。「這裡的洞比兔子洞還多，」他苦惱地說道。「我得趕在寒風來臨之前，用葉子把這些縫隙填滿。」

莓鼻正在育兒室的另一頭整理刺藤叢。「這邊的情況也好不到哪裡去。」他回報道。乳白色的戰士把成坨的葉子塞進枝葉間，畢竟裡頭住的是他的小貓，還有他的伴侶罌粟霜。

松鴉羽只顧著注意育兒室外這兩位戰士的動靜，結果反被掉到腳上的一團東西嚇一大跳。

「對不起，松鴉羽！」小櫻桃爬回她母親身邊，後者正在育兒室外面的沙地上曬太陽。

「小心走路。」罌粟霜斥責她。

「松鴉羽！」小錢鼠喵喵地叫，啪嗒啪嗒地朝他跑去。「你看我會做什麼！」

松鴉羽感覺到罌粟霜對小錢鼠那句不長眼的話有點緊張。他彈彈尾巴，向她示意他並不在意。他喜歡小貓坦率的說話方式。「那就快給我『看』啊！」他催促小錢鼠。

於是聽見四隻小腳一陣亂踢，然後突然「噢」的一聲，小櫻桃噗嗤笑了出來。

「這是我見過最糟的跳躍法。」小櫻桃尖聲喊道。

「那妳跳跳看！」小錢鼠向她下戰書。

松鴉羽聽見小櫻桃蹲下來，準備要跳，短短的尾巴刷過地面，正當她向前一躍時，一片落葉從天而降，刷過她的毛髮，害她嚇一大跳，四隻腳在地上笨拙地打滑。

小錢鼠發出好笑的聲音。「妳很會降落嘛！」

「閉嘴！」小櫻桃氣呼呼地走回她母親身邊。

「妳連葉子都怕！」

「才沒有呢！」

「有！」

「小錢鼠！」罌粟霜厲聲喊道。「小櫻桃是你的妹妹，你要鼓勵她，不是奚落她！真正的戰士會互相幫忙。」

小錢鼠拿爪子蹭著地面。「好啦。」他咕噥道。

育兒室入口葉叢一陣窸窣作響，蕨雲走了出來。雖然她沒有自己的小貓，但還是喜歡待在育兒室和黛西一起幫忙照顧育兒室裡來來去去的貓后。這兩隻母貓因為照顧過太多小貓，以致於這陣子常有年輕的見習生把這裡當長老窩一樣，時常回來請教意見，尤其自從波弟搬進長著忍冬樹的長老窩裡，動不動就愛對小夥子說起那些陳年老掉牙的故事，而且說到太陽下山都還插不上嘴。松鴉羽現在就能聽見他那沙啞的聲音從忍冬樹那裡傳來，不過因為鼠毛的鼾聲太大，聽不清楚他在說什麼。

「妳今天覺得怎麼樣？」松鴉羽問罌粟霜。他感覺得到這位貓后的疲憊，不免為她感到心疼。「小貓都很好。」他聽見小錢鼠追在小櫻桃後面的聲音。

「小心點！」灰紋出聲警告，因為小貓正從他旁邊跑過去，害他後腿差點沒站穩。

罌粟霜喵嗚一聲。松鴉羽本來想問她小貓這麼吵、成天惹麻煩，為什麼她還忍受得了這種折騰，再加上小貓們無休無止的爭吵和問不完的問題，但他終究忍住沒問。

「妳胃口好不好？有沒有常喝水？」他檢查她的身體，心想剛剛那個問題，恐怕自己永遠也搞不懂，或許連貓后也無法回答。

「我很好。」罌粟霜向他保證道。

他聞到罌粟霜旁邊放了一坨沾過水的青苔，上頭有莓鼻的味道。顯然她的伴侶把她照顧得很好。這隻玳瑁色母貓身上散發著幸福的氣味，松鴉羽這才明白原本還在擔心莓鼻仍愛著她姊姊的罌粟霜，已經不再無謂的煩惱。

蜜蕨被豬鼻蛇咬死的那段過往仍殘留在貓族的記憶裡，松鴉羽感覺得到這件往事就像一股揮之不去的氣味。不過日子終究得過下去，如今莓鼻似乎很滿意他的新伴侶，全心忙著修繕育兒室，想趕在禿葉季之前完工。事實上，整個貓族似乎都很滿意目前的現況，營裡到處是溫柔的貓語和懶洋洋的喵嗚聲，好像大旱從來沒有發生過。

葉池和松鼠飛從營地入口走了進來，身上有獵物的香味。松鴉羽冷哼一聲，揮打尾巴，一股怒氣莫名上身。有些事情就是遺忘不了，也原諒不了。他母親和她姊姊當年的欺瞞與背叛，對他來說，就像腐敗的食物一樣臭不可聞。如果她們不曾密謀策劃，隱瞞他和獅焰的身世真相，他的姊姊冬青葉或許就不會被隧道裡的泥漿吞沒。

松鴉羽的喉頭一陣酸苦。不管他和他的哥哥、姊姊是怎麼被養大的，他們的父親終究是鴉羽，不是棘爪，而生下他們的是葉池，不是松鼠飛。

母親！對松鴉羽來說，他根本沒有母親。

第二支狩獵隊趕在正午前回到營裡。在擎天架下方打盹的栗尾，聽見雲尾、亮心和白翅把獵物放進獵物堆裡的聲音，趕緊爬了起來。刺爪在她旁邊伸個懶腰，饑腸轆轆的他聞到新鮮獵物的味道，不覺發出興奮的喵嗚聲。

此時，松鴉羽之所以走出巫醫窩，是因為他聞到另一股氣味。自從鴿掌叫醒他，告訴他霧足和蛾翅正在湖邊行走之後，他一整個早上就一直在等著聽這個消息。

「是河族！」蕨雲驚慌失措的聲音驚動了整座營地。貓兒們不是跳起來就是急忙從窩裡出來，腳步聲紛亂雜沓。鴿掌從如廁處的隧道鑽出來，身上散發出「我早就知道」的得意氣味。

松鴉羽感覺得到她一整個早上都在壓抑自己，不敢聲張這樁早已得知的消息。**拜託妳再忍久一點吧，**松鴉羽無聲地祈求。

火星跳下擎天架。「河族來了多少隻貓？」

松鴉羽連聞都不必聞就知道答案了。「只有兩隻。」

霧足穿過荊棘隧道，蛾翅緊跟在後。

松鴉羽聽見蕨雲的尾巴在地上甩打，趕小錢鼠和小櫻桃回他們母親那裡去。刺爪和塵皮一臉敵意，灰紋停下育兒室的補牆工作，前腳站回地面，滿臉好奇。忍冬樹叢一陣沙沙作響，鼠毛從長老窩裡緩緩走了出來。「她們來這裡做什麼？」她質問道。

火星穿過空地，上前招呼河族貓。「一切都好嗎？」

霧足停下腳步。「豹星死了。」

松鴉羽發現自己頓時被火星的連串回憶給吞沒：森林大火；從河裡救起一隻小貓；白雪皚皚的高山與潛藏的危機；豹星那雙有膽識也有固執的琥珀色眼睛。雷族族長哀傷不已，心痛到連松鴉羽不禁要屏住呼吸。

蛾翅嘆口氣。「我們剛從月池回來，」她低聲道。「霧星已經獲賜九條命了。」

火星垂頭致意，鬍鬚輕刷地面。「霧星！」他向河族新族長道賀。

「霧星！」灰紋也附和大喊她的新名號，表達對她的敬重。

「霧星，霧星！」一時之間，河族族長的新名號在雷族之間響起，原先的敵意如晨間露水蒸發殆盡。

火星與灰色母貓互碰鼻子，「河族一切可好？」他問道。

「綠葉季過得很辛苦，」霧星承認道。「我們太依賴那座湖了。」

長尾從長老窩裡蹣跚走了出來，鬍鬚好奇地抽動。鼠毛的尾巴擱在他肩上，領著他走上前來，這時霧星還在說話。

「因饑荒和水荒嚴重的關係，我們失去了三位長老。」

鼠毛緊張問道：「誰死了？」

「黑爪、鼠牙和曙花。」

松鴉羽聽見鼠毛緊靠室友身上，毛髮互相摩搓。

火星在霧星旁邊坐下來。「帶點補充體力的藥草回去吧。」他提議道。

「謝謝你，如果你們的藥草夠多，我們樂於接受。」

松鴉羽懷疑要是豹星還在，會不會這麼輕易接受雷族的援助。

「蛾翅，」火星對河族巫醫說道。「妳去找松鴉羽，他會給妳藥草。」

松鴉羽用尾巴向蛾翅示意。他本來就想找機會跟她獨處，因為他真的很好奇從不相信星族的她，是怎麼處理霧星的命名儀式。他拉開巫醫窩入口處的刺藤簾幕讓蛾翅進去，當她從他身邊經過時，他忍不住偷偷潛入她的思緒，結果發現裡頭什麼也沒有，只知道她的腳很痠痛。

「在這裡休息一下吧。」松鴉羽鑽進儲藏穴，整理出一些剛曬好的藥草，捆成一坨，叼出來放在她面前。「妳的腳一定很痠痛，要不要我給妳一點油膏擦一擦？」他提議道。

「謝謝，不用了。」蛾翅換個站姿。「反正就快到家了。」

「可是湖邊都是石頭。」

「等我回家後，再處理就行了。」蛾翅很堅持。「我已經拿了你很多藥草。」

「我們還有。」**只是不多了。**先前森林大旱，藥草不敷使用，而如今禿葉季即將來臨，就像暗處伺機等候的狐狸一樣可怕。

「長尾的身子好像比以前更不靈活了，」蛾翅說出自己的看法。「你有沒有試過把罌粟籽磨碎，跟金盞菊和紫草混在一起，做成藥膏？」

松鴉羽驚訝地看著她，他以前怎麼沒想到？罌粟籽的止痛效果很快，至於金盞菊和紫草可以幫助消炎。「這主意太棒了！」

「我以前都用它來治療鼠牙的肩痛。」

「謝謝妳。」他把藥草攤在她面前。「這裡有艾菊、水薄荷和小白菊。」他仍然很好奇，她到底是怎麼見證霧星獲賜九條命的？既然她親眼見到了，是不是就從此信從星族了？

蛾翅忙著整理藥草，方便等一下攜帶，這時松鴉羽故作輕鬆地彈彈尾巴問道：「霧星取得九命的儀式還順利嗎？」

「很順利，」蛾翅喵聲道。「她會成為一位偉大的族長。你有沒有長一點的葉子可以讓我把藥草捆起來？」

河族貓還是絕口不提。松鴉羽走到洞穴旁，從岩壁下方摘了一根長草出來，走回蛾翅那裡，深吸一口氣，偷偷潛入她最近的記憶裡。

月池沐浴在蒼白的陽光下，拂曉前的天空反照清澈的池面。蛾翅的記憶裡閃著許多白花花的影像，松鴉羽不自覺地縮起身子，他還是比較習慣夜色下的月池。霧星八成是在很匆忙的時間下獲賜九條命。蛾翅正看著霧足。松鴉羽感受得到她們正暫時拋開河族的哀痛與不安。河族副族長蹲在月池邊，四隻腳壓在身子底下，鼻頭輕觸水面。

松鴉羽轉頭過去，發現蛾翅和她夥伴的關係很奇怪。她們的關係雖然像松鴉羽和雷族夥伴那麼密切，但在儀式上，她的表現卻像個外來的旁觀者，只是旁觀，完全不相信。

霧足在睡夢中突然縮起身子，發出痛苦哀號，蛾翅嚇了一跳，非常擔心。**會痛嗎？**思緒裡盡是驚駭。等到霧足再度靜止不動，蛾翅才躡手躡腳地走上前去，查探河族副族長是否無恙。她的副族長真的在夢中遇見什麼了嗎？不可能，蛾翅揮開這個念頭。

當然可能！松鴉羽竭盡全力想要她接受這件事實，**她為什麼不相信？**她太固執了，不過松鴉羽也因此見識到她的定力。

祂們又沒來找過我，怎麼可能是真的？這想法像閃電一樣在她心裡閃現。

霧星動了動，蛾翅走上前去。「妳還好嗎？」

霧星用譴責的目光瞪著巫醫。「妳不在那裡！」

蛾翅當場愣住，但隨即冷靜下來。她的祕密終於被發現了，卻反而如釋重負。「是的，我沒去那裡。」她搖搖頭，勇敢迎視族長的目光，毫無愧疚。「而以後也都會由妳單獨會見星族，因為對我來說，祂們並不存在。」

「妳……妳不相信星族的存在？」霧星驚駭到毛髮悚然。「可是妳當巫醫已經這麼久了，難道從來沒在夢裡見過星族？」

蛾翅只覺得腳下這些曾歷經無數風吹日曬的石子非常冰冷。「妳有妳的信仰，我也有我的。妳夢裡的貓兒會帶領妳和保護妳，但我到目前為止全是靠我自己。我是個稱職的巫醫，光憑這一點，就有資格為河族服務。」

霧星久久凝視巫醫，最後垂首以對。

松鴉羽眨眨眼，從蛾翅的記憶裡退出來，眼前再度一片漆黑。

他感覺得到蛾翅的目光像風一樣撥動他毛髮，正好奇地看著他。她心知肚明他潛進她的記憶裡，窺看到月池邊的事。「你知道我和星族沒有任何關聯，」她提醒他，尾巴刷著地面。「但這不影響我的巫醫工作。」她用長草捆緊藥草。「我希望你能明白這一點。」她拾起藥草，用下顎咬住，藥草的香味輕輕釋放出來。然後轉身，走出窩外。

松鴉羽聽見洞口的刺藤簾幕在她身後甩盪的聲音，腳爪微微刺痛。就算沒有星族的帶領和協助，蛾翅一樣頂天立地。他直覺地朝她垂頭致意，一如霧星先前的致意動作。河族巫醫的工作能力比他想像中還要強。星族的確做了明智的選擇。

第三章

巫醫窩入口處的刺藤簾幕輕輕甩動，松鴉羽聞聲抬頭。

獅焰把頭探進來。「霧星和蛾翅走了。」

松鴉羽聞到金色戰士身上有焦慮的氣味。

「怎麼了？」獅焰欲言又止。

「我們去林子裡好了。」松鴉羽提議道。

獅焰順從轉身，走向營地入口。松鴉羽查探了一下族裡貓兒們的思緒，想知道有誰需要他幫忙，結果沒有，大家都沒事，這才放心下來，跟著哥哥走出營地。

獅焰穿過林子，腳步沉重地往湖邊走去。

松鴉羽穿梭灌木叢間，循著落葉的沙沙聲響，跟在後面。獅焰心裡一定有事。

等松鴉羽趕上他時，舌間已覆滿湖水味。

「我看見河族在抓魚。」獅焰告訴他。

水氣甚重的冷風輕掃林子，落葉紛飛，湖水漣漪四起，水花飛濺。

「所以呢？」松鴉羽單刀直入地問。

獅焰還沒來得及回答，遠處岸邊的矮木叢突然一分為二，薔掌和蜂掌衝了出來，他們合力抬著一隻肥嘟嘟的兔子。那香味引得松鴉羽口水直流。他們停下腳步，松鴉羽感覺得到他們的亢奮。灰紋和蜜妮的小貓長得很快，等到禿葉季來臨，他們就能升格當戰士了。

「抓得好！」獅焰稱讚他們。「在哪裡抓的？」

「牠在河邊吃草。」蜂掌氣喘吁吁的。

「是我抓到牠的。」薔掌誇口道。

「那是因為我擋住牠的去路。」蜂掌的喉嚨深處傳出快樂的呼嚕聲。

「你只是碰巧站對地方而已。」薔掌駁斥道。

林地突然沙沙作響，原來是兩兄妹一時興起地扭打了起來，在稀疏的林間滾來滾去。松鴉羽感覺得到他們的精力旺盛，思緒裡盡是馳騁林子的綠色畫面，還夾雜著獵物與落葉的氣味，以及初生之犢的無畏膽識。松鴉羽覺得既開心又驕傲，雷族何其有幸能有他們承先啟後。

「他們會成為很棒的戰士。」獅焰低語道，這句話與他所想的不謀而合。

「沒錯。」松鴉羽同意道，但也不由得想起薔掌和蜜妮曾有段時間罹患綠咳症，他曾費心照顧過她們。

「你們不能把獵物丟在原地不管啊。」獅焰向兩隻貓兒喊道。「也許會被別的戰士拿走，說是他抓的哦。」

兩個見習生趕緊跑回來，氣喘吁吁。「不准碰！」蜂掌開玩笑地說道。

獅焰愉悅地喵嗚叫。

「嘿！」花掌氣急敗壞的聲音從林子裡傳來，玳瑁母貓突然從矮木叢裡跳了出來。「我還以為你們會等我，結果現在大家都以為兔子是你們兩個抓的。」

「我們等了妳好久。」蜂掌反駁道。「還以為妳自己回營裡去了。」

花掌坐了下來。「我為什麼要先回營裡。」

「這樣妳就能多看蟾蜍步幾眼啊。」薔掌揶揄道。

「我才沒有想看他呢。」花掌呸口道。「你們為什麼這麼討厭？」

「那妳又為什麼怪裡怪氣的？」蜂掌沒等她回答。「我們把兔子搬回營地吧。鼠鬚在等我回去上課呢。」他開始去拖那條兔子。薔掌由後面追了上去，煞住腳步，幫忙扶住獵物。

花掌跺著腳，跟在後面，嘴裡不停抱怨。「你們又不等我了。」

獅焰單腳踢著地上落葉。「我們以前也常這樣吵架嗎？」

松鴉羽突然感傷起來，他記起他們和冬青葉常玩的遊戲，那時他們還是小貓，後來成了見習生。「應該是吧。」冷風吹亂他的毛髮。

他感覺得到獅焰欲言又止，他靜靜等候。終於金色戰士開口了。「藤掌踩到斷掉的棍子。」

松鴉羽點點頭。「我拿藥膏給她擦過了。」他突然知道他想說什麼。藤掌沒告訴他那傷口是怎麼來的，如果早告訴他，他就會知道獅焰來找他的目的是什麼了。

「那是**你的**棍子，是不是？」

松鴉羽感覺到獅焰的眼睛緊緊盯住他，表情擔憂。

「你弄斷的？」獅焰輕聲問他。

「是啊。」松鴉羽覺得有罪惡感。他從以前就對那個預言有很多疑問……如今也是……但磐石不肯給他答案。他苦苦哀求，古代貓還是不理，氣得他踹斷那根棍子。他想起棍子斷裂時碎片四飛，上頭的刮痕也不見了。和古代貓的聯繫從此斷線。想到這裡，他幾乎哽咽。

「為什麼要弄斷它？」獅焰的聲音聽起來很迷惑。

松鴉羽頓時坐立難安，身上像有跳蚤似的。他毀了一樣神聖的東西，一樣他無法理解的東西。**為什麼？**他後悔極了。「我……我……」他該怎麼解釋？

「我一直不懂為什麼那根棍子對你來說很重要，」獅焰的聲音顯得遙遠，像在湖面迴盪。「可是我知道每次你心情不好或遇到難題時，都會去找那根棍子。」他挨近松鴉羽，毛髮輕輕刷過他的。「它是星族給的東西嗎？」

有那麼簡單就好了。「它是在星族之前的遠古時代留下來的棍子。」松鴉羽試著解釋。

獅焰非常驚訝，毛髮微顫。「在星族之前？」

「就是那時候留下來的。」獅焰會懂嗎？「以前住在這裡的貓若想升格為利爪，就得先到隧道裡探險……」

獅焰打斷他。「利爪？」

「就像我們的戰士一樣。」

「所以他們也是一個部族？」

松鴉羽皺著眉頭。「不是部族，那時候還沒有部族。」

「可是他們有戰士？」他繞著松鴉羽轉。

「那叫利爪。」松鴉羽糾正他。

「那根棍子跟他們有什麼關係？」

「棍子上有記號，專門記載有多少隻貓活著走出隧道，又有多少隻貓沒有熬過去。」獅焰應該了解，因為當他們還是見習生的時候……包括松鴉羽、獅焰和冬青葉，都曾去過隧道，當時大水灌進地底。要不是其中一隻古代貓落葉告訴松鴉羽出口在哪裡，他們恐怕早就淹死了。

獅焰停止走動，渾身顫抖。「祂們是為了想當戰士才死在隧道裡的？」

松鴉羽點點頭。

「這些貓在我們之前就住在這裡了？」

「是的。」

「現在還在嗎？」

「不在了。」**雖然我見過祂們**。不過松鴉羽不打算跟他解釋他是怎麼和那些古代貓共處，分享他們的食物及語言，穿越時空，分享他們的過往故事，幫助他們離鄉尋找新的家園。「我想祂們當中有些貓去山裡了。」

「就像急水部落一樣？」

「祂們已經成為急水部落了。」

獅焰的心思飛快轉動，快到松鴉羽必須主動擋掉那源源湧入的思緒。

「你怎麼知道那根棍子的用途？」獅焰終於問道。

「一開始只是憑感覺的，後來才遇見磐石。」他不讓獅焰有插嘴的機會。「磐石很久以前就住在隧道裡，祂的魂魄到現在也還住在那裡，就在我們領地下方。」

獅焰愣在原地。

他在想什麼？他相信我說的話嗎？

他只好先潛入哥哥的思緒裡。他向來不願刺探和自己很親的貓兒，總覺得這樣對他們來說很不公平。更何況有些事情是他不想知道的。但現在他必須弄清楚獅焰的想法究竟是什麼。畢竟他哥哥也待過地下隧道。如今既然知道地下洞穴並不如表象所見的那般空無一物，又會怎麼想？

獅焰心裡想到的是石楠尾……他站在洞穴裡，洞穴中央有一條地下河道，灰白色的月光流洩而下，水面閃閃發亮。松鴉羽透過哥哥的眼睛，抬眼看向頭上的突岩，那裡是他第一次見到磐石的地方。磐石不在，可是石楠尾在，藍色眼睛充滿愛意地看著獅焰。「我是暗族族長。」她大聲說道。

松鴉羽感覺得到獅焰的悲傷，但又憤怒地揮開。

獅焰的記憶裡沒有磐石，但松鴉羽能感覺得到古代貓就在洞裡。眼盲、無毛、奇醜無比，動也不動地看著正在玩耍的年輕貓兒，不帶批判，漠不關心，只是靜靜等候已注定的結局。

「停止！」獅焰嘶聲喊道。他八成猜到松鴉羽潛入他的記憶裡。

松鴉羽抽神回來，全身發燙。「對不起。」

「我和石楠尾在底下根本沒見到其他貓，」獅焰告訴他。「只有我們。」

「祂們早就離開了。」

「那為什麼還要保留那根有刮痕的棍子？」獅焰朝他靠近。「為什麼要**折斷**它？」

松鴉羽轉過身去，無法解釋當時的憤怒。那個預言已經困擾他很久，他必須知道它背後的真正意涵是什麼。他們的特異能力究竟有何用途？為什麼是他們三個？肩負的天命又是什麼？磐石知道所有答案，松鴉羽打從心底感覺得到，但磐石卻選擇沉默。

松鴉羽單腳磨蹭地上落葉，因為才剛離枝落地，觸感仍很滑順，不過這持續不了多久，再過一陣子，就會枯萎。綠葉季將很快成為回憶，而他還是無法理解那個預言。

「你為什麼要弄斷它？」獅焰又問一次。

松鴉羽站起來，甩甩身上的毛。「我們要擔心的是現在的事，不是過去。如果我們的力量比星族還強，意思就是誰也幫不了我們，我們得靠自己。」

「可是到目前為止，我們的運氣都不太好。」獅焰緩步往山崖邊走去。松鴉羽跟在後面。湖面襲來的風穿亂他的耳朵的毛，害他幾乎聽不見獅焰後面的話。

「我們是不是應該做點什麼？」

「譬如？」松鴉羽抬高音量。

「去主動找出一些蛛絲馬跡，試著了解我們究竟該做什麼。」獅焰轉身面對他，放大音量。「而不是被動等待事情的發生。」

松鴉羽不知道該怎麼回答。他和星族交流過，也和古代貓交流過，還是理不出頭緒。

獅焰冷哼一聲，轉過身去。「我要回營裡了。」

松鴉羽留在原地，大口吸入湖水的氣味，棍子的影像仍在他思緒裡浮沉，斷成兩截的它在湖上愈漂愈遠，最後被湖浪吞沒，沉入湖底，沒入無邊黑暗。

第四章

「不行，」獅焰朝他的見習生喊道。「如果妳從這頭爬上去，我就會看到妳，知道妳在上面。」

鴿掌從樹上滑下來，雨中的橡樹閃閃發亮，一整個早上，林子裡細雨紛飛，雲層很低，彷彿就罩在樹頂上。

「你確定這種天氣適合進行樹上的打鬥訓練嗎？」煤心質疑道。她仍坐在見習生藤掌旁邊。兩隻貓的毛髮溼淋淋地全黏在身上，看上去體型變得好小。

「這種天氣最適合了，」獅焰堅持道。「如果樹枝這麼滑，她們都能抓得牢，那等樹枝乾了，她們在樹上就更行動自如了。」

雷族貓是四大部族裡最會爬樹的部族，因為他們常在茂密的林子裡狩獵。火星最近決定要善用這門技術，所以從現在起，爬樹被納為訓練課程之一，另外再加上其他特殊技巧，譬如從樹上發動攻擊。

「再爬一次吧，」他指示鴿掌。「把我想像成影族巡邏隊。」

藤掌的鬍鬚抽了抽。「整支巡邏隊嗎？」

「專心點！」獅焰沒心情跟她開玩笑。他又餓又累，身上還溼答答的。訓練見習生到底和預言的實現有什麼關係？松鴉羽曾說，我們只能等待。可是獅焰厭惡極了等待。

煤心滿臉疑惑地看獅焰一眼。「我先帶她們爬上去，再告訴她們怎麼做。」她提議道。

獅焰猶豫了一下。他不喜歡煤心爬樹，畢竟她還是見習生時，曾因爬樹而差點不良於行。她翻翻白眼。「我們會小心的。」她帶著藤掌走到橡樹那邊，看著她爬上低矮的樹枝，然後朝鴿掌點頭示意。「該妳了。」

鴿掌瞥了獅焰一眼，衝到樹幹後面，一下子就不見了，等她再出現時，已經在他的頭頂之上。「這下看不到我了吧！」她喊道。

他抬頭去看，非常訝異她的速度這麼快。「很好。」

煤心跟在她們後面爬上去。「這裡是個絕佳的落點。」她看看下方的獅焰。「如果妳能剛好跳到他肩上，就不會直接摔到地上，而他也會被妳嚇到，妳才有充裕時間做後續的攻擊。」

「我可以試試看嗎？」藤掌躍躍欲試。

「我想他應該不會被嚇到吧，」鴿掌直言道。「妳看他還在瞪著我們看欸。」

「那我們爬到另一根樹枝上好了。」煤心提議道。

「我可以四處走走。」獅焰也提議道。

「在樹上移動的時候要小心，」煤心警告見習生。樹葉在獅焰頭上沙沙作響。「樹皮很滑，爪子要抓牢。小心！」

太遲了，藤掌從樹上掉下來，慘叫一聲，撞上獅焰。

獅焰被撞得身子一歪，只希望肩膀還擋得住。「妳還好吧？」

她從他身上滾下來，跳起來站好。「對不起！」

她臉上的驚駭驅走了他原本的壞心情。「該被嚇到的應該是我，不是妳吧！」他揶揄道。

藤掌毛髮凌亂，尷尬不已，趕緊又爬回樹上。

「小心點，鴿掌！」煤心出聲警告。「那根樹枝太細了，撐不住妳的重量。」

這時頭頂上方傳來喀吱聲響。

獅焰提心弔膽地抬起頭來。「鴿掌！」

只見灰色見習生正攀著上頭一根要斷不斷的細樹枝，末端像尾巴一樣垂掛下來。

「我快撐不住了！」她哀號道，她的腳爪正往樹枝末端滑下去。

她已經滑到最末端了，正笨拙地想抓住另外一根樹枝。「試著抓住下面的樹枝！」煤心朝她喊道。鴿掌胡亂揮動腳爪，想抓牢什麼，最後慘叫一聲，掉了下去。

「快把爪子伸出來！」獅焰喊道。

「我伸啦！」鴿掌像山坡上彈落的小石子一樣在樹枝間翻滾。「我抓不住！」

獅焰多少鬆了口氣，因為層層的樹枝減緩了鴿掌的墜落速度，最後從樹裡彈了出來，像隻笨拙的鴿子一樣跌在地上。她站起來，甩甩身上的毛。

獅焰搖搖頭。「松鴉羽只告訴我今天會下雨，可沒警告我會有貓從天上掉下來。」

鴿掌看見他眼裡的笑意，心情又好了起來。「我下次一定會做得更好。」她保證道，說完又衝到後面，往樹上爬。

獅焰在林子裡慢慢走著，只要再多上幾堂課，想必這對姊妹就能嚇阻任何一隻意圖侵犯領地的外來隊伍了。他聽見頭頂上傳來沙沙聲響，煤心正帶著她們穿過層層樹枝。

他決定在等候「被驚嚇」的同時，順便抓點獵物。落葉季已經到來，對營裡來說，獵物自然是抓得愈多愈好。他嗅聞受潮的橡樹根，結果聞到新鮮的松鼠屎，不由得皺起鼻子。他悄悄繞過粗壯的樹幹，像蛇一樣遊走於盤根錯節的樹根之間。這裡有種味道，而且還沿著林地裡的乾河床拖行了幾條尾巴的距離。

獅焰突然愣住。就在橡樹的低垂枝葉底下，站著一隻肥胖的灰松鼠。牠背對他，嘴裡啃著一顆堅果，完全沒空停下來嗅聞空氣。獅焰蹲下來，慢慢靠近。

獅焰不敢抽動鬍鬚，尾巴輕拂落葉林地，又爬近了一點，最後在只剩一條尾巴之距的地方停下腳步，撐起後腿，一躍而上。松鼠在他腳下掙扎，沒過一會兒，就被他俐落地咬斷脊椎，當場斃命。他開心地叼著獵物，坐了下來。

這時頭上突然傳來窸窣聲響，他滿嘴松鼠毛地抬頭張望，卻見兩個黑影先後掉下來，砸在他肩上，他鬆開嘴裡的松鼠，被撞得倒在地上。

「我們成功了！」他的耳邊響起鴿掌洋洋得意的歡呼聲。

獅焰把她甩下來，藤掌則從他背上滑下來。「把敵人的耳朵震聾，」他的耳朵到現在還在嗡嗡作響，「這主意倒也不錯！」

煤心從樹幹上爬下來，表情愉悅。「你根本不知道我們在你上面，對不對？」她瞥了一眼他腳下的松鼠。「哦，你的狩獵成績不錯嘛。」

「我們可以再試一次嗎？」藤掌懇求道。

「好啊！」煤心朝樹幹彈彈尾巴。「妳先爬。」

藤掌往樹上一跳，但鴿掌卻愣在原地，瞪看前方的林子，耳朵豎得筆直。

「鴿掌？」煤心的表情有點擔心。

鴿掌眨眨眼。「沒……沒什麼。」她喵聲道。

她一定聽見了什麼！獅焰看得出來見習生眼裡的焦慮。

「妳跟藤掌先爬上去好了，」他趕緊告訴煤心。「我有一招狩獵技巧一直想教鴿掌。」

「我可以學嗎？」藤掌喊道。

「一次教一個，比較好教，」獅焰撒謊道。「下次我再教妳。」

藤掌聳聳肩。「好吧。」她跳上樹幹，跟煤心消失在枝葉裡。

獅焰用尾巴示意，要鴿掌跟他離開那棵橡樹。「妳聽見什麼了？」他確定他們的談話不會被聽見，才開口問她。

「有狗！」

獅焰背脊上的毛髮全豎了起來。「在林子裡嗎？」

鴿掌搖搖頭。「在風族的領地裡。」

「沒關係，兩腳獸經常帶狗去那裡追趕羊群。」獅焰解釋道。

可是鴿掌的眼睛還是瞪得大大的。「牠們不是在追羊群，是在追貓。」她驚惶地瞪著獅焰。「我們得去幫忙。」

「不行，」獅焰的語氣堅定。「風族貓已經很習慣這種事，別忘了他們可以跑得比兔子還快。不會有事的。」

「可是牠們在追莎草鬚，」她身體僵硬，眼神驚慌。「一隻狗追上她了，正要咬她！」

獅焰愣住。「其他的風族貓呢？」

鴿掌皺起眉頭，「他們在旁邊……」她說得很慢，仔細描繪那裡的情景。「他們正在攻擊那隻狗。」

獅焰鬆了口氣。「那莎草鬚就不會有事了。」

「你怎麼知道？」鴿掌嘶聲反問。

獅焰心一沉。他早料到會發生這種事。鴿掌到現在仍念念不忘探險之旅時所建立的友誼，忘不了莎草鬚曾跟他們並肩作戰，摧毀河狸的水壩。可是鴿掌必須了解他們已經回到各自的領地。「我們已經回到家了，」他告訴她。「妳只能效忠雷族，不能再像以前一樣跟莎草鬚或其他貓兒走太近。」

鴿掌瞪著他。「為什麼不行？」

「因為戰士守則告訴我們，我們不能和其他部族的貓做朋友。」

她的眼裡有微光閃現。「你怎麼能這麼冷漠？」

「我不是冷漠，」獅焰堅稱道。「只是現在的情況不一樣了，有了變化。」

「我就沒變。」鴿掌厲聲說道。「我還是跟以前旅行時的我一樣。」她的前爪蹭著地面。

「如果不去幫忙，那不是等於白白糟蹋了這特異能力嗎？」

獅焰很能體會她的心情。「也許妳可以試著控制自己的感官範圍，只局限在雷族領地裡。」他提議道。

鴿掌瞪著他，彷彿他是個雙頭怪。「這預言的能力比戰士守則的範圍還大，不是嗎？」

獅焰點點頭，有點擔心她後面要說什麼。

「所以我的特異能力應該不只為雷族服務，對不對？」

「我們是雷族貓，」他提醒她。「我們必須效忠雷族。」

鴿掌怒目瞪他。「所以我到底該效忠預言，還是效忠戰士守則？」她耳朵的毛蓬了起來。

「你和松鴉羽最好在我決定之前，先做好你們自己的打算。」

說完，沒等他回答，便衝進橡樹後面，去追樹上的煤心和藤掌。

獅焰看著她離開，心頭一涼。他才剛要開始了解松鴉羽的特殊本領，現在竟又碰上另一個本領強大的鴿掌對他咄咄逼問。他伸長耳朵，努力想聽出什麼，卻只聽見雨水打擊落葉的聲音，再遠一點，則隱約聽見雷族狩獵隊正從矮木叢裡衝出來。

藤掌的抱怨聲從上方的橡樹傳來。「這根樹枝被風吹得一直動。」

「只要抓緊就好了。」煤心建議道。

「可是我好想吐哦。」

相形之下，獅焰的本領簡單多了。他可以上場作戰，全身而退，毫髮無傷，比任何對手都來得強悍。這對他的族貓來說很可怕嗎？他熱中於作戰，而他知道冬青葉對這一點一直很不安，彷彿無法相信他怎麼可能毫髮無傷。

真可惜她沒有特異能力，不是三力量之一。

不過他倒是受過一次傷。那是在夢裡最後一次與虎星交手時，曾受過傷流過血。獅焰回頭張望，肩上毛髮豎了起來。那個暗色戰士還在監視他嗎？旁邊的羊齒植物突然動了一下，他立刻轉身，伸爪以待。

「栗尾！」他不掩釋然的口氣。

「嗨！」

「妳在找煤心？」

栗尾搖搖頭。「我要去參加灰紋的狩獵隊。松鴉羽說我的肩傷好了。」這隻玳瑁色母貓幾天前腳陷進兔子洞裡，不慎扭傷。「煤心和你在一起嗎？」她順著獅焰的目光往上看，發現她的女兒正帶著藤掌爬在樹上，小心翼翼地攀著搖晃的樹枝。

栗尾的表情充滿驕傲。「我從沒想過有一天她可以像松鼠一樣爬樹。」她輕嘆口氣，目光停留了一會兒才又移開。「葉池把她治好了，她以前的醫術真的很棒。」

她的聲音有點尖銳，難道她是在怪獅焰不該讓葉池辭去巫醫工作，轉任戰士嗎？他有點生氣，葉池破壞戰士守則，怎能算在他頭上，是她自己要和別族公貓私通，欺騙他們！

栗尾轉身離開時，他一句話也沒吭，突然他想起莎草鬚，抱著起一線希望地朝她喊道：

「你們要去哪裡狩獵？」

「灰紋要我到風族邊界找他們。」

太好了。如果風族貓真的有麻煩，狩獵隊應該會發現。到時灰紋就會決定該不該幫他們。

栗尾消失在低矮的蕨葉叢裡，獅焰把剛抓來的獵物先埋起來，然後走到橡樹下面。「妳們在上面還好嗎？」他向夥伴們喊道。

「她們表現得很好。」煤心輕盈跳下，落在他身旁，藤掌和鴿掌也隨後跳下來。「我想我們應該試點高難度的訓練。」

藤掌豎起耳朵。

「我們可以教她們怎麼從一棵樹跳到另一棵樹上。」煤心提議道。

「像松鼠一樣。」藤掌尖聲說道。

「沒錯，像松鼠一樣。」

獅焰的尾巴垂了下來。他不是天生的爬樹高手，一想到要這樣跳，就覺得有點可笑，而且很不成體統。「我們可以教她們一些戰鬥技巧，」他興致勃勃地提議道。「她們還有好多格鬥技巧沒學過。」

「可是火星希望我們多練習樹上的跳躍功夫啊。」煤心提醒他。

我們是貓，不是鳥！獅焰每回爬樹就覺得自己笨手笨腳，他寧願待在地上痛宰敵人。為什麼要像一群貓頭鷹一樣躲在樹上窺看敵人，不能像個堂堂正正的戰士一樣正面迎敵？

「好吧，我們就先從這棵楓樹開始。」煤心眼神堅定地看了他一眼。她知道他不喜歡爬樹。「長尾說以前在舊領地時，有一次在完全不落地的情況下，直接從大梧桐樹跳回營裡。」

「距離有多遠啊？」鴿掌的語氣聽起來非常佩服。

「大概從這裡到山谷的距離吧。」煤心喵聲道。

獅焰哼了一聲。**妳怎麼會知道？**煤心和他一樣都是在湖邊出生的，根本沒見識過舊領地。

「我敢說我也辦得到。」藤掌吹噓道。她爬上楓樹，眼睛半閉，怕被樹梢間的雨水滴到。煤心也跟著爬上去，鴿掌緊跟在後。

獅焰抬頭看看天色，希望雨能停，對他來說，就算樹皮是乾的也很難爬。他嘆口氣，提起身子，巴住樹幹，爪子戳進樹皮裡，以免滑下來。

煤心等在低矮的樹枝上，至於藤掌和鴿掌已經爬了一半。

「這根本不用跳啊。」鴿掌回頭喊道，因為這棵樹和隔壁的柳樹緊緊交纏在一起。

「也許我們應該走別的路，」獅焰向她喊道，他知道柳樹的枝幹比較細。「我怕它承受不了我們的重量。」

「你是說你的重量吧！」鴿掌諷道。她到現在都還在氣他不肯去救莎草鬚。獅焰雖然很惱怒，但沒理她。

煤心朝柳樹的方向示意。「這棵老樹，」鴿掌和藤掌已經走進枝葉裡。「應該夠結實。」她說得沒錯。獅焰輕鬆地走在粗壯的樹枝上。「慢一點。」他喊道。鴿掌和藤掌一路往前衝，似乎都想靠不落地的方式搶先回到營地。

鴿掌危顫顫地走在一根很長的柳樹枝上，旁邊有棵老橡樹，樹瘤累累，枝葉錯生。「我要試試那棵樹。」她回頭喊道。

「它的樹皮很粗糙，」獅焰警告道。「看起來一把年紀了，所以樹枝上可能有裂縫哦，」他加快腳步，躍過煤心。「我先檢查一下。」

來不及了。

鴿掌已經跳上那棵橡樹，但腳才剛踩上去，樹枝便像乾柴一樣應聲斷裂，鴿掌慘叫一聲，直墜而下。

雖然只離柔軟的林地三條尾巴的高度，而且是四腳著地，但獅焰已經預知接下來會發生什麼事。

「小心！」他趕緊從柳樹上跳下來，衝過林地，一把抓住鴿掌的頸背，將她拖到旁邊。

「你要幹什麼？」她大聲反抗，話聲剛落，老橡樹的樹枝就掉了下來，砸在離他們僅分毫之差的地方，碎片四射飛濺。

獅焰瞇緊雙眼，用身體護住鴿掌，直到確定沒事，才怒目斥她。

「不管妳自以為多厲害，有時候薑還是老的辣，知不知道？」他吼道。

鴿掌抬起鼻子，哼了一聲，昂首闊步地轉身離開。

第五章

鴿掌伸直痠痛的腳，輾轉反側，臥鋪跟著沙沙作響。她的室友早就睡了，只因日間的訓練課程早將他們操得疲累不堪。

但鴿掌睡不著。她看到莎草鬚一跛一跛地被夥伴們攙扶回營地，那條狗哀哀慘叫地消失在石楠叢裡，鼻頭被風族貓抓得流血不止。她聞得到莎草鬚傷口結痂的氣味。她必須弄清楚她的風族朋友傷勢究竟如何。

「妳沒事吧？」藤掌的目光越過臥鋪邊緣看著她，一雙眼睛瞪得大大的，表情擔憂。「妳從樹上掉下來，有受傷嗎？」

「沒有。」鴿掌據實回答。只有自尊受傷，獅焰太霸道了！他竟然想指揮她怎麼使用特異能力。她是三力量之一欸！他應當尊重她才對，他應該學學松鴉羽，而不是把她當成愚蠢的見習生。她氣到背上的毛都微微豎起。

藤掌坐了起來。「妳不累嗎？」

鴿掌彈彈尾巴。「不累。」

「來吧，」藤掌從臥鋪裡出來。花掌又在打呼了。「我們去林子裡。」

鴿掌被她的提議嚇了一跳。她坐起來，藤掌到底想幹什麼？

薔掌翻過身，像兔子一樣縮起前腳。

「自從妳探險回來之後，我們都還沒機會出去夜遊呢。」藤掌躡手躡腳地溜出洞口。

鴿掌急忙跟上，背上毛髮被入口的紫杉叢輕輕刷過。整座營地沐浴在星光下，像發亮的水池一樣靜靜躺在陰暗山谷裡。鴿掌聞到上方傳來的森林氣味，裡頭摻雜落葉季的霉味，夜裡的露水弄潮空氣。她釋出感官，穿過荊棘隧道，聞到玫瑰瓣正在營地入口站崗，不時變換站姿。

「我知道一條祕密通道哦。」她告訴藤掌。

「是從如廁的地方那裡溜出去嗎？」藤掌猜測道。

「比那個好。」鴿掌悄悄繞過空地邊緣，經過巫醫窩入口，擠進旁邊的刺藤叢裡，直到抵達盡頭的岩壁。她伸長身子，鑽進盤根錯節的枝葉裡，攀上低處的突岩，爬上去。

「要不要上來？」她嘶聲對藤掌說道。

她妹妹的銀白相間毛髮在刺藤叢下方閃閃發亮。「要啊。」藤掌深吸口氣。

鴿掌跳上旁邊的突岩，然後是另一塊，直到營地裡的窩在她的視野裡變得像是迷你的矮木叢。她興奮地爬上懸崖邊緣，攀上柔軟的草地。

藤掌隨後爬了上來。「妳怎麼知道有這條路？」

「獅焰跟我說的。」他說要是有時候想偷偷離開營地，可以走這條路。**我敢說他大概沒想到這條祕密通道會這麼快就被派上用場，**她得意洋洋地想道，**以後我的事情由我自己決定。**

半顆月亮光華四射，灑在林子上方，從光禿的枝椏滲進來，將林地描畫成條狀的銀白大地。夜裡的林子溼氣很重，帶點霉味，鴿掌深吸一口氣，腳步輕快地奔進林子裡。

藤掌跟在旁邊。「我在想還有誰也跟我們一樣夜裡不睡覺？」

鴿掌釋出感官，穿過林子，尋找可能的動靜。一隻狐狸正低頭穿過羊齒植物叢。一隻貓頭鷹正撲向老鼠。岸邊湖浪低聲呢喃，那聲音像是母親在輕舔她的毛髮。邊界另一頭，有隻影族小貓正哭哭啼啼地從惡夢中驚醒。湖邊的河族領地盡頭，有兩腳獸正在巢穴裡號叫。

「我們要去哪裡？」藤掌突然發問，害她嚇了一跳。「去舊的兩腳獸巢穴那裡好不好？那邊亂陰森的，我敢打賭妳一定沒那個膽子。」

不要！鴿掌知道自己想去哪裡。她感覺得到莎草鬚正在臥鋪裡徹夜難眠，眼睛眨呀眨的，好像是腿傷痛得她睡不著覺。「我們去高地。」

藤掌突然煞住腳步。「風族領地？」

「我們去他們的營地。」鴿掌在她旁邊停下來。她得說服藤掌這是個難得的挑戰。

她的妹妹看著她，鬍鬚不停抽動，彷彿聞到獵物似的。「去他們的營地？」她倒抽口氣，重覆她的話。

「自從探險回來之後，我就沒再見過白尾和莎草鬚。」

藤掌的尾巴垂了下來。「妳為什麼想見她們？」她的聲音聽起來迷惘而且受傷。「妳不需要和風族的貓交朋友，妳已經有雷族的朋友了。」她朝山谷的方向揮揮尾巴。

「難道妳不想試試看我們到底有沒有這能耐？」鴿掌哄她。她不能告訴她莎草鬚受傷了，因為如果說實話，就會洩露出自己的祕密。「要是被抓到，我們可以說我們迷路啦。我們只是見習生，他們不會認為我們想入侵的。」她必須去看看莎草鬚。**獅焰根本不關心莎草鬚，但這不表示我不能關心。**「好啦，走嘛！」她懇求藤掌。

藤掌瞇起眼睛，最後點點頭。「好吧。」她快步離開林子，往風族邊界走去。「要是被風族貓逮住，」她低頭鑽過低矮的紫杉叢，「就說我們是在追一隻松鼠，不知道自己越界了。」

鴿掌也鑽進紫杉叢底下，腹部輕刷地面。「但他們會覺得我們很笨，才會跑進高地裡。」

「好吧，」藤掌滑下堤岸。「那就說我們在夢遊。」

「什麼？我們兩個都在夢遊？」鴿掌心想她妹妹是說真的還假的。

「反正我們不能跟他們講我們是去看白尾和莎草鬚的。」藤掌喵聲道。

為什麼不行？畢竟我們曾一起結伴旅行。「別被抓到就是了。」鴿掌下定決心。

「沒問題。」藤掌帶頭穿越荊棘，來到森林邊境。

她們已經快要離開林子。鴿掌聞得到高地的氣味。她釋出感官，向前延伸，越過泥煤地和石楠叢，慶幸一路上都沒有偵測到任何阻礙，只有風族營地的臥鋪裡傳來輕柔的呼吸聲。「我實在很好奇他們的營地長什麼樣子？」她喵聲道。

藤掌走出林子，在坡頂停住。高地野風猛扯她的鬍鬚，她全身發抖。「還好我不是風族貓。」下方河流是兩族邊界，此刻只聽見水聲潺潺。「睡在這麼空曠的地方，感覺一定很怪。」

「他們應該有窩吧。」

「可是沒有樹，」藤掌喵聲道。「只有一望無際的天空。」她滑下坡岸，一到河邊，立刻撐起後腿，一躍而過狹窄的水道，然後轉頭看看停在岸邊的鴿掌。「萬一暴風雨來襲，這裡會變成什麼樣子啊？」一想到這裡，她忍不住發抖。

鴿掌遠望高地，只見它高高隆起，像是一頭睡在夜空下的巨貓。

「快一點，」藤掌催促道。「這裡好陰森哦。」

鴿掌跳下坡岸，躍過小河。強風撲打著草地和石楠叢，彷如一群歐掠鳥正連番攻擊她。她全身發抖，想起上游的探險還有當時為了找河狸而穿越的廣漠領地。「這就好像我們以前……」她突然住口。

「怎麼了？」

鴿掌趕緊搖搖頭。「沒什麼。」她知道藤掌還是很不高興當初沒被派去參與探險活動，也難怪她不想去拜訪白尾和莎草鬚。

藤掌掃視高地，神情緊張。空氣裡充斥著風族的氣味。「妳覺得他們會有夜間巡邏隊嗎？」

鴿掌豎起耳朵，搜尋風族的巡邏隊。一頭怪物在遠方嗥叫，羊群在山腰處咩咩作響，油膩的羊騷味一如上次探險時遇到的羊群味道，當時她必須躲在羊群腳底下避難，牠們的腳沾黏了許多泥巴，又硬又臭。

她搖搖頭，甩掉那段記憶。到目前為止，還沒發現高地上有貓兒遊蕩的蹤跡。「不會有的。」她向藤掌保證道，但也擔心藤掌會質疑她為什麼這麼有把握，於是又追加一句：「風是往我們這邊吹的，所以很容易聞出來這附近有沒有巡邏隊。」

藤掌也張開嘴嗅聞風裡的味道。「來吧。」她走上斜坡，半閉眼睛，迎風前進，銀白相間的毛髮在月光下閃閃發亮。

鴿掌跟著她穿過氣味記號區，心裡很是焦慮，不敢明說她們已經進入風族領地。她們迂迴行進，爬上山坡，風勢更強了，不斷撲打她們。附近有一頭羊突然咩咩叫了起來，害她們嚇了一跳，趕緊跑進金雀花叢，壓低身子，改走在石楠叢裡。

藤掌放慢腳步。「妳真的確定妳想去他們的營地？」她的聲音顫抖。

鴿掌從嗅覺裡知道，只要再翻過前面那個坡，就是風族營地了。她聽見窩裡貓兒輕柔的呼吸聲，腦海裡出現營地的影像：沙地上有幾個坑洞，全被灌木叢遮住；空地上到處是貓兒足印；金雀花叢底下有個坑，裡面充斥藥草的味道。她們已經很接近了，現在就算想回頭，也來不及了。「再走幾步就到了。」她懇求道。她可以清楚感應到莎草鬚。灰白色的虎斑母貓就躺在白尾旁邊，四周圍著她們的室友，像毛球一樣溫暖，幫忙擋住外頭的刺骨寒風。窩裡只有莎草鬚輾轉難眠。她不時探頭嗅聞身上的傷口。**她沒住在巫醫窩裡，這表示傷勢並不嚴重。**鴿掌這樣推論，但還是放心不下，她**必須**找她確認。可是要怎麼樣才能在不驚擾風族貓的情況下，把莎草鬚叫出來呢？**等我們到了那裡，再來傷腦筋吧。**

她們爬到坡頂，發現腳下地面陡降，形成很大的窪地，四周都是草坡，坡底圍著一圈矮木叢，中間是閃閃發亮的沙地空地，跟鴿掌想像的一模一樣。

「就是這裡！」鴿掌興奮到差點脫口大叫。「營地！」

藤掌尾巴一彈，摀住她姊姊的嘴巴。「我敢說蜂掌或薔掌從沒做過這種事！」她深吸一口氣。「妳不會真的要下去找莎草鬚和白尾吧？」

「當然要去找她們！」鴿掌溜下山坡，肚皮一路刷過草地。

「不行啦！」藤掌反對道。「太危險了。」

鴿掌回頭看了一眼。「妳可以留在上面，沒關係。」她嘶聲道。

藤掌追了上來。「不行，妳去哪，我就去哪，我們要一起行動，不是嗎？」

鴿掌很清楚戰士窩在哪裡，於是悄悄爬過去，腳下草地很溼滑。

藤掌緊靠她旁邊，大氣不敢喘。「大家都睡著了嗎？」

鴿掌的尾巴抽了抽。「差不多吧。」

藤掌猶豫了一下。「差不多是什麼意思？」

「別緊張，」鴿掌哄慰她。「只有守衛而已，他看不到我們。」她看見空地上有個戰士背對她們，疲累地駝著背，監看對面動靜。

藤掌看到時，當場愣住，趕緊低下身子，溜進營地的樹籬底下。她們在枝葉間穿梭，躡手躡腳地往一大坨矮木叢前進。那裡就是戰士窩。

鴿掌溜進樹枝底下的陰暗處，這才鬆了口氣。

旁邊的藤掌一直發抖。「現在怎麼辦？」

「莎草鬚就睡在樹籬後面。」鴿掌用尾巴戳戳多刺的樹枝，感覺到她朋友正輾轉難眠，距她僅有一條尾巴的距離。「莎草鬚！」她隔著荊棘叢，嘶聲喊她。

「妳在做什麼？」藤掌倒抽一口氣。

鴿掌沒理會她妹妹。「莎草鬚！」甚至還把音量抬高了一點。

樹籬那頭沙沙作響，莎草鬚坐了起來。

「她來了！」鴿掌對藤掌低聲說。她聽見莎草鬚正跛腳繞過臥鋪。傷腿縮在身子底下。灰白色的虎斑貓像黑夜裡的月光一樣現身。「我的天啊，鴿掌，妳來這裡做什麼？」

鴿掌偏著頭，風族戰士的聲音聽起來很生氣，不太高興見到以前的老朋友。

「跟我來！」莎草鬚嘶聲道，同時一跛一跛地穿過營地圍籬，爬上草坡。她費力地攀上坡頂，蹲下來，肚皮貼在地上，痛苦地皺著臉。鴿掌和藤掌趕緊跟上。

「妳還好嗎？」鴿掌緊張地查看莎草鬚的後腿，傷口包著蜘蛛絲，散發出濃濃的藥草味。

莎草鬚滿臉怒容。「妳來這裡做什麼？」

鴿掌耳朵垂下。難道她不高興見到她？「我……我只是擔心，」她結結巴巴的。「我聽見有狗在追妳。」她不敢再多說，深怕洩露太多祕密，但她好像已經說太多了。莎草鬚的喉嚨裡發出不悅的低吼。

「妳在監視我們嗎？」風族戰士呸聲問道。

藤掌轉頭瞪著鴿掌，眼裡盡是驚慌和不解。「妳沒說有狗！」

莎草鬚向前傾身。「妳怎麼知道這件事？」

鴿掌縮起身子。「我……我在受訓的時候聽見的。」

藤掌眨眨眼睛。「什麼時候？妳怎麼沒說？」

莎草鬚瞇起眼睛，瞪著她們。

鴿掌覺得好失望。「我只是擔心妳，沒別的意思。」她咕噥道。「那條狗在追妳……」

莎草鬚全身毛髮倒豎。「我們可以照顧自己，不需要雷族見習生來為我們擔心。」

圍籬下方有聲音響起。「發生什麼事了？莎草鬚，妳在跟誰說話？」

鴿掌和藤掌愣在原地。根本沒地方躲！腳步聲朝山坡上的她們走來。藤掌爪子出鞘，鴿掌只能強作鎮定。**事情怎麼會演變成這樣？**

一個棕色身軀出現在山凹邊緣。**鼬毛！**

他的目光掃向兩個雷族見習生，最後落在莎草鬚身上。「妳們在這裡做什麼？」他的聲音聽起來很不耐煩。「妳今天惹的麻煩還不夠多嗎？就因為妳，巡邏隊才會被狗追。」

莎草鬚豎直毛髮。「可是只有我受傷啊。」

鼬毛回頭看看營地，嘴裡喊道：「有入侵者！」不過那聲音聽起來並不緊張。「妳為什麼不警告部族？」他質問莎草鬚，連看都懶得看鴿掌和藤掌一眼。

「你沒看到我正在處理嗎？」莎草鬚吼道。

藤掌挺直身子，鬍鬚動了動。「我們不需要被處理。」她不爽地回嗆道。

「閉嘴！」鼬毛轉頭看她，頸毛豎了起來。

藤掌退後幾步，鴿掌聽見營地裡有騷動的低語聲。風族貓從灌木叢裡魚貫出來，爬上斜坡。

一隻藍眼虎斑母貓繞著她們轉，嗅聞空氣。「是雷族！」

「妳們是在入侵嗎？」一隻棕白相間的公貓齜牙咧嘴地問道。

另一隻虎斑公貓甩著尾巴說：「沒聞到其他貓的味道。」

「他們可能把自己的氣味隱藏起來了。」一隻黑色母貓吼道。

「夜雲，妳真的認為他們有那麼聰明嗎？」那隻虎斑貓冷笑道。

風皮悄悄爬了上來，全身毛髮豎得筆直。「妳們來這裡做什麼？」他的眼神帶著威嚇。

鴿掌看見一星走上來，擋在年輕戰士前面，她眨眨眼睛，抱著希望。

「兔躍，」風族族長向一隻棕白相間的公貓點頭示意。「帶葉尾和鴞鬚去搜一下附近。」

三名戰士銜命離開，尾巴拖在地上，頸毛豎直。

藍眼虎斑貓目送他們離去，爪子蹭著地面。「我可不可以也跟去？」

「冷靜點，石楠尾，」一星命令道。「如果他們需要幫手，會叫我們的。」

鴿掌的心不斷狂跳。「只有我們兩個而已。」她用尾巴圈住藤掌，盡量抬高下巴。

一星目光嚴峻。「妳們來這裡做什麼？」他質問道。

夜雲垂下耳朵。「是火星派妳們來的嗎？」

鴿掌搖搖頭。

莎草鬚看著自己的族貓。「她知道狗的事，也知道狗在追我們。」然後瞥了鴿掌一眼。

「這對我們來說沒什麼大不了。」

一星瞪大眼睛。「妳是怎麼知道的？」

鴿掌早料到會被質問。「我是在林子裡聽見的，那時我正在受訓。」

石楠尾大聲說：「那妳怎麼知道牠在追我們的戰士？」

鴿掌結結巴巴的。「我是……呃……自己猜的。」她好不容易把話說完。

「妳猜的？」風族族長語帶懷疑。風族貓兒們也都疑色以對。

風皮溜到族長旁邊，瞪著兩名雷族見習生。「除了這件事之外，妳還猜到了什麼？」憤怒的低語聲在風族貓之間響起。

一星彈彈尾巴，要他們安靜。「妳們兩個會被送回雷族，」他大聲宣布。「就由石楠尾和風皮送妳們回去吧。」

鴿掌全身發抖。這時一隻嬌小的白色母貓出現在坡頂。**白尾！**她一看見鴿掌，毛髮立刻豎直。鴿掌瞪著地面。她不希望白尾不高興，也不願莎草鬚不高興。她們的友誼究竟怎麼了？

白尾走近那兩名雷族見習生。「探險已經結束了，」她告訴鴿掌。「妳必須尊重兩族之間的邊界，妳必須效忠自己的部族。」她的聲音輕柔，彷彿可以理解鴿掌的失落感。

「難道雷族沒教你們見習生什麼叫做氣味記號嗎？」一名年輕的風族見習生氣沖沖地跟在白尾後面，齜牙咧嘴地說道。

「他們當然有教。」鴿掌激動地回答。

一星尾巴掃過石楠叢。「回窩裡去吧，」他對風族貓兒下令道。「石楠尾和風皮會把這兩個愚蠢的見習生送回去的。」

鴿掌全身羞愧發燙。「我們並不愚蠢。」

一星瞪著她。「那妳為什麼不待在自己的窩裡，反而跑到這裡來？」

鴿掌沒有正面迎視他。**我以為我的朋友有難！**憤怒和悲傷在她心裡同時翻攪。是那愚蠢的特異能力害她聽見莎草鬚被狗攻擊的聲音！她只是想當個好戰士和好朋友。但這種友誼顯然一文不值。她垂下頭，任憑石楠尾推著她，走下山腰。

「讓我們送妳們回家吧。」藍眼戰士喵聲說道。

鴿掌沒理她，逕自走進石楠叢裡，也沒回頭看那群目送她們離去的風族貓。

藤掌走在她旁邊。「還好他們沒撕爛我們。」她低聲道。

鴿掌的自責取代了憤怒。「都是我害妳的，對不起。」

「又不是妳逼我來的！」藤掌氣憤說道。

風族戰士走在她們兩側，穿過高地，一路上沉默，只偶爾聽見風皮喉嚨裡發出來的低吼聲。

石楠尾轉頭瞪看同族夥伴。「你別再發出那種聲音好不好。」她吼道。

「難道妳要讓她們覺得很受到歡迎啊？」風皮回嗆她。

「我想一星已經跟她們說得很明白了，」石楠尾直言道。「不需要你再一路上鬼吼鬼叫的。她們只是見習生。」

「這樣她們才知道下次不敢了。」

「拜託你閉嘴行不行！」石楠尾哼了一聲。「還輪不到你來指揮我。」

風皮氣得嘶聲作響，但總算安靜下來。

四隻貓兒鑽進石楠叢，進入雷族的氣味區，這裡有條小河，水聲潺潺，隔開兩族領地。

「從這裡我們就知道怎麼回去了。」鴿掌告訴風族戰士。

石楠尾神情鎮定地告訴她。「我們會送妳們到營地。」

「不用啦。」藤掌出聲反對。

要是被風族貓送回去，火星會怎麼想？鴿掌嚇得背上的毛都豎了起來。可是風族貓看起來心意已決，她和藤掌根本辯不過他們，如果用哀求的，豈不是更丟臉。

風皮已經躍過小河。鴿掌只好心不甘情不願地帶著妹妹走下河岸，跳了過去。石楠尾也跟著跳過來。到了這步田地，鴿掌只能腳步沉重地繼續往營地走。

「火星會宰了我們。」藤掌在她耳邊低聲說道。

鴿掌不願去想這件事。她不能跟他們說她有特異能力，所以根本解釋不清楚為什麼她要帶藤掌去風族營地。全雷族的貓都會以為她們沒有大腦。

風族貓走在她們前面，穿過小路和灌木叢，彷彿對這座林子很熟悉。石楠尾走進一條狐狸小徑，帶他們繞過一大叢刺藤。

藤掌彈彈尾巴。「妳怎麼知道路怎麼走？」

石楠尾頭也沒回地回答道：「我們以前來過這裡。」

「可是……」藤掌本來要反駁。

「她說我們以前來過這裡。」風皮回以咆哮，結束對話。

就在他們快走到荊棘圍籬時，鴿掌聽見腳步聲，聞到玫瑰瓣朝他們跑來。

「你們在這裡做什麼？」她質問兩隻風族貓，頸毛倒豎。

風皮停下腳步。「我們不是來挑釁的。」

石楠尾上前一步，站在旁邊。「我們只是送兩隻迷路的貓回來。」

玫瑰瓣不敢相信地瞪著藤掌和鴿掌。「妳們為什麼要離開山谷？而且和他們在一起？」她用尾巴指指那兩隻風族貓。

這時月亮被雲彩遮住，鴿掌暗自慶幸天色變暗，她低頭看著自己的腳，不知如何解釋。

「我們在營地外面發現她們。」石楠尾告訴那位顯然很吃驚的雷族戰士。

玫瑰瓣換個站姿，水平直視石楠尾說道：「謝謝你們帶她們回來，我會送她們回窩裡。」

風皮上前一步。「我們是陪她們一起來的，」他告訴她。「我們要找火星說話。」

玫瑰瓣豎直毛髮。「他睡了。」

「我們也都睡了，是她們吵醒我們的！」石楠尾咆哮道。

鴿掌完全束手無策。藤掌的尾巴垂了下來。「我不認為有這麼嚴重。」

風皮瞪著她。「我可不希望你們以為是我們綁架了雷族的見習生。」

藤掌豎直毛髮。「我們才不會撒謊呢。」

玫瑰瓣嘆口氣，垂下頭。「好吧。」她轉身，帶著風族貓穿過荊棘隧道。

鴿掌聽見玫瑰瓣在爬亂石堆的聲音，心臟怦怦跳得厲害。**她要去叫醒火星了。**

窩裡的貓兒們紛紛驚醒，窩外樹叢都在沙沙作響，他們一個個走出洞口，查探究竟。育兒室也窸窣作響，有小小的腳步聲穿過空地。「發生什麼事了？」小櫻桃吱吱地叫。

罌粟霜的臥鋪也是沙沙作響，貓后跟在小貓後面擠出育兒室，毛髮刷過洞口的刺藤。

鴿掌試著不去聽貓兒們的竊竊私語。他們全圍上來看她的笑話。她該怎麼解釋？巨大的挫折感像爪子一樣掐住她喉嚨，她真希望根本沒有預言這回事，這樣就不會有特異能力了。

為什麼我不能當一隻很普通的貓？

第六章

松鴉羽突然驚醒，夜裡的空氣仍很潮溼，空地上卻充斥著各種低語。有貓兒從亂石堆上下來，小石子跟著滾落。

火星醒了。松鴉羽坐了起來。他嗅聞空氣。**是風族！**松鴉羽離開臥鋪，低頭鑽出刺藤叢。獅焰和煤心從戰士窩裡走了出來。

「怎麼了？」獅焰繞著見習生走來走去。

鴿掌沒有回答，坐立不安地挨在妹妹旁邊，兩姊妹像是大白天裡被抓到的小貓頭鷹一樣渾身不自在。

薔掌從見習生窩裡鑽了出來，好奇地抽動頰鬚，還不忘回頭對她室友喊道：「快出來看。」這時棘爪已經走進空地去找火星，戰士窩裡的臥鋪仍在沙沙作響，白翅和樺落從洞口往外探看，尾巴輕蹭枝葉。

塵皮從他們身邊擠了出來。「他們來這裡做什麼？」暗色虎斑公貓的喵聲在營地岩壁間迴盪，怒氣像針一樣刺向風族戰士。

風皮和石楠尾毫無所懼。

「塵皮，聲音不必這麼大。」火星喝令道。「沒必要吵醒大家。」

「為什麼沒必要？」黛西從育兒室裡出來，全身豎直毛髮。「風族貓跑到我們營裡來。」

「又不是被攻擊。」白翅向不安的貓后保證道。

「妳確定不是嗎？」塵皮繞著空地邊緣走，步步都顯得猜疑。

松鴉羽甩甩身子，揮去睡意。「有沒有誰受傷？」

「沒有。」風皮鎮定說道。

「你們來這裡做什麼？」火星重複塵皮的問題，松鴉羽豎直耳朵聽。

石楠尾的尾巴刷過地面。「你們好像搞丟了兩名見習生，」她喵聲道。「我們只是把她們送回來給你們。」

松鴉羽感覺到鴿掌和藤掌的羞愧如火焰一樣燒向全身。

「我會處置的。」火星的目光掃過族貓。「這件事跟你們無關，都回自己窩裡去吧。」

塵皮停下腳步，其他見習生紛紛退回窩裡，紫杉叢沙沙作響，白翅和樺落也回到窩裡。

「獅焰和煤心，我要你們兩個留下來。」火星繼續說道。「還有你，松鴉羽。」

「我呢？」棘爪問道。

「你去看看是不是每隻貓兒都回窩了，順便看一下貓后們，要她們放心。」火星往荊棘隧道走去。「跟我來，」他回頭喊道。「我不希望造成營裡的騷動。」

鴿掌、藤掌、獅焰、煤心及風族戰士全都跟著雷族族長穿過荊棘隧道，松鴉羽尾隨在後。

他感覺到夜裡空氣的沉重，也強烈感應到貓兒們各懷心思，氣氛緊繃。

火星在營地外頭坐下來。獅焰單腳蹭著地上落葉。頭頂上有隻貓頭鷹發出嗥叫，拍動翅膀，穿過林間。風皮和石楠尾拘謹地站在一旁，鴿掌和藤掌不安地蠕動著腳。煤心神情緊張，表情不悅，松鴉羽感覺得到她的憂煩。冷風颼颼，松鴉羽全身發抖。

火星清清喉嚨。「好了，究竟怎麼回事？」

風皮回答道：「我們在營地外面發現她們兩個。」

鴿掌和藤掌緊緊靠在一起，神情緊張。

「藤掌？」火星把注意力轉向這位見習生。「真的是這樣嗎？」

「我們……」藤掌結結巴巴。「我們只是去探險。」

「到風族的領地探險？」火星語調異常溫和到令人感覺不祥。

「都是我的錯！」鴿掌打斷道。「我……我聽見高地上有狗，那時我們正在進行樹上的訓練，我擔心……」

松鴉羽彎起爪子，**別說出來，鴿掌！妳這個鼠腦袋！**他同時感覺到獅焰身子一僵。

風皮的喉間發出低吼。「妳擔心？」他的尾巴甩打著落葉。「擔心風族？火星，你難道沒教會你的見習生什麼叫戰士守則嗎？」

煤心厲聲問道。「藤掌，妳心裡到底在想什麼啊？」

「不是她的錯！」鴿掌重申一次。

「是我自己決定要跟她去的。」藤掌厲聲回道。

「安靜！」火星吼道，然後停頓一下，才又冷靜地向風族戰士解釋：「謝謝你們送她們回來。很抱歉她們無端打擾你們，不過我保證這種事不會再發生了。」

松鴉羽感覺得到鴿掌氣呼呼的，不過還好她夠識相，閉上嘴巴。

「我們一向遵守戰士守則，」火星向風皮保證道，聲音繃得很緊。「也會確保讓這些年輕貓兒了解戰士守則的重要性。」雷族族長強忍怒火，松鴉羽感覺得到他對見習生的作為感到愧疚，不過心裡也起了許多疑竇，**見習生跑到風族領地究竟要做什麼？**

石楠尾緩緩地呼口氣。「希望你說到做到。」說完隨即轉身，準備離開雷族營地。松鴉羽覺得她和獅焰之間有某種電光火石正在霹啪作響，然後就聽見她對著金色戰士譏諷地說道：「從現在起，你最好看好你的見習生。」

風皮也跟著往矮木叢裡走。「風族不勞你們操心！」他回頭喊道，隨即消失在蕨葉叢裡。

火星等到他們的腳步聲完全消失，才轉身質問見習生：「妳們兩個到底在做什麼？」

「是我出的點子。」鴿掌堅稱道。

「藤掌又不是妳的玩偶！」火星直言道。「她自己可以拿定主意。」

「是我要陪鴿掌去的！」藤掌反駁道。

「妳們還是沒說清楚妳們去做什麼！」火星哼了一聲。「聽到狗的聲音？這是什麼爛藉口？」

兩名見習生都沒回答，他只好嘆口氣。「很好，不管理由是什麼，反正這是蠢事！」

他會這樣就放過她們嗎？松鴉羽偏著頭聽火星繼續說。

「要怎麼處罰，由妳們的導師自己決定，不過我希望他們能教會妳們懂得尊重戰士守則。

顯然到目前為止，妳們的訓練成績乏善可陳。」腳下的樹葉被他踩得沙沙作響。「如果妳們還像小貓一樣愛胡鬧，就別怪我把妳們當小貓看，好了，可以走了！」

鴿掌和藤掌正打算離開。「鴿掌，」火星喊道。「我還有話跟妳說。」

藤掌停下腳步，滿臉疑惑。「那我呢？」

「不關妳的事。」煤心推她走。「叫妳怎麼做，就怎麼做！」

藤掌只好喪氣地離開。松鴉羽也打算離開，卻被火星叫住。「我要你和獅焰都留下。」

火星繞著鴿掌踱步，心思銳利如刺。「妳怎麼知道有狗？」他咄咄逼問見習生。

松鴉羽聽見她的尾巴拖在地上，微微發抖。「什……什麼意思？」她結結巴巴道。

火星的注意力轉向松鴉羽，同樣充滿猜疑。「星族有給你預兆？或託夢告訴你狗的事？」

松鴉羽搖搖頭。他想撒謊幫鴿掌脫困，但他知道火星不會上當。雷族族長顯然很清楚事情不對勁。「我以前也夢過高地上有狗，」他喃喃說道，「不過不是最近夢的。而且風族已經習慣這種事了，對他們來說，狗不是什麼大問題，他們的戰士知道怎麼躲開。」

火星的注意力又轉向鴿掌。「妳又是怎麼知道的？夢到的？」

「我說過了，」鴿掌回答道。「是我聽到的。」

火星的喉間有氣急敗壞的低吼聲。「那你呢？獅焰？你當時也在做樹上訓練，你有聽見狗的聲音嗎？」

獅焰不安地蠕動腳。「我當時在地面上，」他咕噥道。「而且又起風，所以很難判斷。」

火星打斷他。「所以你根本沒聽到。」

松鴉羽不停變換站姿，胃抽得死緊。雷族族長到底想說什麼？

「妳是不是能聽見其他貓兒聽不見的聲音？」火星突然問道。「妳是不是聽得見？就像妳聽見有河狸堵住河水？那不是夢，對不對？」

松鴉羽當場愣住，獅焰的驚詫也猶如刺骨寒風突然襲來。

族長嘆口氣。「鴿掌，我猜妳應該是有什麼未卜先知的本領，但我不認為那是妳夢到的，所以妳到底是怎麼知道？」他用尾尖敲著地面。「我必須弄清楚，這很重要，因為妳靠這個本領挽救了這座湖，但也害妳惹上麻煩。運氣不好的話，搞不好得和風族打起來，所以我有責任知道這是怎麼回事。」

鴿掌一臉困惑，心亂如麻，心想該怎麼說才不會洩露祕密。

火星哼了一聲，又對著松鴉羽和獅焰說：「看來我得下點猛藥才行，是不是？」

獅焰屏住呼吸，火星繼續說下去。

「我認為你們三個都有事隱瞞我，也許我們早就該開誠布公地談一談。」

松鴉羽背上的毛豎得筆直。

「松鴉羽，你難道不覺得奇怪，為什麼自己可以輕易潛入貓兒們的夢裡？這不是一般巫醫做得到的事。還有獅焰，你以為我沒注意到你作戰時的爆發力嗎？你不只英勇，根本是毫無所懼，你八成是知道自己不會有事，一般的貓傷不了你。後來又有了鴿掌，她的聽覺或視覺能力遠超過這裡每一隻貓。」火星歇口氣。

他知道了！松鴉羽的心跳急促。**他知道我們是三力量！**

第七章

「很久以前，我就得知一個預言。」雷族族長開口說道。

「我們知道！」松鴉羽打斷他。他曾潛進火星的夢裡，走進記憶，看過那隻老貓，親眼目睹他開口預言。「將有三隻貓兒，你至親的至親，星權在握。」

火星驚詫以對，最後無奈接受。「所以你早就知道了。」他嘆口氣。「我等你們已經等很久了，早在葉池和松鼠飛出生之前，我就開始等了。」

松鴉羽對火星的過往回憶沒有興趣。「可是那預言究竟有什麼意義？」

「意義？」火星的語調驚訝。

難道他也不知道？

松鴉羽還沒來得及回答，鴿掌已經出聲。「你以前是不是以為是葉池和松鼠飛？」

「我有一陣子是這麼以為，」火星慢慢說。「我以為是她們兩姊妹和雲尾，但什麼事也沒發生，後來小松鴉、小獅和小冬青出生了。」他停頓一下，等到再開口時，語氣顯得好奇。「這事你們知道多久了？」

松鴉羽聳聳肩。「還是見習生的時候就知道了。」

「是星族告訴你們的？」

「不完全是。」松鴉羽很想潛進火星的思緒，跳過這段冗長的言語詰問，直接找到雷族族長所知的真相，但他只是三力量之一，獅焰和鴿掌也有權知道，所以這整件事還是得透過你來我往的對話，抽絲撥繭出答案。「不過也不必靠星族來告訴我們，不是嗎？」他追問道。「畢竟這不是祂們的預言。」

「沒錯。」火星的聲音顯得茫然，四隻腳不安地蠕動。「你們知道自己背負什麼天命嗎？」

「你不知道嗎？」鴿掌倒抽口氣。「我意思是，如果你知道預言，怎麼可能不知道它的目的是什麼？」

「那隻老貓一定有告訴過你吧？」獅焰喵聲道。

「你為什麼不問他？」鴿掌追問道。

火星沉默了一會兒，似乎還在默默消化三隻貓兒早就探知是誰給他預言的這件事。松鴉羽鬆了口氣，心想好險雷族族長沒問他潛入他的記憶裡做什麼？「我想連那隻老貓也不知道這預言的目的是什麼，」火星承認道。「我猜祂只是負責傳話。」

恐懼如冰霜襲來，令松鴉羽背脊發涼。黑暗吞沒了他，所有感官都變得不見天日。**原來沒有貓兒知道這預言的目的何在！**他們註定要在黑暗中摸索，不知方向。

他感覺到火星的口鼻輕觸他的頭。「守天允諾你們一定會來，結果你們真的來了。我們要有信心，只是現在我們除了等候，什麼事也不能做。」雷族族長低聲說道。

松鴉羽突然氣憤難平，難道他就不擔心他的部族可能遭遇什麼危險？

「告訴我，」火星轉身對鴿掌說。「妳的特異能力究竟是什麼？」

松鴉羽感覺到她愣住，活像隻被逮到的老鼠，因為他們總是告訴她，千萬別洩露能力。

「沒關係，」獅焰喵聲道。「妳可以告訴他。」

「好吧，」鴿掌猶豫了一下。「我可以感應到一些事物，」她解釋著，「離我很遠的事物。」

「妳是怎麼感應的？」他追問道。

「我……我聽得見他們的聲音，也聞得到，而且會出現一些影像。」

「妳會隨時聽見各種聲音嗎？」

「反正四周……都會有各種聲音，像背景一樣。」鴿掌坐立不安。「我已經習慣了，就好像……」她停頓了一下，才又說道：「你不必時刻看見四周的樹木，但你知道它們一直都在，你知道它們的長相，也記得哪一棵樹長在哪裡。你可以把注意力放在某棵樹上，或者如果出現什麼特殊或異常的事物，抓住你的注意力……你就會想把它看得更清楚。」

「我懂了。」火星的聲音和藹。「現在我終於明白妳為什麼那麼精於狩獵了。」雷族族長的尾巴一甩。「三力量終於合一了。」他看起來很滿意。「從現在起，我終於能睡得安穩些。只是你們必須小心……你們的特異能力雖然讓你們與眾不同，但終究還是這部族的成員。在我們弄清楚預言的目的之前，千萬別把自己搞得眾叛親離。只要戰士守則還在，就得遵守它。」

松鴉羽傾身向前，心跳得厲害。「但我們還是不懂我們的目標是什麼。」

「我也不懂，只能走一步算一步了。」火星開始往山谷走去。「雷族何其有幸能擁有你們，但也別想太多，若有任何變化，再告訴我。」他回頭說道。「我會盡全力支持你們。」

荊棘隧道沙沙作響，雷族族長消失在營地入口。

獅焰長吁一口氣。「他以前怎麼從來不提？」

松鴉羽坐了下來。「我猜他只是想等確定了再提。」

「都是我害的。」鴿掌懊悔不已。「我不應該去風族的。」

「也許這樣也好，」松鴉羽安慰她。「他也沒說什麼啊，只是要我們注意可能的變化。」

「是啊，」獅焰也附和道。「這樣一來，也比較方便跟他要求更多的訓練時間。」

「可是我們還是不知道訓練的目的何在，」鴿掌直言道，說完她突然打了個呵欠，松鴉羽這才想到這隻年輕母貓已經累壞了，她幾乎有大半夜都沒睡。

他向獅焰眨眼示意，而金色戰士已經走向他的見習生。「來吧，」他喵聲道，「我們送妳回窩裡，妳得好好休息，明天才有精神上課。」獅焰停頓。「你要待在這裡嗎？松鴉羽？」

「我需要好好想想。」

獅焰打個呵欠。「不能回窩裡想嗎？」

「我不會在外面待太久的。」松鴉羽允諾道。

「好吧。」獅焰的聲音聽起來已經累到懶得爭辯了，於是跟著鴿掌穿過荊棘隧道，留松鴉羽在林子裡。

火星知道的不比我們多，松鴉羽嘆氣。難道沒有貓兒可以幫忙解釋他們究竟肩負了什麼樣的天命？他循著湖水和風的氣味，往湖邊走去。他從林子出來，風襲上他的臉，撲打他的鬍鬚。

松鴉羽憑空想像眼前這座湖……寬闊、幽黑、沉默，那根棍子就埋在湖水深處。**我當初為什麼要毀了它？**

他往水邊走近，踩著小石子，哀聲一嘆。「對不起！」聲音在水面上迴盪。「磐石，我不是故意的！」他深吸一口夜裡帶潮的空氣，想從空氣裡捕捉古代貓的味道，但什麼也沒有，只有枯葉和水的氣味。恐懼像幽暗的黑洞，在他心裡不斷擴大。早在星族進駐銀毛星群之前，磐石就知道這個預言，但松鴉羽卻親手毀了他和盲眼的古代貓唯一的聯繫。

「哦，磐石，拜託祢告訴我真相！」

湖上的風回絕松鴉羽的請求，但他知道磐石聽見了，如果磐石願意，祂會回答他的。

松鴉羽滿腔憤怒地沿著河岸走向林子邊緣，礫石岸上，樹枝低垂。他爬上岸邊，小心嗅聞地上盤根錯節的樹根，繼續往上游的林子走去。等到河道變窄，他才一躍而過，盡量不讓尾巴沾到那冰冷的河水。

他喜歡踩在潮溼的地上。他快步前進，路面不時出現坑洞，害他走得跌跌撞撞，這時他聽見有小小的腳爪從旁邊急速跑過，他分神聽了一會兒，竟不小心被一根矮小的莖梗敲到鼻頭。不過能單獨出來遛達一下，終歸是件好事。他終於可以暫時拋開族貓們的各種思緒和需求。他走得很快，專注眼前，在林間穿梭。他很熟悉周遭的空間，鬍鬚和鼻子會為他勾勒方向。他豎直耳毛，感應前方矮樹叢裡的各種聲音。

突然有片葉子啪地一聲，一股嗆鼻的味道迎面撲來。**影族！**

他已經很接近邊界了嗎？他慢下腳步，小心地走上前去，仔細嗅聞。邊界的氣味記號散布在前方林子裡，聞起來很新鮮，難道影族已經展開夜間巡邏？他又聞了一次。這味道是一隻公貓的。他不免納悶，為什麼只有一隻貓出來，而且只有他在作氣味記號？

一聲吼叫劃破空氣，尖爪朝松鴉羽的肩膀揮來，戳進覆滿落葉的土裡。松鴉羽氣急敗壞，提起身子，一鼓作氣，朝攻擊者猛撞，突然認出對方的味道。

「虎心！」

是褐皮的兒子。年輕的影族公貓趕緊爬起來。「對……對不起！」

松鴉羽感覺到虎心很不好意思，這隻年輕的公貓發現原來他攻擊的是巫醫。

「我不知道是你。」虎心收起爪子。「我以為你是入侵者。」

「巫醫有權去他們想去的任何地方。」松鴉羽提醒他。

「我……我知道，」虎心結結巴巴的。「你在這裡做什麼？我意思是這麼晚了。你是來找影族幫忙嗎？我可以帶你去找黑星。還是你要去別地方？」

松鴉羽趁虎心仍在喋喋不休之際，先讓身上毛髮平順下來，並嗅聞空氣，細聽岸邊湖浪的聲音和林子裡的風聲，確定自己究竟身在何處。原來他離湖岸很遠，離影族邊界很近，近到被年輕的戰士一撞，就跌進了對方的領地裡。他發現氣味記號就在他身後，於是小心翼翼地後退幾步，以確保腳下踩的是雷族的領地。雖然說巫醫可以愛去哪就去哪，不過也得給個正當的理由才行。而大半夜裡在林子裡亂逛，顯然不是黑星可以接受的正當理由。

「這麼晚了，你在這裡做什麼？」松鴉羽乾脆先發制人，藉此掩飾自己的不安。「你在巡邏嗎？」

「算……是吧。」虎心緊張地不斷變換站姿。「反正不關你的事。」他的聲音並不客氣。**他好像在防著什麼。**松鴉羽傾身向前。「影族很少在大半夜裡只派一隻貓出來巡邏吧。」不過也還好黑星沒派出大批巡邏隊。松鴉羽光想到自己可能像隻笨狐狸一樣被一大群影族戰士逮到，便忍不住發抖。

「雷族也不會只派巫醫出來吧。」虎心反問他。

這傢伙挺狡猾的！「你應該回自己窩裡了。」松鴉羽厲聲道。「明天一定還要受訓吧。」令他意外的是，虎心竟然馬上讓步。「好吧。」年輕的公貓說完，立刻轉身跑進林子裡。

松鴉羽在空氣裡嗅聞虎心漸漸淡去的氣味，這時突然有個味道竄進他鼻間。奇怪的是，那味道似曾相識，裊裊縈繞，但又抓不住它的確實位置。松鴉羽心想一定是虎心從別的地方沾來的，也許是他室友的味道。

這時他肩上的毛突然聳了起來，身子僵住，總覺得好像有誰在監視他。他轉身嗅聞空氣，豎直耳朵，暗惱自己什麼也看不見。難道真的有誰正從暗處偷窺他？但除了虎心留下來的那點味道之外，根本沒有其他聲響，也沒有氣味。

松鴉羽甩甩身上的毛。**別鼠腦袋了！只有我一個而已。**

他聞到黎明曙光的味道，於是低頭穿過榛木叢，往回家的路走去。

大半夜的，誰會來監視我啊？

第八章

冰冷的雨水滂沱打在見習生窩的窩頂，藤掌從洞口鑽進來，猛地跳進臥鋪，整座窩為之震動。

「嘿！」花掌坐了起來，甩甩身上的毛。

鴿掌眨眨眼，睜開眼睛。已經早上了嗎？昨天跟著獅焰上了好久的課，害她到現在都還睡不飽。他常要求她將特異能力施展到最極限，並堅持狩獵時，一定要讓自己的感官擴及到全領地的各個角落。

「睡得好嗎？」藤掌沒好氣地問道。

灰色的天光正滲進紫杉叢裡。山谷上方的林子在風中嘎扎作響。藤掌的毛髮溼答答地全黏在她嬌小的身軀上。

又是風雨交加的一天。

鴿掌伸個懶腰，打個呵欠。「妳已經出去過啦？」

「黎明巡邏隊啊，」藤掌生氣道，「我不懂為什麼棘爪要叫我去，卻讓妳睡得這麼晚。」

鴿掌豎直耳朵。難道火星跟他的副族長提過她的特異能力，所以才給她特權？他們為什麼不能把她當普通的見習生看待呢？她愣在原地，不知如何解釋，藤掌則繼續數落。

「妳到底有什麼特別啊？」藤掌咕噥道。「我見過火星四下無人時看妳的模樣，現在就連棘爪也把妳當神一樣供起來。」

「我猜他們只是想確定我們兩個有確實遵守營裡的規定。」鴿掌安慰她，暗自希望藤掌能相信她這套說詞。

「所以這規定就是妳可以躺在溫暖的窩裡睡覺，我卻得出去淋雨？」藤掌不屑道。

花掌正拍掉身上的水滴。「我們都有機會輪到黎明巡邏啊。」她直言道。

「可是有些貓輪到的機會就是比較少啊。」藤掌還是怒瞪著姊姊。

「也許棘爪對我另有安排吧。」鴿掌喵聲道。

「什麼安排？額外的兔子大餐嗎？」藤掌在臥鋪裡躺了下來，背對鴿掌。

「對不起，我沒跟妳一起出去。」鴿掌趕緊幫忙舔乾藤掌背上的水滴。**真希望他們當初也叫我參加黎明巡邏隊，這樣才公平啊！**畢竟去風族營地的那件事全是她出的主意。「至少我們現在沒有被禁足啊。」

「哼！」藤掌不悅地咕噥一聲，不過鴿掌已經感覺到她的心情好了一點。

「他們不可能懲罰妳們一輩子的。」花掌喵聲道。

藤掌挪動一下身子，好方便鴿掌幫她舔乾溼透的肩膀。「我想也是。」

這兩個見習生因為擅闖風族領地，而被禁足一個禮拜。這一個禮拜來，她們每天叼著蕨葉進進出出，直到藤掌確信每隻貓都有乾淨的臥鋪才收工，鴿掌不免相信，雷族長老窩和育兒室恐怕從來沒有這麼乾淨過。

「鴿掌！」獅焰的聲音隔著紫杉叢傳來。

藤掌哼了一聲。「時間還抓得真準，」她抱怨道。「妳才正要搔到我的癢處呢。」

「對不起，」鴿掌歉聲以對。「我得走了。」她跳出臥鋪，從窩裡鑽出來，走進雨中。

「什麼事？」

獅焰坐在溼淋淋的空地上，鬍鬚不斷滴水。「妳有聽見什麼嗎？」

鴿掌嘆口氣。這句話最近已經變成他固定對她說的招呼語了。難道他真的以為她就只長著一對順風耳嗎？

「沒有。」她嘶聲回答，這時她注意到火星正從窩裡出來，目光直接掃向她，這下她心情更惡劣了。她真想回臥鋪去找藤掌聊天，至少她的妹妹把她當普通見習生看待。

一團暗色身影吸引了她的目光，原來是薔掌正朝她跑來。雨中的她，棕色毛髮被淋得全黏在身上，她的導師刺爪緩步跟在後面。

「我們要去巡邏邊界！」薔掌緊急煞住腳步，泥水濺在鴿掌身上。山谷上方的風勢強如旋風襲來，撲打她的鬍鬚。

鴿掌開心地喵嗚一聲，室友的熱情多少感染了她。這隻年輕的貓好像根本不在乎現在正在下雨。

但刺爪顯然很在乎，他滿臉不悅地甩甩鬍鬚，水沫四濺。「你們準備好了嗎？」他問獅焰，同時瞥了鴿掌一眼。「棘爪要我們去查看一下影族的氣味記號。」

鴿掌興奮了起來。林間奔馳一定可以讓她通體舒暢，全身熱活。雖然昨天上過課，但畢竟在營裡被關了那麼久，當然想伸展一下四肢。「來吧。」她跑向荊棘屏障，示意薔掌跟上，身子鑽進隧道，很高興自己終於能離開火星的視線範圍。

一出營外，刺爪立刻趕上她們。

「走哪條路？」鴿掌氣喘吁吁。

刺爪的目光沿著溪谷巡視。「我們走老橡樹那條路好了。」說完就往林子跑，四腳踩在溼淋淋的落葉上。

等他們進入溼漉漉的林子裡時，鴿掌不禁皺起臉來，因為腳下都是爛泥，甚至滲進她的腳趾，而且每次鑽進灌木叢裡，都會被枝葉上的雨珠灑得一頭一臉。

這時突然有腳步聲朝他們跑來。「等等我！」灰紋追在後面。「火星要我加入你們。」灰色戰士氣喘吁吁地說道。他那厚實的毛髮被雨淋得全黏在身上，看起來變得好瘦。

刺爪彈彈尾巴。「影族又越過邊界了嗎？」

「又沒有獵物被偷，」獅焰瞇起眼睛。「只是在邊界這頭聞得到他們的一些味道。」

灰紋不斷甩著身上的水，直到毛髮變得像刺一樣賁張才作罷。「火星要我們保持警戒。」

薔掌瞪大眼睛。「你認為火星會在明天的大集會上提出來嗎？」

「為什麼不提？」灰紋喵聲道。

刺爪隔著林子窺看。「如果有大集會的話。」天空滿布烏雲，雨勢更大了。

「起風了！」灰紋說道，真的有風在樹頂盤旋。「也許到了早上，這些烏雲就會被吹走了。」突然一陣強風刮起，撲打樹頂，灌進矮木叢裡，襲上灰紋鬍鬚，他趕緊將身子站穩。「我是說如果沒把我們也吹走的話。」

河水已經滿了，刺爪花了好一會兒功夫才找到可以過河的地方。他率先跳過湍急的黃流，轉頭去看跳過來的薔掌。鴿掌緊隨在後，只是腳在泥濘的岸邊打滑了一下，嚇得她心臟差點跳出來。好險刺爪一把抓住她頸背，讓她踩穩，她才發現原來她的尾巴只離惡水分毫之差。

灰紋和獅焰輕鬆地跳了過來。

「很難想像湖水以前是見底的。」灰紋看著河水滾滾衝向下游，不禁感嘆道。

獅焰已經繼續往前走，躍上一根橫倒在地的樹幹，那樹皮還是綠的，覆滿油亮亮的青苔，站在樹幹上的他腳突然打滑，結果「喝」地一聲從另一頭掉下去。

鴿掌聽見他在溼淋淋的枝葉裡摔得四腳朝天，空氣裡充斥著嗆鼻的野生蒜味。她前腳趴上樹幹，從往下探看。「你還好嗎？」

獅焰忙著擺脫纏在身上的枝葉，四隻腳胡亂拍打，空氣裡盡是那葉子的酸味。

薔掌也趴在她旁邊的樹幹上，往下窺看。「好慘！」她的鬍鬚抽了抽。

鴿掌忍住大笑的衝動。獅焰終於站了起來，毛髮凌亂不已。「我沒事。」他呸口道。

「我們是不是應該學你那樣把自己的氣味隱藏起來？」鴿掌故作無知地問道。

「這也不是我願意的，妳又不是不知道！」獅焰彈彈尾巴，往林子走去，刺爪和灰紋躍過樹幹，跟了上去。

鴿掌正要爬上一根木頭，薔掌立刻開玩笑：「小心滑倒哦。」鴿掌故意哼了一聲。

薔掌開心地喵嗚叫，跟著鴿掌一起追上導師，但一看見刺爪回頭瞪她們，立刻安靜下來，然後對著鴿掌皺皺鼻子。「至少我們不會找不到他。」她說得很小聲，還偷偷瞥了獅焰一眼。

金色公貓滿身蒜味，但仍昂首闊步地走在隊伍最前面，好像一點也不在乎身上的味道。

這時鴿掌聞到影族的氣味記號，那味道濃烈到甚至蓋過獅焰身上的蒜味，簡直和雷族的氣味記號難分軒輊。她心想是不是該施展特異能力，偵測一下影族的動靜，可是昨天的練習她太累，實在沒什麼精神，還是聽從導師的指示比較好，就讓這些戰士們自己去傷腦筋吧。

他們走近林子邊緣，發現樹林裡有光影閃現。鴿掌這才認出上方草地原來就是她上次前往上游探險時，誤闖的兩腳獸皮帳窩所在地。還好現在那裡空無一人，畢竟天氣這麼惡劣，兩腳獸當然不會笨到坐在那裡。

獅焰停在林木線上，這裡有影族氣味零星散布。刺爪和灰紋穿梭在邊界這頭的矮木叢裡，仔細嗅聞每株灌木和每叢蕨葉。

「有聞到什麼嗎？」獅焰喊道。

灰紋搖搖頭，但刺爪卻在離邊界境內有幾條尾巴之距的榛木叢下方停下腳步。

薔掌快步走到他那裡。「是影族嗎？」她聞一聞灌木叢，背上毛髮立刻豎了起來。「他們來過這裡！」她緊張地說道。

獅焰和灰紋也擠了過去。但鴿掌沒有跟上前去，因為她在原地就能清楚聞到。

虎心！

那味道喚起了她的記憶。這位年輕的影族戰士曾陪她一起前往上游探險，找到河狸。他的味道對她來說就像同族夥伴一樣熟悉。

「你退回去一點，獅焰，」刺爪命令道。「你身上的大蒜味會蓋住所有氣味。」

難怪他沒聞出來！鴿掌看見刺爪又聞一次，心裡暗自希望刺爪聞不出來那味道是誰的。

灰紋走到邊界處，來回踱步，甩打尾巴。「影族巡邏隊來了！」他出聲警告。

四隻影族貓穿過草地，走了過來，毛髮波浪起伏。刺爪和灰紋站在獅焰旁邊，擺開陣勢，面對敵營，謹守分寸，不敢越界，但全都齜牙咧嘴。

薔掌趕緊上前加入他們，鴿掌則走到榛木叢那裡，聞了一聞。確定是虎心的味道。他到底想做什麼？怎麼會越界呢？是意外嗎？也許他在追蹤獵物，等注意到的時候，已經太遲了。

「你們在邊界這裡做什麼？」一隻黑白相間的影族公貓瞪著他們，語帶挑釁地問道。

鴿掌認出那是曾在大集會上見過的鴉霜。他停在離雷族貓幾步以外的地方，旁邊站著鼠疤、松掌和虎心。

灰紋齜牙咧嘴。「我們正在查我們這邊怎麼會有影族的氣味？」

鴉霜豎直頸毛。「你說什麼？」

「那裡的榛木叢底下有影族的氣味。」獅焰吼道。

空氣開始凝結，氣氛開始緊繃，貓兒們互瞪彼此。

這時虎心咆哮道，「我們幹嘛要跑到那棵爛樹底下？」

灰紋的腳爪在地上一伸一縮，「那你們自己解釋為什麼要越過邊界？」

「影族貓才不會越過邊界呢。」鼠疤嘶聲吼道。

鴿掌盯著虎心看，發現他琥珀色的眼神完全不露痕跡。

刺爪站到一旁。「你們自己過來聞聞看！」他要求道。

「別想指揮我們！」松掌扒著地上的爛泥，草葉勾在爪子裡。「雖然上次是你們雷族主動提議到上游找水源，但這不表示你們從此就有資格管我們！」

「過來聞就知道了！」刺爪咆哮道。

「你以為我們這麼好騙啊？」鴉霜氣急敗壞地說。「如果我們跨過邊界，不就在你們的領地裡留下影族的氣味了。」

鼠疤齜牙咧嘴地說：「你們是想拐騙我們和你們打起來嗎？」

「我們幹嘛這麼無聊？」獅焰直視影族戰士。

虎心上前一步。「好吧，」他喵聲道。「我來聞好了。但別忘了，是你們邀我越過邊界的哦！」他快步穿過氣味記號線，尾巴在空中豎得筆直。「那棵矮木叢在哪裡？」

鴿掌瞇起眼睛。如果虎心親自去檢查，就能用自己身上的味道掩蓋住以前的味道。那證據不就沒了嗎？**真是高招！**她不禁佩服他的機智。可是他一定有什麼目的。**究竟是什麼呢？**他走了過來，鴿掌在榛木叢旁邊等他。

「這裡嗎？」他喊道，鼻子湊過去聞棕色葉子。「有很淡的味道，不過這味道太久了，很難說究竟是影族或雷族的。」他轉身，身子摩蹭到灌木叢，一撮毛黏在帶刺的枝葉上。「你們八成是被蜜蜂叮壞了腦袋，每次都胡說八道。」說完，便昂首闊步地往同族夥伴走去。兩支巡邏隊仍在互相對峙，深怕有一方突然越雷池一步。

鴿掌趁虎心經過她身邊時嘶聲說道：「是你，對不對？」

虎心霍地轉頭，神情慌張地瞪著她。

「別想否認！」鴿掌低聲說道，同時瞄了一眼還在和影族對峙中的同族夥伴。「你還沒走過來之前，我就聞出你的味道了。」

「拜託妳別張揚。」虎心垂下尾巴。「明天大集會上，我再跟妳解釋清楚。」

虎心蠕動著腳，不安地望向自己的隊友。鴿掌突然於心不忍，她不想害他惹上麻煩。畢竟他曾幫她打敗河狸，好歹也有個情份在。至少她該給他一個解釋的機會「好吧。」她同意道。

「謝謝妳。」他的毛髮恢復了平順，踏過邊界，回到同族夥伴處。「是他們胡亂猜測的。」他回報鴉霜。

「瞧？」鼠疤哼了一聲。「有可能只是味道飄過去而已。」

灰紋上前一步。「那棵灌木叢上絕對有你們影族的味道。」

鴉霜也不甘示弱地探身過來，兩隻貓的鬍鬚差點碰在一起，中間只隔著一條邊界。「就只有一點影族味道，你就怕成這樣啊？」

薔掌挺起胸膛。「我們才不怕呢！」

他們持續對峙著。

「你們到底走不走？」刺爪終於打破沉默吼道。

「我們為什麼要走？」鼠疤回嗆他，「我們本來就站在自己的領地上。」

灰紋哼了一聲。「走吧，」他喝令夥伴們。「如果他們想繼續站在爛泥巴裡，讓腳爛掉，就隨他們去吧。」他轉身，尾巴越過邊界，輕輕一彈，掃到鴉霜的鼻子。

鴉霜吼了一聲，毛髮賁張，但沒敢輕舉妄動，這時雷族巡邏隊已經跟著灰紋走進林子裡。

鴿掌回頭望了一眼。鼠疤和鴉霜正在低聲交談，頭靠得很近，松掌在邊界附近走來走去，頸毛依然豎得筆直，虎心則是冷靜地站在原地，目送她離去。

鴿掌捕捉到他的臉，又趕緊別過臉去，覺得很不自在。

他究竟怎麼了？以前旅行的時候，他的個性一向直率，從沒想到他會變得這麼鬼祟。至少他答應明天大集會上跟她解釋清楚。等她聽完他的理由之後，再來決定怎麼做吧。

當他們快走到山谷時，鴿掌習慣性地先用特異能力尋找藤掌的蹤跡。她的妹妹不在營裡。她又仔細聽，終於聽見藤掌的聲音。

「早告訴過妳啊！」藤掌和花掌正在訓練場上。「妳扳不到我的。」

鴿掌知道妹妹安然無恙，這才安下心來，跟著巡邏隊穿過荊棘隧道。火星正在空地上來回踱步，毛髮被雨淋得滴滴答答。巡邏隊一走進營裡，他立刻轉身過來。

「怎麼樣？」他追問道，直接走向灰紋。

灰紋甩掉鬍鬚上的水珠。「邊界這頭的影族氣味更濃了。」他回報道。

火星皺起眉頭。原本待在空地邊緣蕨叢底下躲雨的塵皮，這時也走了出來。「影族還是常越界嗎？」

雲尾的白色毛髮被雨淋得灰濛濛的，他原本瑟縮坐在空地上，這時也豎起耳朵，瞪大眼睛。沙暴從火星窩裡往外窺看。蜜妮則鑽出窩外，先用鼻子碰碰灰紋的肩膀，然後才搓搓他們的孩子薔掌。巫醫窩的洞口一陣窸窣作響，松鴉羽緩步出來，坐在空地上，那雙盲眼緊盯著剛回來的巡邏隊。

「我想應該只有一個戰士越過邊界。」灰紋向族貓保證道。

沙暴從亂石堆上跑下來。「你知道是誰嗎？」

鴿掌不安地看著自己的腳。族貓們開始推敲，憤怒的低語聲陣陣傳來。她釋出感官，往影族領地延伸。虎心正跟著他的巡邏隊走進營地。鼠疤去找黑星報告，虎心卻從生鮮獵物堆裡挑了一隻老鼠，帶到空地邊緣。他的腳踩踏在鋪滿針葉的林地上，水花四濺。他躺了下來，開始進食，不時緊張地瞥看自己的族長。

「所以我們要怎麼辦？」塵皮質疑的聲音令鴿掌抽回了注意力。

火星抬起下巴。「既然我們還不知道是誰穿過邊界，也只能靜觀其變了。」

刺爪低吼一聲。

「不過，」火星繼續說道。「我們得加強影族邊界的巡邏，也許能逮到那個戰士，找出他的意圖。」

「我真想親手逮到他。」獅焰嘶聲說道。

「也可能是她。」蜜妮回駁道。

「不管是誰，」火星繼續說道，「我們都不確定這種行為究竟是出於影族授意還是個別行為，在我們查明真相之前，千萬不可輕舉妄動。」

「你會在大集會上提吧？」沙暴提醒他。

「有必要的話。」火星喵聲道。

「有必要的話？」塵皮氣急敗壞地說。

灰紋擋在虎斑公貓和族長之間。「又沒抓到現行犯，何必先傷感情呢？」

獅焰甩打尾巴。「可是我擔心影族會因此看扁我們。」

火星坐了下來，尾巴放在前腳上。「只要有實力就不必怕。」他專注地看著金色戰士。「別忘了，這可能只是個別行為，不是整個部族的問題。」

「那麼我們更應該警告他們！」刺爪厲聲道。「如果他們管不住自己的戰士，我們就讓別的部族知道他們的無能。」

「我懂你的意思，刺爪。」火星向這位虎斑戰士垂頭致意。「可是有時候還是先別張揚比較好，我不希望讓別的部族以為我們捍衛不了自己的領地。」

刺爪甩掉身上的水珠。「好吧。」他喵聲說。

火星和沙暴跳上亂石堆，回到族長窩的洞穴裡。塵皮跟著刺爪走到擎天架下可以躲雨的地方，灰紋、蜜妮和薔掌則走過去嗅聞生鮮獵物堆上正遭雨淋的獵物。

「妳餓了嗎？」獅焰問鴿掌。

她還沒回答，就聽見松鴉羽在空地的另一頭朝他們大喊。「結果呢？」灰色巫醫快步走來，雨水打在他那波浪起伏的乾毛髮上。他在他們旁邊停下腳步。「妳知道是誰越過邊界嗎？」他氣喘吁吁地問道，並焦急地將目光轉向獅焰說：「前幾天晚上，我在邊界附近看見虎心鬼鬼祟祟。」

「真的？」鴿掌不掩驚訝。所以這位影族戰士真的在搞鬼，可是她不打算說出來。她已經答應要給他解釋的機會，她說到做到。更何況明天就是大集會，換言之這祕密不用再守多久。

「虎心？」獅焰也很訝異。「他越界做什麼？半個月前，他還是我們的盟友，幫忙我們搶回水源。」

松鴉羽卻皺起眉頭。「那是半個月前的事了，」他直言道。「不是所有貓兒都會傻到以為靠一次探險就能交到一輩子的朋友。」

鴿掌的毛髮頓時豎得筆直。他是意有所指她去看莎草鬚的那件事嗎？她覺得有罪惡感。不過她答應虎心在先，要保守祕密。也許松鴉羽是對的，他只是在提醒她忠貞的重要。

可是獅焰好像也把虎心當成朋友，也許忠貞這種東西是可以跨越部族的。

一滴雨水從她耳尖滑落，彈在她柔軟的毛髮上。她甩甩頭，決定保持緘默，直到親耳聽見影族戰士的解釋為止。

第九章

鴿掌在荊棘屏障旁不安地走來走去，急著想要出發。

藤掌坐在那裡看著她，一臉惱色地抽動尾巴。「妳一定要把所有經過都告訴我哦。」她又交待了一次。

「當然會，」鴿掌允諾道。「等我一回來就告訴妳。」藤掌本來已經不再質疑鴿掌所得到的特殊待遇，沒想到棘爪竟又決定今晚的大集會由鴿掌代表參加。

雷族副族長這時剛好走了過來，被藤掌狠狠地瞪了一眼。

他停下腳步。「別生氣，」他喵聲道。「妳又不是小貓，別老跟在姊姊後面。」

白翅自從晚上吃過東西後就一直坐著打瞌睡，這時坐了起來。「棘爪，我記得……」她揶揄道，「你以前也是一樣，只要不讓你參加大集會，你就很不高興。」她眼帶疼惜地看著自己的女兒。

棘爪先是瞪白色母貓一眼，那神情隨即又變得像在開玩笑。「是哦，不過至少我都是躲在窩裡自己難過。」

藤掌臉色一沉，低頭看自己的腳，尾巴彈了一彈。

棘爪走到灰紋旁邊，坐了下來，鴿掌則走過來對她說：「別擔心，等我們當上戰士，每次的大集會就可以一起去了。」

松鼠飛走出戰士窩，穿過空地。她的目光先是直射棘爪，然後才到獵物堆那裡找葉池。

「妳覺得棘爪可不可能原諒她們？」鴿掌看著那兩姊妹，這樣低聲問道。棘爪怎麼會對他之前的伴侶這麼冷漠啊？她不禁打起寒顫，以前關係這麼親密，現在卻形同陌路？她和藤掌絕對不會這樣。

但至少松鼠飛和葉池還是好姊妹。鴿掌看著相偎依的兩姊妹，她們就像育兒室裡的小貓一樣相親相愛。

她用鼻子推推藤掌。「我想我一定可以從花瓣毛那裡打探到一些小道消息。」她喵聲道。她只希望那隻害羞的河族母貓不會忘了她們以前一起探險的患難情誼。

火星從擎天架上跳了來，腳下石子喀啦作響，其他隊員們急忙走向荊棘入口。沙暴、刺爪和蕨毛在入口旁邊焦燥地走來走去，狐躍、玫瑰瓣和亮心則從戰士窩裡匆匆出來。獅焰草草吃完東西，還在舔著嘴巴，順便等著正從巫醫窩裡出來的松鴉羽。他們結伴走了過來，而這時蜜妮也從如廁處的隧道那裡鑽出來，跑到灰紋旁邊。樺落悄悄地走到白翅身邊，花掌和薔掌則從見習生窩裡衝出來，毛髮梳得光潔整齊，精神十足，眼睛發亮。

蜂掌在他們後面大喊：「我要知道所有細節哦！」他和藤掌一樣得待在營裡。

這時松鼠飛離開葉池，加入隊伍，火星用尾巴示意大家出發，隨即鑽出營外，族貓們跟在後面，魚貫出營。鴿掌感覺到當隊伍往湖邊走去時，有種不安的氣氛正在蘊釀，他們靜靜走著，腳下踩著潮溼的落葉。灰紋說得沒錯，風會吹走烏雲，天空又恢復清澈，閃閃發亮的銀毛星群環繞著皎潔明月。只不過林子裡因為剛下過雨，水氣仍重，還在滴滴答答，鴿掌跟著族貓穿過矮樹叢，身上早就溼了。

水氣寒冽，貓兒們的脾氣都不太好。

「最好別再讓我們聞到領地裡有影族的氣味。」狐躍咆哮道。影族貓越過邊界的這件事，早就像野火燎原一樣傳遍整個部族。

「別無聊了，」棘爪呸口道。「我們正繞過風族的湖岸，影族再笨，也不會把氣味記號弄到這麼遠的地方吧！」

刺爪停下來，嗅聞空氣。「我倒是覺得影族什麼事都做得出來。」他咕噥道。

狐躍甩甩尾巴。「我們應該走進影族領地，留下我們的氣味，管他們高不高興。」

「沒錯！」玫瑰瓣附和道。「他們一定會很不爽。」這陣子，這隻深乳白色的母貓好像總是在附和她的室友說的每一句話。

鼠腦袋！鴿掌突然覺得有點罪惡感。玫瑰瓣是個好戰士，個性又溫柔，但鴿掌還是希望她別老對那隻公貓的話言聽計從，變得一點自己的個性都沒有。

「我們是應該這麼做。」獅焰吼道。「才能給他們一點顏色瞧瞧，不過他們的鼻子恐怕沒那麼靈光。」

松鼠飛越過金色戰士，跳上斜坡。「別再沒事找麻煩了。」她警告道。

棘爪爬上坡頂，看著下方的松鼠飛。「有時候是需要給點顏色瞧瞧，星族賜給我們利爪，不是沒有原因的。」

橘色母貓的眼裡有訝色一閃而逝，彷彿他的話刺傷了她。獅焰的臉部肌肉明顯抽搐了一下。雷族隊伍在岸邊重新整隊出發，沿著湖岸繼續前進，保持離湖水三條尾巴的距離。

鴿掌掃視山腰，沒看見其他部族，就連水面上連接小島的那根樹橋，也沒聞到什麼新鮮的氣味。鴿掌伸出爪子，踏上去，緊抓住滑溜的樹皮。除了島上林間的風聲之外，她只聽見橋下湖水的波紋聲。

空地上空蕩蕩的，他們是最早抵達的部族。她跳下樹橋，腳下的砂礫被踩得喀吱作響，腳趾間的毛全溼了。她回頭一望，看見松鴉羽不費吹灰之力地就過了樹橋，好生佩服，獅焰緊緊跟在他尾巴後面。

「來吧，」她低聲對花掌說。「我們去探險。」

「可是……」

她沒等花掌說完，便跑進林子裡。「沒關係啦，」她回頭朝她喊，「我們是第一個到的。」

鴿掌在島嶼中央的空地上戛然止住腳步，過了一會兒，花掌也從蕨葉叢裡衝出來。半泡在水裡的岸邊野草都腐爛了，空氣裡充斥著一股腐臭味。鴿掌皺起鼻子，心想，**河族怎麼受得了這種味道啊？**

「等等我！」薔掌也跟在後面，從矮木叢裡衝出來。她煞住腳步，環目四顧荒蕪的空地。其他族貓仍在灌木叢裡慢慢走著，離他們還有好幾根樹幹長的距離。

「我們去爬那棵最大的樹！」花掌正跑向空地前方那棵陰森的巨橡樹，沒一會兒功夫，花掌已經跳上樹幹，坐在最低矮的樹枝上，尾巴學族長一樣覆在前腳，抖鬆胸前毛髮，彷彿正要開口對族貓訓話。

「我，花星，歡迎你們到來——」

「快給我下來！」花掌聽見松鼠飛的尖聲喝斥，嚇得從樹上跌下來，滾在地上。鴿掌也嚇得趕緊轉身，只見橘色母貓虎怒目著，花掌慌張爬了起來，羞愧地退出空地。

「妳們好大膽！」松鼠飛斥責道。「星族會怎麼想？」

「完了！」薔掌低聲道，身子往鴿掌挨近。

蜜妮從蕨叢裡跳出來，眼睛掃過松鼠飛和花掌。

花掌的腳有點跛，灰色戰士趕緊衝到她的女兒身邊。「妳怎麼了？」她聞聞花掌的腿。

「沒事啦，」花掌要她寬心。「只是跳下來的時候沒站穩。」

「妳剛剛在做什麼？」

花掌垂下頭。「我只是想體驗一下坐在巨橡樹上的感覺。結果松鼠飛對我大吼一聲，害我嚇一跳，就掉下來了。」

蜜妮怒瞪松鼠飛一眼。「沒必要這樣嚇她吧！要是受傷了怎麼辦？」

「她根本不應該爬上樹。」松鼠飛直言道。

「她只是見習生。」蜜妮提醒松鼠飛。

「她已經大到要自己有點判斷力了！」松鼠飛轉身，這時松鴉羽也從蕨叢裡走出來。「你可以看看花掌嗎？」她問道。「她剛跌下來。」

火星從蕨叢裡慢慢走出來。「誰跌倒了？」

「沒什麼？」花掌喵聲道，松鴉羽正在檢查她的腳。「我沒事啦。」

火星的目光掃看松鼠飛和蜜妮，雙方顯得劍拔弩張。

這時灰紋走到他面前，聞聞空氣。「好噁哦，」他皺起鼻子。「真不知道這地方是空蕩蕩的時候比較臭，還是四大部族全擠在這裡的時候比較臭。」

鴿掌暗自感激這位灰色戰士的適時幽默。松鼠飛和蜜妮這時已經各自退到空地角落。棘爪走了過去，刻意遠離那兩隻母貓，坐在一棵山毛櫸底下。白翅走進空地，看看松鼠飛和蜜妮，神情疑慮，最後決定坐在蕨叢旁的陰暗處，剛好位在她們中間。松鴉羽在巫醫們常聚集的巨橡樹樹根那裡找到位置坐下。樺落繞著空地邊緣走，小心翼翼地到處嗅聞，這時其他隊員也都坐定，不發一語地拍打著尾巴。

天空雖然清澈，空氣裡卻有雨的味道。一陣風襲來，落葉在空地上翻飛，鴿掌全身發抖。終於她聽見小島盡頭的矮木叢裡出現沙沙聲響，並聞到河族的魚腥味，才放下心來。顯然河族正離開營地，往空地而來。

她注意到火星順著她的目光看向林子盡頭的蘆葦叢，等待身形光滑的河族貓現身。當霧星領著族貓走進空地時，他特地抬起尾巴朝她打招呼。花瓣毛立刻從隊伍裡衝出來，穿過布滿落葉的空地，跑向鴿掌，其他族貓則穿梭在雷族貓兒之間，互打招呼。

「嗨，」灰白相間的河族母貓抖鬆胸毛，抬高下巴。自從上次探險旅行之後，她好像又長高了一點。「妳的訓練進行得怎麼樣了？」

「很好啊！」鴿掌很高興見到她，更令她高興的是，至少還有探險隊員像朋友一樣跟她打招呼。可是松鴉羽的話仍然令她耿耿於懷。**不是所有的貓兒都會傻到以為靠一次探險就能交到一輩子的朋友**。她趕緊揮開這念頭，相信自己在效忠部族之餘，還是能交到朋友。

「妳會不會覺得探險旅行過後，其他事情都變得好無聊哦？」花瓣毛的眼睛閃閃發亮。

要真是這樣，該有多好？獅焰每天都逼著她勤練自己的特異能力，害她根本沒有時間去想無不無聊這件事。「我有個很厲害的導師。」她喵聲道，因為她注意到獅焰的目光正掃向她。他是不是擔心她洩露什麼？

這時她聞到風族貓正通過樹橋，往空地走來，突然忐忑不安起來。

「妳還好吧？」花瓣毛瞪大眼睛。

「什麼？」鴿掌緊張地回頭張望，深怕撞見先前逮到她擅闖風族營地的那些貓兒。這時花瓣毛的目光越過她望向他們，她反而更緊張了。

「只是風族啦！」河族貓招呼舊識。「嗨，莎草鬚！」

莎草鬚的腳仍有點跛，但腿上已經沒有敷著蜘蛛絲了，傷口上也長出了新毛。

風族戰士聞聲竟轉身就走，花瓣毛冷哼一聲。「她幹嘛那麼冷漠啊？」琥珀色的眼睛出現受傷的神情。

鴿掌本來想跟她解釋莎草鬚的冷漠是針對她，不是針對花瓣毛。可是她又不敢承認自己當初的魯莽行徑。現在就連棘爪也瞇起眼睛看著她。**我敢說他現在心裡一定很好奇待會兒一星會怎麼說我越過風族邊界的那件事。**她愈想愈害怕，真希望藤掌就陪在她旁邊。

「開心點嘛！」花瓣毛的聲音嚇了她一跳。「風族的貓本來就很愛生氣，如果他們不想跟我們說話就算啦。」

鴿掌彈彈尾巴。花瓣毛說得沒錯。就算她的同族夥伴想互放冷箭，風族貓喜歡生氣，那又怎樣？她不應該忘了今夜的重要任務。虎心答應今晚會告訴她為什麼要越過雷族邊界。她搜尋他的味道，結果發現那味道就在沁涼的夜風裡，很近也很新鮮，影族已經到了。

黑星帶隊走進空地。火星抬頭看了一眼月亮。烏雲堆在地平線上，雷族族長跳上巨橡樹，就坐在花掌曾爬上去的低矮樹枝上。一星和黑星也隨後爬上去。霧星抬頭看看粗壯的樹幹，似乎正在尋找可以抓牢的地方，然後才笨拙地爬上去，坐在其他族長旁邊。

鴿掌在等待貓群集合的同時，眼裡仍不忘搜索虎心的身影。她瞄見他了，就在影族貓裡，這時有一小群河族貓擠到他們中間，擋住她的視線。

「虎心！」她嘶聲喊道，可是他沒有轉身，反而有個利爪在捏她尾巴。

「噢！」鴿掌回頭看。

沙暴厲色瞪她。「族長們要說話了，快坐下來吧。」

鴿掌心不甘情不願地跟著她的族貓走過去。她發現虎心的旁邊坐著雪鳥，那暗沉的毛色更襯出雪鳥的一身雪白。鴿掌試圖捕捉虎心的目光，可是紅柳走了過來，坐在他們旁邊，結果虎心就被硬生生地擋在那顆褐色的大頭顱後面。鴿掌只好心不甘情不願地轉頭去看族長們。

一星緩步走到樹枝中央。鴿掌緊張地屏住呼吸。**拜託不要提到我。**

「多虧星族保佑，我們的湖水又滿了。」一星開口道。

「他是不是認為那些冒險搶回水源的貓兒們一點功勞也沒有。」花掌小聲說道。

「我們的英勇戰士除掉了河水源頭的阻礙，平安歸來，重回部族懷抱。」風族族長目光掃視雷族貓兒，鴿掌發現自己竟縮起肩膀，完全不敢直視還在發言中的他。

「風族將永遠感激我們的英勇戰士。」

薔掌挨近她。「他說得好像功勞全是他們風族的，」她低聲道。「那妳和獅焰，還有虎心和……」

「噓！」松鼠飛瞪她們一眼，才又轉頭繼續聽巨橡樹上的一星說話。

「禿葉季快到了，邊界的捍衛工作變得非常重要。現在雖然還有兔子到處跑跳，但即將來臨的禿葉季勢必會很艱苦，所以我們必須好好保護自己的資產。」他俯瞪雷族。「任何入侵者都會受到嚴懲。」

鴿掌縮起爪子，等他點名，還好風族族長只是點點頭，就退了下去，讓位給霧星，她這才放下心來。河族新族長首度公開發言，四大部族屏息以待。

「大家應該知道我現在是河族的新族長了。」

空地上立刻響起歡呼聲。「霧星！霧星！」

火星站了起來，垂頭向灰色母貓致敬，眼裡閃著驕傲的光芒。鴿掌豎起耳朵。雷族族長似乎由衷為這位新的河族族長感到高興。**我想他應該是她的老朋友吧**。再說從各族熱烈歡呼的程度來看，顯然四大部族都很喜歡她，就像松鴉羽預知的一樣。

霧星點點頭，瞪大藍色眼睛，目光掃過四大部族，等待歡呼聲稍歇。「豹星是位情操偉大的族長，」她開口道。附和的低語聲在貓群裡響起，霧星繼續說道。「她英勇、忠誠，為了保護部族，什麼事都不怕。」

「是說虎星嗎?!」鴿掌後面傳來一句很酸的話。

她倏地轉頭，一臉困惑。原來是風族戰士正對旁邊的族貓低聲說道。鴿掌皺起眉頭。她和所有小貓都曾在育兒室裡聽過那位黑暗戰士的故事。可是他和豹星有什麼關係?她挨近花掌。「他是影族的族長，不是嗎?」

沙暴回頭厲色瞪她一眼。「沒錯，」她嘶聲道。「但事情不是那麼簡單，現在安靜，別再說話了!」

鴿掌閉上嘴巴，聽霧星繼續說。

「我們很高興花瓣毛平安歸來，但也為力敵河狸而不幸喪命的漣尾同聲哀悼。」

鴿掌的心頭猛地一揪，她已經有好幾天不曾想到那位河族戰士了。她不想忘記他，她要永遠記住他。

「我相信，」霧星補充道。「他現在和豹星都回到星族，在天上俯看著以前的夥伴。」

霧星說完坐下，貓兒們紛紛發出哀嘆聲。

黑星上前取代她的位置。「我們會懷念豹星的。」影族族長似乎真的很感傷，月光下，眼裡似有淚光閃爍。「失去一名族長，對所有部族來說，都是損失。」他繼續說道。「不過新血的加入會帶來新的氣象，讓我們一起預祝霧星的領導有成，長長久久，順順利利。」

鴿掌目不轉睛地看著影族族長，很驚訝他的感性。為什麼大家就不能像今天這樣互表友好呢？也許霧星的繼位代表著一個新時代的開啟，猜疑從此將被互信取代。

正當鴿掌的心裡燃起一線希望時，影族族長的眼神突然一黯。「可是邊界終歸是邊界，一刻也不能馬虎。」

黑星俯瞪雷族貓群，鴿掌看見灰紋的表情不悅。

「雷族邊界的狀況層出不窮，」黑星嘶聲說道。「氣味記號變得愈來愈紊亂。」

刺爪跳了起來，毛髮豎得筆直。「你在胡說什麼？是你們跑到我們領地留下氣味記號。」

河族貓和風族貓都轉頭張望，眼帶興味地看著影族戰士們紛紛站起來。鴿掌注意到灰紋的爪子已經出鞘。

「休戰協定！」沙暴在灰色戰士耳邊嘶聲說道，但灰紋只是把爪子狠戳進土裡，肩上頸毛還是豎得筆直。

「別惹我，否則後果自負。」他出聲警告。

「坐下！」棘爪的吼聲阻止灰紋的莽動。灰紋冷哼一聲，收平頸毛，但還是張著爪子。

黑星的眼裡微光一閃。「不是我們要惹麻煩，」他爭辯道。「是雷族先胡亂指控我們。」

灰紋抽動尾巴，影族族長還在繼續說。

「我們有位戰士檢查過你們在邊界那頭發現的所謂影族氣味，可是根本聞不出來那是哪個部族的氣味。反正雷族向來有機會就喜歡對其他部族頤指氣使。」

沙暴緊緊挨住灰紋，似乎在提醒他別輕易動氣。

鴿掌努力鑽到前面，想看見虎心。那位暗棕色的虎斑貓此刻正垂著頭。**想必他也知道愧疚，可是他的族貓呢？**

就在她盯著虎心看時，突然聞到血腥味，這才發現那隻年輕公貓身上有傷痕，毛髮也因多處帶傷而顯得凌亂，那種凌亂絕不是因為羞愧的關係，甚至有隻耳朵也破了。也許他的族貓知道是他在雷族領地裡留下氣味記號，於是嚴懲過他。

她皺起眉頭。**可憐的虎心！**影族戰士八成真的像育兒室故事裡說的那樣心狠手辣。

突然有誰推了她一把，嚇得她跳起來。「別再瞪著虎心看了，」沙暴呸口道。「妳那樣子簡直像隻貓頭鷹一樣！」

我有瞪著他看嗎？鴿掌的目光移回巨橡樹。黑星還在長篇大論。

「如果雷族不能標示清楚自己的氣味記號，乖乖待在自己的地盤，那就別怪影族有所行動。」他誇張地嘆口氣，「為什麼每次四大部族共同完成任務之後，雷族就會覺得大家都欠了他們什麼。」他表情故作哀怨地看看河族和風族，彷彿他們也跟他一樣有同感。

鴿掌皺起臉。是不是黑星聽說了她曾夜訪莎草鬚的事？

花掌這時推推她。「不要動來動去啦。」

「對不起！」鴿掌根本沒注意到自己的腳一直不安地動來動去。

「安靜！」沙暴嘶聲對她們說道。「再吵，就叫妳們提早回家。」

鴿掌閉緊嘴巴，暗自發誓絕不再說話。如果在大集會上被硬生趕回家去，星族會怎麼想？

終於黑星說完了，火星這才走到樹枝中央，下巴和尾巴都抬得高高的。「歡迎霧星的加入，」他開口道。「妳的領導贏得了全族貓兒的愛戴，雷族預祝妳未來的領導成功順利。」他對河族族長熱情地眨眨眼。「我們都很懷念豹星，而我對她的懷念其實可以回溯到我還在當雷族見習生的時候。」他的喉間發出愉快的喵嗚聲，表現得好像根本沒聽見黑星剛剛的發言。「我向來尊敬她，她對河族忠貞不二，而身為一族之長的她，也從來沒忘記四大部族勢力均衡的重要性。」火星掃了黑星一眼，才又繼續說下去。「她的個性就像她的名字一樣熱情、有膽識、又有能力。」

他垂頭默哀，這時一個聲音從鴿掌後面響起。風族戰士又在說風涼話了。

「火星老愛表現得好像他跟大家都很要好似的。」

「他只想交朋友，不想開戰。」

「他從來不喜歡流血。」

「就像寵物貓一樣。」

鴿掌霍地轉身。「他雖然釋出善意，但不表示他或雷族是好欺負的。」

完了！她想到沙暴的警告，趕緊住嘴，轉回巨橡樹的方向。

「黑星，」火星這時以最悅耳的聲音對影族族長說。「我們了解邊界的意義是什麼，也知道部族之間的和平是靠它來維繫，更知道它值得我們為它一戰。」他的聲音突然轉為兇狠，兩眼瞪看黑星好一會兒，但就在影族族長想回嗆他時，卻又話鋒一轉，對著大集會上的貓兒說：

「現在我要來宣布雷族的好消息，」他的語調轉為輕快。「我們又多了兩名新成員，小櫻桃和小錢鼠，他們是罌粟霜的小孩。」大家開始低聲道賀，這時他才作出結論。「照這速度來看，我們勢必得擴建戰士窩，」他垂下頭。「而這一切都要感謝星族庇佑。」然後跳下巨橡樹。

鴿掌抬起頭來，為她的族長感到驕傲，身邊的貓兒開始在空地上走動，見習生們齊聚交談，互聊上課的八卦，戰士們也成群結伴地聊天，長老們則坐下來歇歇腳，談起彼此近況。

花掌和薔掌正往一群影族和河族見習生走去。

「你要一起來嗎？」薔掌問道。

鴿掌眨眨眼，她在找虎心。「我等一下就來。」她允諾道。

他到哪裡去了？雪鳥和紅柳正在和兩個風族戰士交談。虎心卻不見了。她深吸一口氣，試著從舌間的味道尋找他的位置。

在那裡！她終於聞到了，兩眼看向空地盡頭的一叢刺藤，他正蹲在刺藤下方的陰暗處。她快步走向他，喵聲說道：「你幹嘛躲起來？」

他坐起來。「我躲什麼？」

「躲我啊！」鴿掌毫不客氣地瞪著他。「你說過你要告訴我為什麼跑到我們領地裡。」

虎心瞪大眼睛。「小聲一點。」他緊張地四處張望。「跟我來。」他鬼鬼祟祟，垂著耳朵和尾巴，帶她穿過刺藤叢，走進紅柳樹後方的低窪處。鴿掌眨眨眼，適應這裡的陰暗。柳樹擋住了月亮和大半的銀毛星群。

「妳聽我說，」虎心低聲道。「我不能告訴妳我在做什麼，但我向妳保證，我們真的沒打算要入侵。」

鴿掌偏著頭。這位年輕戰士肯定在隱瞞什麼。「你偷跑到我們的領地裡，」她提醒他。「我當然有權知道原因，如果你不告訴我，我就去告訴火星是你幹的。」

虎心垂下眼睛。「妳的確有權知道。」他聲音輕柔，帶著歉意。「可是我求求妳，我真的需要妳相信我。」他抬眼，深深看進她的眼裡，他的眼睛又圓又黑，布滿焦慮。

鴿掌於心不忍。這隻年輕公貓顯然飽受折磨，心事重重。她只好點頭，那一瞬間，她竟失神地看著他臉上細細的毛髮……他看起來好年輕，渴望她的諒解，她忍不住捲起尾巴，輕觸他的尾尖。她的碰觸令他當場愣住，但他沒有抽回尾巴，反而挨上前去，鼻子輕觸她的耳毛。

「謝謝妳。」

他的熱氣呼在耳邊，令她全身發抖。那味道聞起來甜甜的，縱然是影族貓的氣味。

「好吧，」她趕緊拉回正題。「可是如果森林有什麼危險，一定要先通知我哦。」

「沒有危險，」虎心允諾道。「如果有，一定會告訴妳。」他的眼睛更圓了，鴿掌感覺到他的目光炙熱地探向她。「上次探險時，我們差一點成為……朋友。」

鴿掌發現自己正用力點頭。

他嘆口氣。「如果是在同一部族，我們之間的事就好辦多了……」

不行！鴿掌趕緊縮了回去，她突然發現自己離這位年輕英俊的影族戰士太近了。她得換個話題。「你……你身上怎麼會帶傷呢？」她目不轉睛地看著他肩上打結的毛，上頭還有血跡。

「這傷口看起來很嚴重。」

虎心坐下來，聳聳肩。「格鬥訓練時弄傷的。」

鴿掌打了個寒顫。影族都是真槍實彈地訓練嗎？「小雲有幫你治療嗎？小心感染哦。」

虎心轉身刻意將肩膀移到暗處。「老實說，沒那麼嚴重啦，只有在我……」他突然止住。

刺藤叢這時沙沙作響。虎心蹲了下來，貼平耳朵。鴿掌也跟著躲進樹根間的暗縫裡。

「這些刺真討厭！」那聲音既蒼老又沙啞，帶了點火氣。鴿掌嗅聞空氣，聞出風族的味道。八成是個長老在找僻靜的角落方便。

虎心急忙後退。「我得走了。」他低聲道，說完便消失在樹根盡頭。

鴿掌目送他離去。他為什麼怪怪的？她滿頭霧水地跳了出來，站上粗壯的樹根，朝那位牢騷滿腹的風族長老喊道：「那裡還滿僻靜的！」同時用尾巴指著林子裡面一處乾淨的角落。

老貓好不容易擺脫身上的刺藤，走了出來。「現在才告訴我，」他粗聲地說道。「我的耳朵都刮破了，身上也有一半的毛被扯掉。」

鴿掌抽抽鬍鬚，跑回去找自己的族貓。沙暴看見她，趕緊推推白翅。

「鴿掌？」白色戰士焦急地喊她。「原來妳在這裡！」

「我就在附近啊。」鴿掌經過刺爪和灰紋身邊，這時火星繞過族貓，走了過來，肩上肌肉波浪起伏。「怎麼啦？」

「花掌、薔掌，我找到她了！」白翅把兩個見習生叫回來，她們剛剛正快步繞著空地邊緣，低頭嗅聞旁邊的灌木叢。「妳去哪裡了？」

「我在那裡啊。」鴿掌胡亂指指柳樹的方向。「為什麼大家都不聊天了？」

空地上的四大部族已經各自帶開，戒慎地瞪著彼此。

沙暴彈彈尾巴。「風族和影族又開始在吵邊界的事了。」她氣惱地說道。

鼠疤繞著他的族貓走來走去，一直瞪著雷族，月光下，那雙眼睛像兩簇烈焰。

風皮坐得直挺挺的，眼睛瞇成一條縫，尾巴在地上掃來掃去。「一事歸一事，不能和邊界混為一談。」他對著獅焰吼道，獅焰則回瞪他。

「你們陪雷族出了一趟任務，結果他們現在以為整座湖都是他們的了！」鴉霜嘶聲說道。

狐躍扒著地面。「可是我們拯救了這座湖！」

「是我們一起拯救的！」一星嘶聲道。「各部族都有參與，你們憑什麼認為可以為所欲為地穿越邊界？」

空地突然黯了下來。鴿掌抬頭一望，原本堆積在地平線上的烏雲，又開始往月亮聚攏。慘白的月光透過雲層縫隙滲了下來，但已經開始起風，雲層愈堆愈厚，正在吞沒銀毛星群，星子一顆接一顆地消失不見。

火星甩著尾巴。「我們還是在星族喊停大集會之前先散會吧。」他厲色瞪了一星和黑星一眼。「雷族向來不愛自找麻煩，這一點你們很清楚。」

雷族貓兒開始往空地邊緣走去，鴿掌感覺自己正被族貓們推著往前走。花掌推擠了她一下，蜜妮、亮心和蕨雲也都在後面推她。

火星逗留了一會兒。「在你們指控我們一些莫須有的罪名之前，請先好好想清楚。」他警告完風族和影族族長，才齜牙咧嘴地轉過身，跟著他的族貓走進林子裡。

第十章

花兒隨風搖曳，身材如松貂般修長的見習生，正輕巧穿梭在綠草花叢間。花粉飄落鼻頭，害她打了個大噴嚏。她恣意享受背上溫暖的陽光，抬起前腳，目光越過折腰的草梗向外窺看。她瞪大眼睛，凝神遠望廣陌的綠色草原，大口吸入草葉芬芳的味道。

一匹灰色母馬悠閒走過，巨大的腳蹄踏在地上，草地裡的小徑被牠踩得面目全非。母貓趕緊後退，躲進酸模叢底下。馬兒悠然漫步，蝴蝶翩翩飛舞。見習生蹦蹦跳跳地去追蝴蝶，伸爪往空中一揮，幾隻蝴蝶猝然散開，如花瓣般在藍天下乘風而飛。

空氣裡瀰漫著綠葉季的氣味，貓兒舔聞風裡的味道，聞到獵物的麝香味。她張開鼻孔，壓低尾巴，貼平耳朵，循著氣味往前走，穿過深綠色的苜蓿草，繞過隨風搖擺的白色花叢，終於看見動靜。

老鼠！

那隻老鼠正專心地啃多汁的九輪草根，她蠕動後腿，老鼠竟無閃躲的意思，於是她信心滿滿地往前一躍，但前腳才剛離地，後腿就不小心地踢到罌粟的粗莖，紅色花瓣飛了起來，老鼠警覺地奔進苜蓿草裡，躲進深處，根本看不見牠那小小的棕色身軀。貓兒伸腳進去搥打，爪子在裡頭一陣亂扒，但什麼也沒抓到，只有散落一地的泥巴與草根。

去他的老鼠屎！

「太倒楣了。」一個深沉的喵聲在她身後響起，見習生旋即轉身，眨眨眼，看見一隻長得虎背熊腰的公貓正盯著她看。公貓的口鼻處有條疤痕。只見他舉起前腳，揮趕蒼蠅，又長又彎的爪子在陽光下閃閃發亮。

「這……這裡是你的地盤嗎？」她緊張地問道。

「我只是來這裡走走，跟妳一樣。」公貓回答道，腳放了回去，偏頭看她。

「這是我第一次來這裡。」她自承道。

「我很高興妳來，」公貓開心地說道。「我在這裡挺孤單的。」

「你住在這附近嗎？」

公貓沒有回答，反而向老鼠藏身的苜蓿草叢點個頭。「可惜妳沒抓到，」他惋惜道。「如果妳願意的話，我可以教妳不用拱背的跳躍方法。」

她害羞地點點頭。這隻公貓雖然像戰士一樣毛色光滑，身材結實，但味道聞起來一點也不像部族貓。他身上的氣味很陌生，令她想起了夜裡走在林子裡的感覺。

「看清楚哦。」公貓蹲下去，突地往前一躍，掠過地面，他的背伸得又平又直，落地時，腰腹只輕輕拂過草葉。

見習生看得目瞪口呆。

「妳試試看。」公貓指著一叢青苔。「瞄準那裡。」

母貓點點頭，蹲下來，準備跳躍。她蠕動後腿，繃緊肌肉，往前一躍，可是離地面太近，結果前腳還沒碰到青苔，就先打滑煞住。

「再試一次。」公貓耐心教她。

見習生又跳一次，這次離地面夠高，可是當她想伸直背脊時，卻不小心失去重心，跌在地上，滾了幾圈，草屑四濺。

「再試一次。」他低聲鼓勵。

這一次，見習生先想清楚，然後退後幾步，看準前方青苔，伸展每吋肌肉，一躍而起，掠過地面，身體彎成優美弧線，越過草浪，完美落地。落點剛好在那叢青苔上方，天衣無縫。

「哇！」她坐了下來，非常得意。「我一定要秀這招給我的姊姊看。」

公貓看看四周。「她有來嗎？」

見習生搖搖頭。「只有我。」她皺皺眉，不太習慣這種沒姊姊陪的獨處經驗。「也許我下次可以帶她來。」

公貓表情不解。「妳不喜歡自己單獨來嗎？」

見習生搖搖頭。「兩個在一起比較有趣。」

「可是我們也是兩個啊。」他的藍色眼睛專注看她。「這樣不是很好嗎？」

她點點頭。

「如果妳願意的話，我可以教妳追蹤的技巧。」公貓提議道。

「我已經學會所有基本技巧了。」母貓告訴他。

「那我敢打賭，妳一定沒學過這一招。」他蹲下來，開始爬行，伸出下巴，收起鬍鬚，像蛇一樣在草地裡穿梭。突然口鼻往前一戳，立刻被他咬了一朵花，見習生驚訝地倒抽口氣。

「速度好快哦！」

「這一招可以抓魚。」

「魚？」

「也可以抓老鼠，」公貓補充道。「反正不管獵物動作再怎麼快，都逃不掉。」

「我可以試試看嗎？」

「當然可以。」

她將身子平貼地上，這時公貓坐了起來，將那條毛絨絨的尾巴覆在腳上。

「妳姊姊長什麼樣子？」他問道。

見習生專注看著一條尾巴距離外的一根長草。「她很聰明，」她喵聲道，身子慢慢匍匐前進。「而且有趣。」她朝那根草爬近。「是我所見過最英勇的貓。」接著頭突然往前一戳，猛地咬斷那根草，叼在嘴裡，卻又趕緊吐掉，連咳幾聲。「好噁哦！」

公貓發出愉悅的喵嗚聲。「我想妳是說那根草，不是妳姊姊吧。」

「當然。」

草地盡頭隱約傳來叫聲。有隻貓正在喚她。

母貓轉頭。「我得走了。」她轉身朝聲音的方向走去，背脊被草葉輕輕撫過。

公貓在她後面喊道：「妳不想知道我的名字嗎？」

見習生轉頭，眼睛眨呀眨的。

「我叫鷹霜。」

「再見，鷹霜。」她的嘴裡吐出這名字，感覺奇妙。

「妳不告訴我妳的名字嗎？」

「哦，我叫藤掌。」

藤掌甩甩身子，醒了過來，驚訝發現原來空氣是冰涼的，但剛剛那個夢好溫暖。煤心正從見習生窩的洞口探進頭來。「藤掌！」她嘶聲喊道。

鴿掌還在睡，一趟大集會下來，早把她弄得筋疲力竭。煤心顯然不願吵醒她。可是花掌、薔掌和蜂掌的臥鋪已經空了。

藤掌昏昏欲睡地站了起來。「來了！」她抬起還有點麻的腳，從鴿掌的臥鋪旁擠出去，走到窩外，外頭天剛破曉，空氣潮溼。薔掌和她的哥哥姊姊正在空地上來回踱步。花掌嘴裡喃喃唸著什麼，好像正在思索答案，蜂掌則是不時停下腳步，蹲伏下來，往前飛撲。

藤掌迷迷糊糊地想起今天是他們的最後一堂測驗。營地裡霧氣迷濛，籠罩住每一座窩，遠遠望去，有種詭異的氣氛。黎明曙空被壓在厚重的烏雲底下。

藤掌全身發抖。「找我做什麼？」她問煤心。

她的導師已經走進空地，榛尾、鼠鬚和刺爪像化石一樣坐在霧中，神情緊張地看著自己的見習生。

藤掌抬頭張望，目光越過山谷岩壁和上方林子。天空前所未見地昏暗，看來馬上就要下雨了，藤掌全身發抖。為什麼不能讓她在夢裡多陪鷹霜一會兒呢？

「這次的測驗要成對進行，」煤心告訴藤掌，「我們要妳和花掌組成一隊。」

「我不要！」花掌的拒絕令藤掌嚇了一跳。「她還沒受過完整訓練，不能找鴿掌來嗎？至少她很會狩獵。」

藤掌瞪著眼前這隻玳瑁白的母貓。「我知道怎麼狩獵！」鷹霜才剛教會她兩個新招式。

「妳根本連隻老鼠都抓不到！」花掌抱怨道。「但鴿掌超會狩獵的，她聽得見四周獵物的聲音。」

藤掌難過又失望，肩膀垂了下去。

妳跟妳姊姊一樣棒。

這聲音突然在她耳邊響起，也不知是從哪裡發出來的。她挺起身子，抬高下巴。「我會盡全力的。」她保證道。「再說，要考試的是妳，又不是我。」

「說得好，藤掌。」榛尾穿過晨霧，緩步走了過來，站在她的見習生旁邊。「藤掌只是來義務幫忙，」她斥責花掌。「要想辦法過關的是妳，不是她。」

戰士窩一陣沙沙作響，塵皮和蛛足走了出來。「準備要走了嗎？」蛛足打了個呵欠問道。

煤心點點頭。「你和榛尾負責考蜂掌，」她告知他。「我會幫鼠鬚考薔掌，塵皮、刺爪則負責花掌。」

榛尾一臉驚訝。「所以我們不能當自己見習生的考官囉？」

「火星要我們試試另一種方法。」煤心提醒灰白相間的嬌小母貓。

「火星這陣子老是有些新點子。」刺爪往營地入口走去，「這真是浪費時間，」他邊走邊吼，「等我們搞懂這套訓練方法，火星又會想新把戲。」說完便走進隧道，身影被濃霧吞沒。

「走吧！」煤心催促道。

藤掌快步跟在花掌和其他見習生後面，鑽出營地。

「你們兩個到湖邊狩獵，」煤心大聲宣布，並用尾巴示意薔掌和蜂掌。兩位見習生聽見，立刻快步離開，前往湖岸。煤心看著藤掌。「小心點，」她警告道。「別忘了妳只是來幫忙，不需要證明什麼。」

是因為我比不上姊姊，不像她那麼會狩獵嗎？我一定要讓他們見識我在夢裡學到的技巧。

藤掌的爪子用力戳著柔軟潮溼的地表，看著煤心跟著鼠鬚、榛尾和蛛足往湖邊走，他們的見習生都像脫韁野馬一樣往前衝，急著想去抓自己的第一隻獵物，導師們加快腳步跟上去。

「我們要去哪裡狩獵？」花掌請教塵皮。

塵皮用探詢的眼光看著刺爪。「廢棄的兩腳獸巢穴？」

金棕色條紋的戰士點點頭。「聽起來不錯。」

花掌用尾尖彈彈藤掌的腰腹。「來吧。」她鑽進林子裡，藤掌緊追在後，巴不得腳長一點，才好趕上那位正加快步伐，輕鬆越過溪谷和坑洞的資深見習生。

只是等她終於看見兩腳獸的廢棄巢穴時，早就氣喘吁吁。花掌在巢穴的殘破圍牆上等她。

「妳根本追不上我。」她嘲笑她。

「我們要證明的應該是我們的合作能力吧。」藤掌厲聲回答。

「我才不會給妳機會拖累我呢。」花掌從牆上跳下來，繼續往前走，經過松鴉羽平常小心呵護的貓薄荷，那味道聞得藤掌口水直流，不過族裡的每隻貓兒都被警告過：**不准碰那些貓薄荷**。那是用來治療綠咳症的，比罌粟籽還珍貴。

花掌轉過牆角，回頭喊道：「妳只要別妨礙我就行了。」

藤掌氣極了。為什麼大家都認為鴿掌很厲害，而她只是個鼠腦袋？**我會證明給他們看的！**

她緩步走過圍牆，低頭鑽進兩腳獸的巢穴，巢穴上方有個洞，她跳上去，從洞口窺看。花掌正在下方的雜草堆裡追蹤獵物，藤掌看不見那是什麼，只看得出來那隻玳瑁色見習生正在野草堆裡小心翼翼地移動腳步。

這時藤掌突然察見牆角有動靜，於是壯膽往下探看，然後轉身衝下鋸齒狀的斜坡，腳下成排角狀的石片模糊成一片。她衝下巢穴，轉過牆角。**在那裡！**一隻松鼠正在草叢裡窸窣摸索。

她想起鷹霜教過的招數，蹲伏下來，盡量壓低後背，以免碰到牆上垂生的枝葉。

那隻松鼠仍忙著啃食牠從花叢裡搖下來的一顆種子。藤掌放慢動作，蓄勢待發，讓每一吋肌肉完全甦醒，然後一躍而起，拉平背脊，扭身掠過地上植物，爪子伸向松鼠，反掌一揮，逮住牠，張嘴一咬，當場斃命。

謝了，鷹霜！

「好厲害！」刺爪的聲音嚇了她一跳，她趕緊轉身，嘴裡叼著松鼠。戰士朝她快步走來，塵皮跟在後面。

「妳這一招從哪學來的？」塵皮瞪大眼睛問道。「看起來好像在抓水裡的魚。」

藤掌故作無辜地看著他。她沒必要說自己的祕密。「只……只是直覺就這麼做了。」

這時花掌從旁邊的野草叢嗖地一聲衝出來。「怎麼那麼吵啊？」她破口大罵。「我在跟蹤一隻老鼠，結果被妳嚇跑了啦。」

塵皮偏著頭。「妳怎麼沒幫忙抓這隻松鼠？」

「我還以為妳們在分工合作呢。」刺爪追加一句。

花掌怒髮衝冠。「她應該來幫我，不是來扯我後腿。」

是妳要我別擋妳路！藤掌瞪著她的室友，但還是閉緊嘴巴，沒有開口。

「那為什麼她在這裡，妳卻在矮樹叢裡抓老鼠。」塵皮質問道。「妳們兩個應該是搭檔，應該由妳來告訴她，她要怎麼幫妳忙。」

「好吧，」花掌懊惱地說道，於是朝藤掌彈彈尾巴。「妳跟我來吧。」說完轉身，走進野草堆裡。

藤掌放下嘴裡的松鼠，表情哀怨地看了兩位戰士一眼，才跟了上去。

「妳幹嘛在我面前炫耀啊？」一離開戰士們的聽力範圍，花掌便斷聲說道。「別忘了，是我在考試欸。」

「好吧，」再怎麼說，藤掌還是很開心自己的狩獵成果。「那妳要我怎麼做？」

花掌偏頭示意兩腳獸廢棄巢穴盡頭的那座松樹林。「我們去那裡狩獵。」

她們走在樹林裡，林葉茂密到陽光照不進來，非常陰暗。藤掌聞到快下雨的味道，晨霧仍裊裊縈繞，不過這裡有茂密的矮木叢，獵物並不難找。

「在那裡！」花掌嘶聲說道。

一隻黑鳥正在針葉林地上搜找食物，但可惜沒有隱密的角落隱藏她們的行蹤，不過如果能互相合作，或許可以設圈套抓住牠。

「太好了，」花掌低聲道。「妳走那一頭，我從另一頭堵牠。」她點頭示意藤掌快過去，並追加一句：「壓低身子，不要拖著腳走路。」

「我又不是小貓！」藤掌嘶聲回嗆。

她趕在花掌又想指揮她之前，先躡手躡腳地走到林子裡。她壓低身子，但沒讓肚子或尾巴著地，兩眼緊盯那隻黑鳥，即便中間隔著好多棵樹，但一刻不敢移開目光。那隻鳥抓到一條蟲，正想辦法把牠從土裡拉出來。

花掌的身影在藤掌的眼角閃現。她沒理她，又往獵物靠了一點，直到離牠只剩幾條尾巴的距離。**是花掌在考試**，她提醒自己，努力克制住想飛撲上去的衝動。她知道她抓得到牠，鷹霜教過她的技巧言猶在耳。

花掌在哪裡？黑鳥已經把蟲拉出來了，隨時可能飛走。藤掌瞇起眼睛。也許她應該上前逮牠，免得牠跑掉。她蹲好姿勢，正準備要跳。

一團玳瑁色身影突然閃現，她嚇了一跳，愣在原地，花掌朝那隻黑鳥撲來，伸長腳爪，但後腿太早觸地，結果前腳勉強逮住黑鳥，只是姿勢一點也不好看。黑鳥奮力掙扎，翅膀在地上胡亂撲打，針葉漫天飛舞，花掌好不容易穩住重心，張嘴一咬，讓牠斃命。

鷹霜一定會對這種抓法嗤之以鼻。突然間，黑夜的氣味覆上藤掌的舌間，公貓戰士的影像在她腦海裡清晰出現，甚至聞得到他毛髮上的麝香味。

他是星族貓嗎？他是專程來教她的嗎？

星族從沒找過鴿掌吧？藤掌得意洋洋地想道。**如果有，她早就告訴我了。**

大雨開始滂沱下在幾乎與天等高的樹頂上，這時塵皮和刺爪已經趕了過來。塵皮嘴裡叼著藤掌剛剛抓到的松鼠。他把松鼠放在地上，朝那隻黑鳥點頭讚許。「抓得好。」

刺爪聳聳肩。「不管火星怎麼說，我還是看不出來狩獵為什麼需要成雙組隊地進行。就算藤掌去別地方抓自己的獵物，花掌也抓得到這隻黑鳥啊。」他哼了一聲。「這只是在浪費戰士的時間罷了。」他抬眼看看愈來愈大的雨勢，雨水滲過枝葉縫隙，滴滴答答地掉下來，濺到他鼻子，害他打了個噴嚏。

「走吧，」他甩甩頭，喵聲道。「我想我們已經看得差不多了，趁雨勢變大之前，我們快回營裡吧。」

花掌甩著尾巴。「可是我才抓到一隻鳥。」

大雨在林子裡淅瀝嘩啦地下，雨勢大到連地上的松葉都彈了起來。

「我們已經看得差不多了，」刺爪重複道，然後用尾巴指指那隻松鼠。「妳最好自己帶回去。」他告訴藤掌。

藤掌一想到她可以帶隻肥美的獵物回去，就覺得很開心，於是叼起松鼠，帶頭穿過林子。等到他們抵達荊棘屏障時，森林已經到處溼答答。迷濛的雨霧害藤掌幾乎看不見同隊夥伴。她的腳踩在泥濘不堪的林地上，每踏一步，就成了一個水窪，在經歷連月來的旱災之後，長老們現在再也沒得抱怨了。如今就算每條河都乾涸，也有足夠的雨水注滿整座湖。

花掌突然快步趕過藤掌，搶先進入營地，卻一不小心被黑鳥的翅膀絆到。「可惡的狐狸屎！」她滿嘴羽毛地咒罵道。「妳沒事抓什麼松鼠啊，害我今天只抓到一隻臭鳥！」她瞪著藤掌。「要是我這次沒考過，全都是妳害的。」

她說完便鑽進隧道裡，留下仍愣在原地的藤掌。打從一大清早，花掌就在抱怨她幫不了她的忙，現在幫太多忙，她也不高興。

藤掌將松鼠拖出荊棘隧道，白翅和蜜妮都前來歡迎她們。

「妳們是最早回來的。」蜜妮喵聲道。

白翅看見她女兒嘴裡叼著松鼠，眼睛頓時發亮，滿臉驕傲。「太棒了。」

蜜妮看見花掌帶回來黑鳥。「妳們兩個顯然合作無間。」

才怪！藤掌抬高下巴，不想把松鼠拖在泥地上，費盡力氣地抬到生鮮獵物堆那裡放好。

鴿掌從見習生窩裡出來，縮起肩膀頂著大雨走過來。「妳好厲害！」她喊道，「幾乎跟妳的體型一樣大欸！」

「謝謝。」藤掌把松鼠放在花掌抓的黑鳥旁邊，好生得意。她想告訴鴿掌有關鷹霜的事。她環顧空地，看見蜜妮和灰紋正圍著花掌問她考得怎麼樣，刺爪和塵皮則躲在擎天架底下和火星開會討論。

「妳跟我來。」藤掌用尾巴示意，然後跑進荊棘叢裡。

「什麼事啊？」鴿掌追在後面，一臉疑惑。「怎麼啦？」

等一下她就會知道曾有星族貓來教我狩獵！

藤掌情緒亢奮，鑽出隧道，等在營外的空地上，不耐地踢打地上泥巴，等鴿掌過來。

「什麼事啊？」鴿掌瞪大眼睛。

藤掌看看四周，確定沒有貓兒偷聽。「有一隻星族貓來找我哦。」她低聲說道。

「什麼時候？」鴿掌眨眨眼睛，擠掉眼裡的雨水。

「在我夢裡！」藤掌解釋道。「他教我怎麼狩獵！」

鴿掌挨上前去。「結果呢？」

藤掌突然忸怩起來，鴿掌是真的相信她？還是隨便敷衍？也許她只是做了一個很普通的夢。

「那隻貓……」她在找適當的字眼。「他教了我一些新的狩獵技巧。」

鴿掌瞪著她看。「他叫什麼名字？」

「他叫……」

矮樹叢突然窸窣作響。「妳們在這裡做什麼？」亮心喘吁吁地從蕨叢裡竄出來，顯然剛剛一直在找地方躲雨。「妳們是想生病嗎？」她繞著她們轉，將她們推進荊棘隧道裡。「妳們兩個快進去，白翅看到一定會罵妳們的，松鴉羽也不會饒過妳們。我們可不希望禿葉季一開始，巫醫窩裡就擠滿傷風感冒的貓兒。」

藤掌垂頭喪氣地被趕進營裡，暗自希望見習生窩是空的，於是直接走回見習生窩，並示意鴿掌跟上。她的姊姊跟著她一起鑽進乾燥的窩裡，甩掉身上雨水。

藤掌轉身，開口正要說鷹霜的事。「他是個戰士……」

「鴿掌！」獅焰突然在窩外喊道。

藤掌氣得伸出爪子。**他就不能再等一下嗎？**

「對不起。」鴿掌一臉歉意，退出窩外。藤掌抓起一把臥鋪上的蕨葉，往地上一摔。鴿掌每次都自己去找戰士談話，從來不帶她一起去，一點都不重視她。而且打從什麼時候起，這族裡的大小事竟都交給最沒經驗的貓兒去當家了？難道獅焰少了他的寶貝見習生，就做不了任何決定嗎？

紫杉叢窸窣作響，花掌、薔掌和蜂掌全蹦蹦跳跳地鑽了進來，身上的水濺得到處都是。

「我們的考試通過了！通過了！」

「太好了！」藤掌溜回自己臥鋪。「恭喜你們！」她閉上眼睛，不想聽室友們興奮的道賀聲。如果能睡著，鷹霜或許會再教她一些新的狩獵招式，這樣一來，她就和姊姊一樣厲害……甚至比她更強。到時族裡的貓兒就會正眼瞧她了。

第十一章

火星的族長窩外正在滴滴答答地下雨。松鴉羽走了進來，帶進了幾滴雨水。獅焰拖著腳步走近鴿掌，皺起鼻子。

「有什麼新消息嗎？」火星問道，不安地瞥了洞口一眼，似乎擔心會被其他貓兒打擾。

獅焰、松鴉羽和鴿掌都搖搖頭。

「星族沒給我任何消息。」松鴉羽說道。

「邊界這頭也沒有聞到影族的氣味。」獅焰回報道。

「鴿掌？」雷族族長看著淺灰色的見習生。「妳有沒有覺察到什麼異常之處？」

她看著自己的腳，「沒有。」咕噥說道。

獅焰猜想她大概很不習慣這種監聽的工作。看來鴿掌還是不習慣運用自己的特異能力，不過松鴉羽倒是樂於暗中潛入別隻貓的潛意識裡。

她最好快點習慣。她之所以有特異能力，不是沒有原因的。

「影族一定有什麼陰謀，」火星警告道。「潛入邊界已經夠糟了，竟然還公然說謊，這就太低級了，即便我們早就對影族的這類行徑見怪不怪。」

「他們本來就行事鬼祟。」獅焰提醒他。

「這也是為什麼我們必須更小心提防。」火星低吼道。

「要加派巡邏隊嗎？」松鴉羽提議道。

火星搖搖頭。「他們會認為這是挑釁。」

洞外的營地被雨霧籠罩了一整個早上，此刻正慢慢消散，陽光滲進山谷，強風雖然吹走烏雲，卻仍在林子裡呼嘯，從洞口颼颼掃過，吹得每座貓窩都搖搖晃晃的。

獅焰注意到鴿掌神色驚恐。「只是風聲而已。」他低聲道。

她搖搖頭，瞪大眼睛。「是別的東西。」

獅焰傾身向前，他認得出她那種神情。「是什麼？」

「一種被吞沒的聲音。」她的表情驚恐。「樹根。」她的呼吸加快。「樹根被拔出來了。」她瞪著獅焰。「有棵樹倒下來，山谷上面有棵樹倒下來了。」她尖銳的喵聲在洞裡迴盪。「快離開營地！」

火星立刻站起來。「是真的嗎？」他問獅焰。

「是真的。」獅焰從不懷疑鴿掌的話，一定是有危險逼近。「我們快把大家撤出去。」

他衝出洞外，三步兩步跳下亂石堆。「大家快離開營地！」他尖聲喊道。風在四周呼嘯，幾乎淹沒了他的聲音。

每個洞口都有貓探頭出來。正在獵物堆翻找食物的塵皮和亮心立即轉身過來。

「發生什麼事了？」塵皮緊張地大聲問道。

「有棵樹要倒下來了！」獅焰抬頭看著山谷四周，想查看是哪棵樹被連根拔起，但整座森林都在狂風中岌岌搖晃，根本看不出哪一棵。「快離開你們的窩！」

棘爪從戰士窩裡衝出來，這時火星也從擎天架上爬下來。「聽他的話！」火星大吼道。「快撤出營地！」

棘爪趕緊衝向育兒室。

火星點頭指示塵皮。「見習生窩！」然後轉頭對亮心說：「長老窩！」

松鴉羽衝過空地。「巫醫窩是空的。」

「再檢查一次！」火星下令道，然後轉身對獅焰說：「你去檢查戰士窩，我去營裡其他地方看看。」說完，雷族族長便從戰士窩旁邊跑過去，戰士們也開始撤出戰士窩。

刺爪、狐躍和蟾蜍步正爭相衝出來，擠破了原本狹小的洞口，獅焰急忙從他們中間穿進去，手忙腳亂地搜索荊棘叢。「快一點！」他厲聲對還在臥鋪裡伸懶腰的雲尾喊道。

白色戰士睡眼惺忪地眨眨眼睛。「發生什麼事啦？」

「快走！」獅焰下令道。「每隻貓都要離開營地！」

他穿梭各臥鋪，確定全是空的，才又衝出窩外。所有貓兒都擠在隧道入口，等著穿過荊棘屏障。

棘爪站在育兒室前面，蕨雲正跟在黛西後面要從窩裡出來，棘爪張嘴叼住她的頸背，一把將她拉了出來，然後鑽進去，又跳出來，嘴裡喊道：「全清空了。」罌粟霜嘴裡叼著小錢鼠，往隧道處跑，小櫻桃笨拙地趴在後面咪咪哀叫，表情驚恐。黛西推她一把，要她快點跟上罌粟霜。

「見習生窩清空了！」塵皮的吼聲在空地上迴盪。

「戰士窩清空了！」獅焰喊道。

「巫醫窩是空的！」松鴉羽從刺藤叢裡出來，身上到處沾滿刺。

火星從育兒室後面出來。「這附近都清空了！」他對棘爪喊道，後者正在隧道前面疏散族貓。「慢一點！」他看見玫瑰瓣滑了一跤，蕨毛跟著絆倒，於是這樣喊道。

獅焰掃了一眼長老窩，亮心到現在都還沒回報情況。

波弟在洞外緊張地蹭著地面。「快點！」他隔著忍冬樹叢嘶聲喊道。

他們為什麼拖拖拉拉的？

「鴿掌！」獅焰看見他的見習生正繞著空地四周，張望山谷上方的樹木。「究竟是哪一棵樹？」他追問道。

「我不知道！」她的聲音帶著恐懼。「我聽見樹根在土裡滑動的聲音，因為下大雨，泥土的水份太多，抓不住樹根！」

藤掌站在岩石旁，滿臉疑惑地看著她的姊姊。「快離開營地！」

「等我確定了再走！」

藤掌眨眨眼睛。「確定什麼？」

「哪棵樹會倒下來。」

「妳為什麼一定要確定？」

獅焰甩著尾巴。「哪一棵不重要！」他尖聲喊道。「快離開山谷！妳們兩個都給我離開！」

兩個見習生跑出空地，他轉身查看長老窩，還是沒見到長尾、亮心或鼠毛出來，他只好衝向洞口，從波弟旁邊鑽進去。「到底怎麼啦？」

亮心滿臉驚慌地瞪著鼠毛。

鼠毛則是火冒三丈地回瞪她。「離開臥鋪，我的青苔就會溼掉！」

長尾不斷用口鼻戳著室友。「快起來啦！」他催促道。「等我們回來再鋪乾的就行了。」

「去哪裡找乾的啊？」鼠毛反駁道。「已經下整整一個月的雨了！」

獅焰氣得大吼一聲：「都給我出去！」那聲音像斷裂的木頭一樣尖銳，鼠毛嚇得跳了起來，瞪著他。

「給我出去！」他又喊了一次，爪子甚至出鞘。他絕不讓這隻頑固的老貓為了乾臥鋪而枉送性命。

鼠毛終於往入口走去，亮心鬆了口氣地翻翻白眼，在後面推著長尾，護送他們穿過忍冬樹叢，走進空地。

獅焰跟在他們後面，營地已經全空了，只剩長老們在空地上蹣跚而行。他抬頭望著山谷上方，納悶到底是哪棵樹會砸進營裡，同時暗自祈禱鴿掌只是反應過度，但直覺告訴他，她不可能弄錯。

面，毛髮倒豎。

正當亮心和波弟帶著長尾和鼠毛穿過隧道時，火星和棘爪又折了回來。鴿掌跟在他們後

「營地都清空了嗎？」火星問道。

獅焰點點頭。

棘爪從一個窩衝到另一個窩，逐一探頭進去檢查。

鴿掌豎直耳朵。「都清空了。」她向他們保證道。

「那走吧。」火星下令道。「我們去找他們會合，他們都在溪谷那裡找地方躲雨。」他瞥了鴿掌一眼。「妳確定那裡很安全？」

鴿掌卻抬頭望著擎天架上方的崖壁。「它快掉下來了！」她低聲道。

她知道是哪棵樹了。獅焰順著她的目光看見一棵枝葉茂密的山毛櫸。他終於知道問題出在哪裡了……強風不斷撕扯山毛櫸厚重的枝葉，根部開始鬆動，慢慢往山谷邊緣滑動。

「快走！」火星催促道，他把鴿掌往入口推，獅焰穿過空地，跟著她出去。棘爪和火星尾隨在後。獅焰邊跑邊看躲在樹林另一頭的族貓，只見他們瑟縮在離山谷入口有幾棵樹長之距的溪谷裡。這時他突然瞄到鼠毛蹣跚朝他的方向走來，想溜回營裡。

長尾擋在她前面。「別管那隻老鼠了，我們再抓一隻。」

「我不想浪費食物！」鼠毛咆哮道。「那會遭天譴的！」

「那我去幫妳拿！」

獅焰還來不及阻止，長尾已經倏地鑽回荊棘隧道，薔掌追在後面，暗棕色的身影一閃而

過。「快回來！那裡不安全！」

獅焰緊急煞住腳步，回頭去追長尾和薔掌。「樹快砸下來了！」他尖聲喊道，衝出荊棘隧道，剛好看見長尾和薔掌消失在長老窩的洞口。「快出來！」

他的吼聲被山谷上方傳來的巨大劈裂聲給吞沒，山毛櫸從崖邊滾落，聲響震耳欲聾，樹枝像巨爪一樣一路扒過崖壁，尖銳的小碎石像雨點一樣滂沱灑落營地。獅焰趕緊縮起身子，緊貼著荊棘圍籬，頭上碎石飛落，空地瞬間埋在一堆殘枝敗葉裡，他嚇得不敢動彈，垂下耳朵，深怕被碎裂的木屑噴到，眼睜睜看著忍冬樹叢下方的長老窩被埋進沉重的殘枝敗葉裡，接著一聲砰然巨響，山毛櫸的樹幹直撞地面，斷成幾截。

他感覺到身旁有隻貓兒在發抖，原來是鴿掌，她張目結舌，一雙眼珠瞪得大大的，幾乎快突出來。

「薔掌……」她低聲道。

獅焰隨即往長老窩衝去，他鑽進層層枝葉，攀過斷枝殘幹，卻還是找不到埋在山毛櫸底下的忍冬樹叢。山毛櫸的樹幹有一半卡在崖壁上，育兒室四周被爪子一樣的泥濘樹根給蓋住，戰士窩一半被毀，巫醫窩入口前橫梗著亂七八糟的枝葉。

「等我一下！」

獅焰聽見火星的叫喚，停下腳步，轉過身去，在搖搖晃晃的樹枝上小心站穩。

雷族族長跟在後面爬了過來，鴿掌渾身顫抖地跟在後面。

「有聽見什麼聲音嗎？」火星問道。

「沒有。」獅焰掃了鴿掌一眼。

灰色見習生搖搖頭。「沒有。」

「也許他們還活著。」火星從獅焰旁邊躍過，鑽進迎風搖擺的金色葉叢裡，往壓在底下的窩挺進。獅焰費力地跟在後面，鋸齒狀的木頭刮著他的毛皮，他皺起眉頭。

突然樹幹發出嘎吱聲響。

「這裡不安全！」鴿掌的喊聲在他們後面響起。

獅焰感覺到他旁邊的樹幹正在滑動。

「它要從崖壁上滑下來了。」鴿掌出聲警告。

「我已經看到窩的位置。」火星在一堆殘骸碎片裡喊道。

獅焰蠕動身子，往樹枝深處裡鑽，鼻子突然被忍冬樹的蔓鬚打到，總算燃起一線希望。

「有沒有看到誰？」

「我不知道，」火星回喊道。「可是好像有什麼在動。」

「整棵樹都在動！」鴿掌尖聲喊道。「快出來！」

隨著嘎吱作響的摩擦聲，山毛櫸從崖壁慢慢滑落。

「快出去！」火星厲聲命令。

獅焰遲疑了一會兒，他不能丟下他的族貓不管！這時他的尾巴突然被咬住，他痛得慘叫。

「要垮下來了！」鴿掌嘴裡咬著尾巴喊道，死命將獅焰往後拖，腳下的樹開始震動，火星從他旁邊爬了出去。

「快跳！」鴿掌大喊。

三隻貓立刻跳到見習生窩旁邊的空地。後面的樹砰地砸下，塌在谷底，壓垮下方的枝葉。

鴿掌驚聲尖叫。

獅焰緊張地望向長老窩，殘枝敗葉間仍隱約可見忍冬樹的鬚蔓伸在外頭。長老窩可能沒被完全壓垮。

「火星？」棘爪朝他們走來，他穿過斷枝殘幹，跳下來站在旁邊，這時獅焰看見其他族貓也都慢慢走進營地，紛紛從荊棘圍籬穿進來，圍籬被踩得亂七八糟，就像營地裡的景象一樣。

「別再進來了！」火星喝令族貓們。

族貓們愣在原地，瞪著殘破的家園，葉池閉上眼睛，彷彿正在向星族祈禱。

「我們的營地呢？」小櫻桃喵聲問道。

黛西彎下身子安慰小貓，罌粟霜兩眼茫然地瞪著地上的樹幹。「全毀了。」她低聲說道。

「營地還在，」火星吼道。「大家千萬保持冷靜。」

「長尾呢？」波弟顫抖地問道。

「薔掌？」蜜妮粗啞問道。

「我會找到他們的！」獅焰允諾道，說完就準備鑽進地上的雜亂枝葉裡。他在想如果他能把這棵樹想像成作戰時的敵人，也許自己就能毫髮無傷地全身而退？

火星轉身對他的副族長說：「棘爪，我需要一支小隊來清除長老窩前面的障礙物，其他貓兒都到山谷外面等候，好好照顧他們。」

棘爪查看了一下眼前的樹。「我們先把可以搬得動的樹枝清掉，至於搬不動的，就把它撐起來。」他向塵皮喊道：「你需要多少戰士來做清理的工作？」

塵皮瞇起眼睛。「四個，」他喵聲道。「太多戰士反而礙手礙腳。」

獅焰突然想起上次的水壩經驗。「我們可以利用長木頭來撬開那些比較重的樹枝。」

松鼠飛上前一步。「我來組織一支隊伍，負責去找木頭和墊在底下的東西。」她看著族貓們：「蜜妮、蕨雲、樺落和刺爪，你們來幫我。」

「栗尾、灰紋、雲尾還有莓鼻，」塵皮點名幾位室友。「你們跟我一起來。」

獅焰突然聽見疑似長老窩的地方傳來微弱的喵聲。「那裡一定還有貓活著。」

火星點點頭。「那就別浪費時間了。」他朝白翅彈彈尾巴。「快把大家帶回溪谷，松鴉羽，先去治療那些受到驚嚇的貓兒。黛西，長老、貓后和小貓就交給妳照顧，好好安撫他們。」接著朝棘爪示意。「你去幫塵皮和松鼠飛。」

鼠毛走來走去，嘴裡發出嗚咽哭聲。「都是我的錯！被埋在那裡的應該是我，不是長尾！」

波弟繞著她轉，帶她離開空地，穿過殘破的荊棘叢。「他們會找到他的。」他保證道。

鴿掌全身發抖。「我要是早點聽到，就能阻止這一切發生了。」

火星瞥了那位還沒從驚恐中恢復過來的見習生一眼，溫柔地對白翅說：「妳帶鴿掌離開，好好照顧她。」

白色戰士小心翼翼地帶著她的孩子離開營地。

獅焰緊張地豎直耳朵。他想盡快鑽進那堆雜亂的枝葉，把長尾和薔掌救出來。可是怎麼救？就算找到他們，又該怎麼在不傷及他們的情況下，從殘枝敗葉裡護送他們出來？

塵皮已經開始著手清理山毛櫸的旁枝殘葉，他伸出前爪，將第一根樹枝用力扯斷拉開。

松鼠飛趕到他旁邊，用腳爪抓住那根樹枝。「這可以拿來當支撐木。」

塵皮往深處探進，他用後背頂開上頭一根拱狀的大樹枝，然後撐住，直到松鼠飛將剛剛那根樹枝插進去，墊在底下，將拱狀樹枝撐起來。

「薔掌?!」蜜妮往縫隙裡哭喊。「長尾?!」

栗尾和刺爪推開她，然後跟在塵皮後面鑽進去，他們盡可能折斷擋路的樹枝，或者撐高它們，慢慢清出一條路來。灰紋也跳到他們旁邊，伸爪折斷山毛櫸的樹枝。

「薔掌！」蕨雲滾著一根木頭，朝一棵粗壯的樹枝走去。樺落和雲尾在下面墊了個長木頭，意圖撬開那根樹枝。山毛櫸咯吱作聲，但還是紋風不動。他們繼續使力。

「長尾？你聽得到我的聲音嗎？」獅焰從剛架好的地道裡往內窺看。

沒有回應。

前方仍有糾結的樹枝擋住去路，樹枝外面猶可見到窸窣抖動的忍冬樹鬚蔓。獅焰回頭一看，發現弟弟就在後面，藍色盲眼憂心忡忡。

「我得去巫醫窩裡。」松鴉羽喵聲道。

可是洞口被樹枝擋住。

「罌粟霜受到嚴重驚嚇，鼠毛又過於自責，而且就算你救出長尾和薔掌，我也需要有藥草治療他們。」

「你不能去摘新鮮的藥草嗎？」獅焰提議道。

松鴉羽有點不高興。「現在是落葉季，哪來的新鮮藥草啊！」

正在幫忙塵皮滾一根木頭的火星這時轉過身來。「去找玫瑰瓣來，」他下令道。「她的身材像她父親一樣精瘦。」這倒是真的，她的身體就像蛛足一樣輕盈柔軟。「也許她能鑽得進去。」他看了看堵在洞口的樹枝。「這裡很難清，不過也許有足夠的縫隙。」

松鴉羽轉身快步離開。

「獅焰！」松鼠飛正試著把一根叉狀的樹枝卡進適當的位置。

獅焰趕緊過去幫她推，等到好不容易插了進去，山毛櫸竟發出喀吱一聲，彷彿悲鳴。

「我們就快打出一條通道來了。」塵皮大聲喵道，他全身都是碎木屑，腳掌也在滲血。

獅焰看著下面的通道只剩兩根樹枝擋在前面。「我想我應該擠得進去。」

「那就試試看吧，」火星下令道。「等你進去之後，我們再移開這些樹枝，你才好拉長尾和薔掌出來。」

蜜妮和灰紋並肩站在一起，目光越過眼前的救援工作，望向忍冬樹的坍塌處。他們的女兒就在那裡的某個角落。

「求求祢們，星族，」蜜妮低聲道。「保佑她平安無事。」

「她不會有事的。」火星保證道，眼神卻是黯然。

松鴉羽把玫瑰瓣帶了過來，當他經過蜜妮和灰紋時，獅焰注意到他突然愣了一下，彷彿腳底踩到一根刺。**他應該是感應到他們心裡的憂傷。**

玫瑰瓣隔著枝葉縫隙探看後方的巫醫窩。「我想我鑽得進去，」她大聲說道。於是先伸腳進去，身子在木樑間挪動，嘴裡嘀咕作響，後腿和尾巴隨即消失在金色葉叢裡。「你要我拿什麼？」她喊道。

松鴉羽開始形容他想要的藥草，這時獅焰步入地道，往忍冬樹叢裡推進。他的心噗通噗通跳得厲害，感覺得灰紋和蜜妮那兩雙憂心忡忡的眼睛一直盯著他看。要是他找到的是兩具冰冷的屍體，那怎麼辦？他揮開這念頭，將身子鑽進兩根樹枝間，樹皮磨擦著他的毛髮，當他發現腳下踩的竟是忍冬樹的柔軟鬚蔓時，心裡不禁燃起一線希望。他擠進塌扁的長老窩裡，裡頭僅餘一點空間，只有鼠毛的臥鋪還在，其他的都被埋在雜亂的樹枝底下。

這時他看見了屍體。

一具扭曲、軟趴趴、又毫無氣息的屍體。

他呆呆看著，這時塵皮也擠了進來。

「我們已經清掉最後兩根樹枝了，」虎斑戰士開口說道，但一看見那具屍體，就說不下去了。「長尾……」長老的名字梗在他喉間。

獅焰強忍悲傷，一把抓住虎斑長老的頸背，將他拖出長老窩。當他叼著長老的屍體，拖出地道，放在空地上時，才驚覺老貓的重量竟輕如松鼠。

火星垂下頭，灰紋緊緊挨著蜜妮。

「你們看見薔掌了嗎？」灰色戰士低聲問道。

獅焰搖搖頭，這時塵皮突然從洞裡大喊：「她還活著，快點！」

獅焰趕緊又衝回去，灰紋緊跟在後。他們沿著臨時地道往回跑，這時突然傳來不祥的爆裂聲，旁邊一根支撐木應聲折斷，木屑四濺。而另一根支撐木也斷了，山毛櫸搖搖欲墜。

「快撐不住了。」蜜妮的喊聲在後面響起。

獅焰沒有理會，繼續往長老窩裡鑽，灰紋也硬擠進來。塵皮正蹲在鼠毛的臥鋪上，探鼻嗅聞樹枝，那裡的山毛櫸把忍冬樹壓得只剩一大坨鬚蔓。獅焰鑽進虎斑公貓旁邊，看見底下的薔掌正抬眼覷他，表情痛苦。「我不能動。」她粗聲地說道。

她的後腿被壓住，山毛櫸一搖晃，她就發出哀哀慘叫。

獅焰又聽見身後傳來另一根支撐木的斷裂聲，神經隨之緊繃。「我們現在就得把她救出來。」

「怎麼救？」塵皮喘氣道。「樹快塌下來了，她又被卡住。」

「我來拉她出來。」灰紋抓住她的頸背。

薔掌痛苦慘叫，獅焰趕緊撞開灰色公貓。「你會害死她的。」他喝斥道，隨即用自己的後背抵住長老窩上方一根粗壯的樹枝，四腳站穩地面，拱背抬肩，使盡力氣往上撐起，直到感覺整棵樹的重量都壓在身上。樹枝微微震動，發出咯吱聲響，他撐了起來。

「你移動它了！」塵皮低聲道。

「現在快把她拉出來！」獅焰氣喘吁吁地說道，他感覺到樹枝又被他撐上去了一點。

灰紋趕緊探身過去，抓住他女兒的頸背。

「輕一點！」獅焰警告他。那樹的重量撐得他好吃力，但他不能放手，他絕不能讓薔掌枉死。長老窩外頭不斷傳來木頭折斷劈裂的聲響。

「支撐木快斷了。」蜜妮尖聲喊道。

灰紋從樹底下小心地拉出薔掌。「我把她拉出來了。」他嘴裡咬著她的毛髮，從齒縫間悶聲喊道。

薔掌被她父親拉出來的那一瞬間，不禁哭了出來。

塵皮看著他們消失在地道裡。

獅焰此刻只覺得自己的肺快要炸開，四隻腳不住地顫抖。

「他們出去了！」塵皮回報道。

「你也快出去！」獅焰吼道。

塵皮趕緊鑽出去，這時山毛櫸又再嘎吱作響，木頭劈啪斷裂。

獅焰一鼓作氣，一個箭步鑽出樹底下，跟在塵皮後面拔腿往外衝，周遭樹枝跟著塌落，他趕在最後一根支撐木折斷之前，及時衝出地道，山毛櫸應聲落地，樹根砸向育兒室，殘枝敗葉像殘骸一樣散落一地。

獅焰上氣不接下氣，眼前發黑，四隻腳不住顫抖，快要軟趴下去，但他不肯示弱，默默等待力量重新回來，終於四肢漸漸有了力氣，這才伸長身子，眨眨眼睛，擺脫眼前黑暗。有條尾巴撫上他的背。

「做得好，獅焰。」火星站在他旁邊。

灰紋和蜜妮蹲在薔掌旁邊。松鴉羽抓了一把玫瑰瓣遞出來的藥草，放在薔掌旁邊，然後嗅聞她那癱軟在地的身軀。

「她沒事吧？」蜜妮粗聲地問道。

年輕母貓的呼吸顯得急促，眼神呆滯。

「她好像看不見我們。」灰紋哭號道。

「別擋住我！」松鴉羽繞著薔掌到處聞，皺起眉頭，瞇起眼睛。

「長尾？」有個聲音顫抖地喊道。是白翅。

獅焰轉頭，看見族貓們悄悄回到山谷，他們走得很慢，在空間不大的空地裡徐徐移動，嗅聞殘破的家園。花掌和蜂掌擠了進來，跑到灰紋和蜜妮旁邊，緊緊挨著他們。

「薔掌沒事吧？」蜂掌啜泣道。

鼠毛從白翅身邊擠過，繞著長尾的屍體轉。「不，不，不……」地嗚咽呻吟著。

老母貓癱在地上，鼻子抵住老友冰冷的身軀，波弟緊緊靠在老母貓旁邊。

鴿掌和藤掌驚恐地瞪著薔掌那動也不動的身子。

「她死了嗎？」藤掌低聲說道。

「別像兔子傻站在那裡，」獅焰厲聲說道。「快去拿些青苔來，好讓她躺得舒服點。」

兩隻貓趕緊跳開，從葉池身邊擠過，跑出山谷，後者剛穿過荊棘叢，腳步停了下來，瞇起眼睛，看松鴉羽工作。

松鴉羽抬起頭來。「怎樣？」他咆哮道。「妳到底幫不幫忙？」

葉池眨眨眼睛，眼裡閃過某種傷痛，卻強作鎮定。「你要我幫什麼？」她悄悄走到松鴉羽旁邊，聞一聞薔掌。

「她受到嚴重驚嚇。」松鴉羽回報道。

「可以給她一點百里香，」葉池提議道。「我來做成葉泥。」她叼一口藥草，開始咀嚼。

松鴉羽坐了起來。「我找不到傷口，她身上沒有受傷。」他的語氣茫然。

薔掌的眼皮眨了眨。「我的後腿沒有知覺。」

松鴉羽傾身向前，用嘴輕輕叼起其中一條腿，然後放開，那條腿立刻像毫無生息的獵物一樣掉回地上。「百里香弄好了嗎？」他朝葉池喊道。

「好了。」她用腳掌將葉泥塗在薔掌舌頭附近，薔掌直覺舔進肚子裡。於是葉池又塗了一點上去。

蜜妮繞著他們打轉，眼裡盡是愁雲慘霧。「她究竟怎麼了？」她求他們告訴她。

松鴉羽沒有回答，反而抬眼去看獅焰。「請給我紫草。」

獅焰快步走到巫醫入口，隔著樹枝對玫瑰瓣說：「松鴉羽要紫草。」

「我這裡有很多。」玫瑰瓣回報道，然後把紫草從縫隙間遞給他。

獅焰叼住紫草，帶回來給松鴉羽。「她還好嗎？」他低聲問道。

「她的心跳已經正常，可是她的腿……」松鴉羽的話說到最後，竟只剩下懊惱的低吼聲。他彈彈尾巴，要獅焰走開。

蕨雲正試圖安慰灰紋和蜜妮。「若說有誰能救她，自然非松鴉羽莫屬。」她瞥了瞥正把暗綠色藥糊抹在薔掌後腿的松鴉羽。「更何況還有葉池幫他。」她語帶希望地說道。

火星挺起身子。「塵皮，」他喊道。「去看看育兒室是不是夠安全，我們至少得讓貓后和小貓有個安身之所。」他環顧營地，有一半都埋在山毛櫸底下。「見習生窩看起來還能住。」他點頭示意雲尾和松鼠飛。「你們去看看那裡安不安全，再去收集臥鋪墊子，盡可能地多收集一點，今晚一定得讓長老、貓后和小貓睡在裡面，至於我們，也需要用到。」

松鼠飛點點頭，隨即用尾巴示意莓鼻、刺爪和蕨雲一起出營。

「要不要我跟他們一起去？」獅焰提議道。

火星看著他，翠綠色的眼睛閃閃發亮。「你今天為部族做得已經夠多了，」他低聲道。「謝謝你，也謝謝星族，雷族何其有幸，要不是你，薔掌恐怕活不了。」

獅焰看見薔掌躺在潮溼的地上，葉池正用有力的腳掌按摩她的胸部，神情專注。

薔掌睜開眼睛，看著自己的父母。「我的後腿呢？它們還在嗎？」

蜜妮低吼一聲，灰紋背脊上的毛豎了起來。薔掌的後腿直挺挺的，看起來就跟以前一樣毛色光滑，強壯結實，可是她卻感覺不到它們……要是感覺不到，就不能站起來走路或跑跳。

獅焰不禁悲從中來，他懷疑這位年輕的見習生以後會不會恨他救了她一命。

第十二章

松鴉羽抬起頭來，嗅聞清晨的微風。空氣新鮮，但有很濃的樹汁味從折斷的樹幹處滲出來，還有腐葉和泥巴的霉味。他感覺到蜜妮毛髮的溫熱，因為她正靠在他身上。這隻灰色貓后抱著小貓睡了一晚上。

薔掌還沒醒，他昨夜給她吃罌粟籽，到現在還聞得到她呼吸裡的罌粟籽氣味，同時也感覺得到她四肢的沉重以及後腿的空洞感。他本來在照顧這隻貓后和小貓，結果累到睡著了。

昨天折騰了一天，到現在都還在全身痠痛，他聞聞眼前的病患，往她臥鋪湊近，鬍鬚拂過蜜妮的毛髮。

蜜妮抬起頭來。「她怎麼樣了？」

「她好多了。」他告訴她。薔掌的身體雖還有些溼冷，但心跳穩定多了。

「那她的腿呢？」蜜妮的喵聲帶點顫抖。

「我不知道。」松鴉羽很想大聲吼叫，但沒敢發作，他討厭這種束手無策的感覺。

外面的空地面積只剩一半，戰士們正在外頭活動，雖然疲憊不堪，還是決定照常巡邏，不願被這場天災打垮。松鴉羽聽見棘爪正在分派任務。

「巡邏隊照常作業，我們必須狩獵，畢竟現在是落葉季，獵物很快就沒了。塵皮，你需要多少幫手留下來清理空地？」

松鴉羽豎起耳朵仔細聽。如今空地上橫躺著一棵山毛櫸，多少擋住了聲音的傳達，族貓們的談話不像以前那樣會在山谷的岩壁間迴盪，反而被溼漉漉的枝葉給掩蓋。

「第一班只需要四到五個就夠了。」塵皮明快地回答副族長的問題，可是松鴉羽感覺得到這位戰士腳很痛……昨天的救援工作傷了他的腳。「樺落和蕨雲呢？他們可以開始搬動粗重的樹枝，玫瑰瓣和榛尾可以幫忙清理小樹枝。」

通往巫醫窩的路已經清出來，育兒室被山毛櫸的樹根團團包住，還算安全無虞。見習生窩也安然無恙。

薔掌動了一下。松鴉羽低頭嗅聞她的口鼻，感覺到她的眼皮在他頰邊眨了眨。

「妳覺得怎麼樣？」他輕聲問道。

他感覺得到蜜妮的緊張，只好用尾尖拍拍她。**別讓妳女兒聞到妳身上的恐懼氣味。**

「不知道欸。」薔掌虛弱無力地說道。

「會痛嗎？」

「不會，只是想睡覺。」

「那是因為吃了罌粟籽的關係。」

「是不是因為這樣，我的後腿才沒知覺？」

松鴉羽覺察到蜜妮的眼睛緊盯著他，她希望他說是，她希望真是因為如此。**真的是這個原因**。也許等到薔掌從這場意外的驚嚇中復原之後，後腿就會恢復知覺了。畢竟，她的骨頭沒有斷，所以沒有理由後腿不能動啊。

「是不是？」薔掌追問道。

「我想後腿知覺的恢復速度可能比其他部位來得慢吧。」他告訴她。「我們再等等看，星族會保佑妳的，相信不久，妳的後腿就會好起來。」

薔掌用爪子戳著臥鋪裡的蕨葉。「我希望快點好起來，我才剛通過考試，就快要可以當戰士了。」

蜜妮困難地吞吞口水，松鴉羽感覺得到她的不捨，也感覺得到她在努力壓抑情緒。「再睡一下吧，」她低聲道。「休息得愈多，就好得愈快。」

薔掌將下巴擱在腳上，沒一會兒便睡著了。

蜜妮跟著松鴉羽走出窩外。「這到底是怎麼回事？」他們一走出刺藤簾幕，她就質問他。

松鴉羽的腳不小心踩到地上的樹枝，痛得皺起眉頭。現在營地裡被山毛櫸搞得亂七八糟，早就不成形，害他完全不知道哪裡有突出物可能絆倒他，所以必須小心慢慢走。他沮喪地嘆口氣，以前他在營地裡行動自如，現在對他來說卻變得像河族領地一樣陌生。

「她的腿究竟怎麼回事？」蜜妮追問道，正低頭舔舐腳上傷口的松鴉羽停頓了一下，抬眼看她。

他知道只要他用眼睛盯著貓兒看，他們就會專心地聽他說話。「我不知道。」

「你一定要知道啊！」她語帶恐懼與挫折。

這時松鴉羽聽見灰紋的腳步聲，心裡鬆了口氣。灰色戰士一定會幫忙安慰他的伴侶。

灰紋輕輕磨蹭蜜妮。「還是沒起色嗎？」他的聲音非常擔憂。

「我們只能等了，」松鴉羽告訴他們。「至少她不覺得痛。」

他緩步離開，心慌得厲害。為什麼薔掌的後腿沒有知覺？她的腿有擦傷，但沒斷啊。也許是那些瘀青害她的腿失去知覺。松鴉羽皺皺眉，他從沒遇過這種情形。

「我們可以看她嗎？」灰紋在後面喊道。

「陪她一下是沒什麼關係，只是她需要多休息。」松鴉羽回頭說道。「不過她是你們的孩子，你們當然最清楚要怎麼安慰她。」

松鴉羽的肚子咕嚕咕嚕叫，獵物堆聞起來很新鮮，他想先吃點東西，昨天晚上根本沒時間進食，於是緩步走過去，卻聞到獅焰的味道，其中還摻雜了些潮溼的泥土味。

他的哥哥正要拿獵物堆裡的一隻黑鳥，松鴉羽也從獵物堆裡扒了一隻老鼠出來。「你們把長尾埋葬了嗎？」他知道自己不像其他貓兒那麼傷感長尾的喪命，因為**他**會再見到長尾，那時的他不再受盲眼和疼痛之苦，而是舒服地住在星族的獵場裡，或者和月池旁那群披著星光的貓兒坐在一起。

他其實比較擔心薔掌的問題。要是她的腿好不了，未來所承受的痛苦恐怕非他所能想像。

獅焰的尾巴彈著地面。「我在幫波弟和鼠毛拿食物。他們守靈守了一夜，已經累壞了。」

他心不在焉地用單腳推著黑鳥。「我送他們回育兒室休息了，可是我猜鼠毛一定睡不著，她到現在都還在自責。」

「等我吃完，再拿顆罌粟籽給她，」松鴉羽允諾道。「鴿掌情緒好一點沒？」

「好一點了。」但獅焰不安地喵聲。「她的預警救了這麼多條命，應該感到驕傲才對。」

「她現在會覺得自己更有責任將全部族的安危扛在肩上。」松鴉羽揣測道。

「她還年輕，」獅焰嘆口氣。「成為三力量之一……這責任對她太沉重了一點。」

松鴉羽點點頭。他和獅焰因為年紀較大，比較知道自己的能力何在，但即便如此，還是常有力不從心的感覺，更何況是年輕的鴿掌了。

「今天早上，我會帶她和藤掌一起去狩獵，」獅焰決定道。「希望能讓她重溫一下正常的部族生活。」

「也好。」松鴉羽彎腰去拾老鼠，卻聽見啪嗒啪嗒的腳步聲，花掌和蜂掌跑到他身邊。

「我們可以去看薔掌嗎？」蜂掌焦急地繞著圈子。

「她現在在睡覺，」松鴉羽回答道。「不過我也不反對啦，至少她不覺得痛，有你們陪伴她，或許更甚良藥。」

這兩隻年輕的貓匆忙趕去巫醫窩，獅焰則往已經殘破不堪的荊棘圍籬走去。松鴉羽再度彎身，想拾起老鼠。

「薔掌怎麼樣了？」

葉池的聲音嚇了他一跳。她是營裡唯一可以悄悄走近，卻不被他發覺的貓。也許是因為她的氣味對他來說太熟悉了，太像他自己的味道。他甩甩頭，揮開這想法。

「妳為什麼不自己去看看？」他提議道，試圖保持鎮定。

「我現在是戰士了。」她語調生硬地提醒他。

他不悅地拾起老鼠，緩步離開。

「我會去找小雲。」

葉池這句話讓他停下腳步。

「真的嗎？」他轉身過來。

他感覺得到她的不安，但他不打算讓她好過。「妳不是說妳已經不是巫醫了嗎？」

「我的意思是，如果我是你，我會去找小雲。」

「可是妳不是我。」

葉池強忍鎮定地說：「小雲曾醫過類似的病例，」她解釋道。「以前有隻貓也是被塌下來的地道壓到腿，所以小雲可能知道該怎麼幫薔掌。」

松鴉羽沒有回答。

「不是我不相信你的判斷，」葉池繼續說道。「只是如果我是你，我就會去請教他。」

松鴉羽這下胃口全無，他放下老鼠，緩步離開，爬上石堆，去族長窩找火星，他一心一意只想著薔掌的事。

沙暴正坐在雷族族長旁邊幫他梳理肩毛，粗糙舌頭不時舔著他光滑的毛髮，一見松鴉羽進來，立刻停下動作。

「有事嗎？」火星語帶擔憂。

松鴉羽搖搖頭。「我想去影族營地找小雲談一談，」他喵聲道。「葉池說他遇過類似的病例。」

「很好，」火星沒有猶豫。「那就讓松鼠飛陪你去吧。」

松鴉羽的心一沉。「我可以自己去。」

「我知道，」火星應和道。「可是先前雨下得那麼大，既然有一棵樹倒了下來，難保不會有第二棵也倒下來，我可不願冒任何可能失去你的風險，所以就讓松鼠飛陪你去吧。」

松鴉羽也知道多辯無益。但為什麼偏偏要派松鼠飛呢？跟誰去都好，就是不要松鼠飛和葉池。**火星是故意的吧？**

松鴉羽離開族長窩，爬下岩石堆，低頭穿過空地。地上樹葉從他腳邊掠過，枝葉喀吱作響，空地上不時傳來貓兒們折斷樹枝的聲音。空氣裡充滿哀傷，大家只有必要時才開口交談。

「把這根樹枝拖到營地外面。」

「這可以拿來修繕圍籬。」

狐躍和冰雲拖了一簇枝葉，窸窣作響地從見習生窩前面經過。松鴉羽走過的時候，他們停了下來。

「薔掌還好嗎？」冰雲問道。

「不好也不壞。」

再過去一點，刺爪正在啃咬樹枝，想把它折斷。「薔掌還好嗎？」

松鴉羽腳步幾乎沒有停下。「不好也不壞。」

「薔掌還好嗎？」亮心從他前面走過。

松鴉羽這回用吼的：「不好也不壞。」

獨眼戰士覺得不忍。「我們會這麼問，是因為我們很擔心。」

松鴉羽的肩膀垮了下去。「我也不喜歡這種束手無策的感覺啊。」他承認道。

「有什麼我可以幫忙的嗎？」

「是有啦。」松鴉羽點點頭。亮心以前就常在巫醫窩裡幫他忙。「我得出去一趟，等一下薔掌要是喊痛，妳可不可以給她罌粟籽？一次只能給一顆，我不希望她服用過多，反而麻木了腿部的知覺。」

「好。」

「還有妳一有空，也拿一顆給鼠毛吃，」他補充道。「她心情還是很低落。」

「我知道。」亮心低頭鑽進巫醫窩裡。

松鴉羽想在走之前，先去看看長老，於是走進見習生窩裡，波弟和鼠毛正坐在鋪得厚實的臥鋪裡。

「都是我的錯。」鼠毛冗自咕噥。「都是我的錯，就為了一隻蠢老鼠，我以後再也不要吃老鼠了，要是我當初沒那麼小題大作就好了。」

波弟刻意開心說道：「我敢打賭，他現在一定和星族在一起了，」他喵聲道。「而且正在茂密的森林裡狩獵，溫暖又快活。」

「可是沒有我，誰幫他帶路啊。」鼠毛發愁地說道。

「我真希望早點認識他，」波弟強調道。「我聽說他雖然瞎了眼，卻完成大遷移。」

「是啊，他好像永遠都不累。」鼠毛暫時陷入回憶裡。「總是最早起床，隨時準備出發，從來不怕眼前有甚麼險阻。」

「他眼睛瞎掉之前是什麼樣子啊？」波弟追問道。

「以前他的眼睛就像老鷹一樣利，」鼠毛回憶道。「就算獵物躲在一根樹距以外的石頭底下，他都看得見。」

松鴉羽感覺到波弟飛快地瞥了他一眼。松鴉羽生平第一次覺得雷族何其有幸能有這樣一位愛聒噪的老獨行貓。

「快告訴我，他抓過什麼最大的獵物。」獨行貓追問鼠毛。「我聽說他以前抓過老鷹。」

「嗯，也不是老鷹啦，不過倒是趕走了一隻想抓小貓的貓頭鷹。」

松鴉羽終於放下心來，悄悄退出窩外，留兩隻老貓繼續沉緬往事。鼠毛應該不會有事的。他走近圍籬，突然聽見枝葉沙沙作響，原來雲尾和蕨毛正把一簇樹枝舉起來，靠在殘破的荊棘叢上。

「等等我！」松鼠飛追了上來。「沙暴要我陪你去影族營地。」

「我去找小雲談一談。」松鴉羽沒轉身跟橘色戰士打招呼，就逕自鑽進荊棘叢的縫隙。

松鼠飛匆匆追在後面，但不忘保持幾步距離，同往林子走去。寒風冷冽，禿葉季即將來臨。松鴉羽全身發抖，這時突然有棵樹咯吱作響，他嚇了一跳。以前他從沒想過高壯的樹木竟是如此脆弱，一場大雨就能把它連根拔起。

松鼠飛加快腳步，跟在他旁邊。「你不該害怕這座林子。」

「那棵樹也不該砸進營地，」松鴉羽回嗆道。「但還不是砸進來了。」

松鼠飛刻意拉開距離，不再說話。松鴉羽很高興他們之間氣氛緊繃，這樣的話，她就會跟他保持距離。自從真相被揭發之後，他便不曾再跟這隻撫養他長大的母貓獨處過。她欺騙了他和他的哥哥姊姊，她根本不是他們的親生母親，她的妹妹才是。

「我還記得你、獅焰還有冬青葉小時候的樣子。」松鼠飛突然喵聲道。

松鴉羽當場愣住。

「只要有片葉子掉在冬青葉頭上，她就以為森林要垮下來，嚇得趕緊躲進育兒室裡，三天三夜不肯出來。」

閉嘴！松鴉羽垂下耳朵。可是松鼠飛似乎非講不可。

「我真的好愛你們。」她喃喃說道。

他突然大怒。「如果真的愛我們，就不該撒謊。」

松鼠飛全身毛髮倏地豎起。「是啊，說真話不就好了？」她的尾巴在空中揮打。「看看葉池，最後什麼都沒了。」

「那是她自己選擇的。」松鴉羽嘀咕道。

松鼠飛沒理他。「她也失去了你，失去了獅焰和冬青葉。」

「是她不要我們的。」

「別的貓也都受到了傷害！」松鼠飛厲聲道。「不是只有你受傷。我真的受夠了，你老以為全天下都對不起你，你要搞清楚，不是只有你受到傷害，最心痛的人也不是你。我還以為你是巫醫，會比較懂事，卻忘了你根本還太年輕。」

松鴉羽聽見她的教訓，火氣也衝了上來。「那是葉池自作自受，誰叫她要去別族找伴侶。我才不會像她那樣有了小貓還不要他們，至少我不會欺騙我的族貓，而且是長年累月地欺騙，讓大家誤會我真正的身分。」

松鼠飛深吸一口氣，又緩緩吐出來。「別忘了，」她輕聲說道。「我們只是做了我們自認為最好的安排，更何況我們都很愛你們。」

才怪！

邊界的氣味記號就橫亙在他們所走的這條小路上。松鴉羽一腳跨了過去。

「等一下。」松鼠飛喝令他。

松鴉羽爪子戳進地面。難道他說什麼、做什麼，她都要有意見嗎？他必須盡快找小雲談一談！但此刻的她正忙著嗅聞空氣，掃視林子，四隻腳在鋪滿針葉的林地上不安地蠕動著，他只能等在旁邊。

「有巡邏隊！」她警告道。

松鴉羽嗅一嗅，聞到影族戰士的氣味。橡毛和雪貂掌並肩走了過來。

松鼠飛招呼影族戰士。「橡毛？」

松鴉羽聞到影族戰士身上傳來驚訝的味道。他們快步走來。

「黑星猜得沒錯！」橡毛吼道。「你們真的想侵略我們。」

「你們別自以為是，」松鴉羽知道自己已經錯踏對方的邊界。「我只是來找小雲。」

雪貂掌繞著他轉，鬍鬚不斷抽動。松鴉羽不動，任憑那隻年輕的貓在他身上嗅來嗅去。

「我們看起來像是一支準備入侵的戰鬥隊伍嗎？」松鼠飛問道。

「也許還有其他的貓。」橡毛語帶懷疑。

「你有聞到別的貓嗎？」

雪貂掌哼了一聲。「可能偽裝起來了。」

「偽裝成什麼？」松鴉羽厲聲道。「鴿子？」

松鼠飛嘆口氣。「我們真的不是來入侵的，你們可不可以帶我們去找小雲，拜託了。」

橡毛猶豫了一下。「好吧，」最後同意道。「不過等一下黑星就會派出一整支巡邏隊來搜查這附近。」他的聲音很大，響徹林間，顯然是在說給他自以為躲在林子暗處的入侵者聽。

松鼠飛跨過氣味記號線，跟在橡毛後面，松鴉羽隨後追上，只是雪貂掌老是豎直頸毛，繞著他打轉，彷彿把他當成四大部族裡最可怕的戰士在防備，令他不甚其擾，非常不爽。

「你是怎麼搞的？」松鴉羽咕噥道。「怕我給你下藥啊？」

雪貂掌頓時豎直全身毛髮。「閉上你的嘴！」

等他們快到影族營地時，松鴉羽立刻認出了那裡的味道。以前他和索日來過這裡。他緩步穿過空地，很高興路上沒什麼障礙物，心裡清楚扭毛和藤尾正從育兒室那裡偷窺他，也知道褐皮和焦毛趕著從戰士窩裡擠出來，還聽見本來在空地旁邊分食一隻地鼠的歐掠掌和松掌嚇得跳了起來，毛髮刷拂地面。

橡毛發出一聲警示的叫聲，將黑星引出了族長窩。

「怎麼回事？」影族族長質問道。

松鼠飛在空地上來回磨蹭她的腳。「我們想私下找你談一下。」

橡毛身子刷過她旁邊。「他們想見小雲。」

影族族長表情驚訝，毛髮豎得筆直。「那就去找他來吧。」他下令道，說完轉身回到自己的窩裡，毛髮輕輕刷過洞口的刺藤。「進來吧。」他喊道。

松鴉羽跟在松鼠飛後面走進族長窩。影族的臭味很濃，他忍不住皺起鼻子。不過至少這裡的臥鋪很新鮮，清新的青苔味多少驅散了裡頭的臭味。

黑星坐了下來。「發生什麼事了？」

「有棵山毛櫸砸進山谷，」松鼠飛解釋道。「我們有隻貓受傷了，希望能向小雲請教一下治療的方法。」

「只有一隻貓受傷？」黑星粗啞的聲音摻著驚訝，但馬上又變回冷冷的語調。「八成是星族庇佑。」

「顯然是，」松鼠飛回答道。「我們現在正在清理家園。」

「長尾死了。」松鴉羽向影族族長坦言道。

黑星嘆口氣，帶了絲同情，就像雲縫裡透出的一點陽光一樣。「雷族雖然捨不得他離去，但星族一定很歡迎這位老朋友的到來。」

小雲探頭進來。「你們剛是不是說到有樹砸下來？」他上氣不接下氣。

「是啊。」松鼠飛盡量回話簡短。「它砸進山谷裡，薔掌受傷了，長尾死了。」

「還好星族庇佑，沒有造成更嚴重的災情。」小雲深吸口氣。

「也夠嚴重了，」松鴉羽彈彈尾巴。「薔掌的後腿失去知覺。」

小雲的回憶潮湧而來，松鴉羽從裡頭窺見一隻公貓躺在臥鋪裡痛苦哀號，身子軟趴趴地無法移動，眼裡盡是愁雲。

「我以前有個類似的病例。」小雲的回憶褪去之後，開始說道。「那時我還是鼻涕蟲的見習生。野毛的腿被坍塌的地道壓到了。」

「葉池告訴過我。」松鴉羽對故事的來龍去脈沒興趣，只想知道治療的方法。「可是薔掌的腿沒有被壓到，骨頭也沒斷。」

「野毛也是。」小雲告訴他。「他的腿只有瘀青，是他的脊椎斷了。」

松鴉羽突然覺得反胃，不自覺地拱起後背。原來這部位很堅硬，也很脆弱。「他後來好了嗎？」

「他死了。」小雲輕聲說道。

「可是薔掌還活著，而且不覺得痛。」

「野毛也一樣，一開始都是這樣。我不認為他是因為脊椎斷了才死掉，只不過他撐了差不多一個月才死。」

松鴉羽傾身向前。「他是因為什麼原因死的？」

「他不能走路。」

「難道你們不餵他吃東西嗎？」松鼠飛倒抽口氣。

「我們當然有餵他吃東西，」小雲厲聲回答。「可是他一直在咳嗽，反覆地咳，每次治好他，沒一會兒功夫又咳起來。他發現自己的呼吸愈來愈困難。」

「是因為傷心過度嗎？」松鴉羽好奇問道。

「不是，我認為是因為他從來沒離開過自己的臥鋪。」小雲若有所思，緩緩說道。「可能是他胸腔裡的疾病從來沒有真正痊癒過，就像池裡的水長滿細菌一樣，最後吸乾了所有的空氣。」

松鴉羽聽得全身毛骨悚然，不禁想像薔掌終日躺在臥鋪裡的可憐模樣。她今天早上有咳嗽嗎？他現在不在巫醫窩裡，她會不會正在咳嗽？他突然好想趕快回去。

松鼠飛的尾尖輕刷族長窩的洞頂。「所以我們應該讓薔掌常常活動。」

松鴉羽眨眨眼。「你認為這樣有用嗎？」他請教小雲。

「如果能辦到的話，的確值得一試。」小雲低聲道。「你們可以製作一個能讓她坐著睡的臥鋪，這樣她的胸腔就可以裝滿空氣。」不過巫醫的語氣不是很有把握。「只是睡起來可能不太舒服。還有要她經常活動的這件事，對她還有對其他貓兒來說，可能有點困難。」他停頓一下。「只能祝你們好運了。」

松鴉羽豎直毛髮。「這種事不能靠好運。」

小雲的尾巴輕刷地面。「我去拿點對胸部還有腹部疾病有幫助的藥草給你們好了，那才是你們該關注的兩個部位，至於後腿的問題，恐怕非你們能力所及。」

影族巫醫緩步離開族長窩，松鴉羽和松鼠飛只能尷尬地待在黑星旁邊等候。嗆鼻的藥草味飄了過來，松鴉羽聞到了，於是走出洞外，去找小雲。

「款冬可以溫肺。」影族巫醫把一捆葉子推給他。「杜松果是顧胃的。」

「這些我們都有了。」松鴉羽告訴他。

「會不夠用的。」小雲坐了下來。「如果還有需要，可以再回來跟我拿，或者如果想分享這方面的醫療經驗，也歡迎你過來，我們可以從這個病例中互相學習一些經驗。」

松鴉羽拾起那捆藥草，聽見松鼠飛從黑星的窩鑽出來，於是立刻往營地入口去。

「願星族保佑你們和薔掌。」小雲在後面喊道。

或許吧，松鴉羽暗自想，**不過我絕不會讓祂們帶走她的。**

⚡⚡⚡

松鴉羽跟著松鼠飛往山谷走去，一路上，他都在想以後要用什麼方法來盡可能維持薔掌的體力和活動力。

松鼠飛在山谷外頭停下腳步。「我以你為榮，這世上也只有你能幫得了薔掌。」

松鴉羽轉向她，想說點什麼。他很想相信……也願意相信她**以他**為榮，相信**他能**幫得了薔掌。

「謝謝。」他滿嘴藥草地悶聲說出這兩個字，然後鑽進營裡。

雲尾和蕨雲還在殘破的荊棘圍籬旁拖著樹枝，因為太疲累的關係，拖拉的動作變得很慢。

火星站在空地上的空盪角落，和棘爪及塵皮商討事情。「你覺得你們還能再清多少樹枝？」雷族族長詢問他的資深戰士。

松鴉羽感覺得到塵皮心情的沉重。「我們可能得靠老天幫忙刮個風或一些天候力量來摧毀那些較粗壯的樹枝和樹幹了。」

「其實我們可以利用它們來打造新的窩，」棘爪提議道。「你看我們已經清掉很多殘枝落葉，所以我想不出一個月，我們就能把大半的營地重建起來。」

「可是我們也不能忽略狩獵和邊界的巡邏工作啊。」塵皮警告道。

火星的注意力轉向松鴉羽。「小雲怎麼說？」他在空地另一頭喊道。

松鴉羽緩步走向族長，放下嘴裡的藥草。「他給了一些不錯的建議，」他回報道。「可是我想先找灰紋和蜜妮談一談。」

「我派灰紋去巡邏了，」棘爪承認道。「因為我想讓他有點事情可以忙。」

「你晚點再告訴我好了。」火星喵聲道，又轉身對戰士說道：「巡邏隊還是照常運作，但新窩也得盡快搭建完成。禿葉季就快到了。」

松鴉羽拾起藥草，離開戰士們。他聽見亮心和蜜妮在巫醫窩裡的聲響，也聞到她們身上傳來的焦慮氣味，更感受到薔掌愈來愈不耐煩那兩隻母貓的過份噓寒問暖。

「再吃一點嘛。」蜜妮懇求道。松鴉羽聞到她腳裡拿著一隻地鼠。

「我不餓！」薔掌抱怨道。

松鴉羽穿過刺藤蔓，放下藥草。「別再煩她了。」他喝令道。

蜜妮轉過身來。「她是我的小貓啊！」

「我是她的巫醫。」

薔掌用前爪扒著自己的臥鋪。「我好想去幫他們重建營地！」她哭喊道。

亮心走了過來，在松鴉羽耳邊低語，「我跟她說長尾的事了，她聽了大受打擊，可是我不敢再給她罌粟籽，因為你之前交代過。」

松鴉羽點點頭。「很好，她是得學會面對更多打擊。」他感覺到亮心聽見他話中有話，當場愣住。「我們必須面對事實，」他解釋道。「薔掌未來的路並不好走，但我一定會盡全力救活她。」

「救活她？」蜜妮從他們中間擠了進來，毛髮根根豎起。「小雲告訴你什麼？」

松鴉羽還不打算說出來。「等我一下。」他必須先確定小雲的說法沒錯。也許薔掌只是後腿瘀青，脊椎根本沒問題。他走向她的臥鋪。

「你要做什麼？」蜜妮看見松鴉羽傾身探向薔掌的臥鋪，開始緊張起來。

「我要先確定一下。」他的爪子順著薔掌的背一路往下摸。他感覺到薔掌想要轉過來看他在做什麼。

「確定什麼？」蜜妮不安地問道。

松鴉羽沒有回答。亮心走了過來，輕輕推開蜜妮。「他知道他在做什麼。」她低聲道。

背脊摸起來很平滑，沒有什麼不對勁的地方。他頓時燃起一線希望，聞她的後腿，的確腫了，或許等腿消腫了……？他像昨天一樣用牙齒叼起其中一條腿，然後放掉，還是一樣了無生氣地垂下來。或許多服用點紫草，可以加速療效。

最後一項檢查了。

他朝臥鋪更探近點，用牙齒輕咬薔掌肩膀下方的脊椎。

「噢！」薔掌緊張地僵起身子。

「我只是試驗一下。」松鴉羽要她別緊張。「會有點痛，不過我不會害妳的。」他挨近她，鬍鬚輕輕刷在她臉上。「妳可以相信我嗎？」

「可以。」她低聲道。

「我咬的時候，妳要勇敢一點哦。」

「好。」

蜜妮想擠進來。亮心擋住她。「給他一點空間吧。」

松鴉羽再次輕咬薔掌的脊椎，但這次比較下面一點。

「噢！」

他又繼續咬，朝尾巴的方向一路慢慢往下試。每咬一次，她都會緊張地僵起身子，忍住不敢叫出聲。他往更下面的地方咬。

「你不咬了嗎？」她問道。

這句話令松鴉羽心一沉。他伸出腳爪，往同樣地方戳下去。「有沒有感覺？」

「感覺什麼？」薔掌扭頭想看。

「不要轉頭看。」松鴉羽說道，同時爪子戳得更用力。「那現在有沒有感覺？」

「你在做什麼?」蜜妮擠了進來，這時松鴉羽的爪子還在用力戳薔掌的背脊。「你會害她流血的。」

「會嗎?」薔掌一直想轉頭過來看。

松鴉羽幾乎沒聽見她們的聲音。「妳感覺不到我爪子的力道嗎?」他面無表情地問道。

「沒有啊。」薔掌低聲說道。

「妳的脊椎斷了。」松鴉羽告訴她。「不會痛是因為痛覺的傳達在這個地方斷了。」他的腳輕輕擱在她的腰腹上。「很抱歉。」

「為什麼?」她尖聲問道。「不會痛，不是比較好嗎?」

「妳的腿再也沒有痛覺，」松鴉羽慢慢說給她聽。「也再也不會有任何知覺。」

蜜妮倒抽口氣。「你這話什麼意思?骨頭斷了，不是會長好嗎?」

「背部的骨頭不行。」

「你怎麼知道?」

「小雲以前有個戰士也受過類似的傷。」他告訴她。

薔掌轉頭過來。「他後來怎麼了?」她喵聲道。

松鴉羽沒有回答。

「他死了，是不是?」薔掌嗚咽道。

松鴉羽驚覺蜜妮朝他衝來，一把將他推出洞外。

「你怎麼可以跟我的女兒說她快死了?」她嘶聲罵道。「她的腿沒有知覺，就只是這樣而已，你這個爛巫醫，快想想辦法！」

「怎麼回事？」松鼠飛跑過空地，擋在松鴉羽和她那位正在咆哮的室友中間。

「他說她會死！」

松鼠飛當場愣住。「松鴉羽，你真的這麼說？」

松鴉羽搖搖頭。

「我也不認為他會這麼說。」松鼠飛語氣力持鎮定。「小雲的病患是死了，但這不代表薔掌也會死。」

「我們會餵她吃東西，幫她活動筋骨，保持健康的體力，」松鴉羽插嘴道。「只要能保持住她的體力，就有機會熬過去。」

蜜妮呼吸急促。「她會好起來嗎？」

「她的腿不可能好起來，」松鴉羽輕聲說道。「但她不會死。」

松鼠飛的尾巴在空中甩來打去。「我們要盡量幫她活動筋骨，這樣她的胸腔就可以呼吸到新鮮空氣。如果能做到這一點，她就不會有事了。」

「不會有事？」蜜妮嗚咽道。「她再也不能狩獵、不能成為戰士、不能生小貓了！」

灰紋跳進營地。「發生什麼事了？」他在蜜妮身邊煞住腳步。

「我們可憐的孩子！」蜜妮將臉埋進灰紋的肩膀。

巫醫窩洞口的刺藤蔓一陣窸窣抖動。「薔掌會聽見的！」亮心探出頭來。「松鴉羽，我覺得你最好進來跟她解釋一下到底怎麼回事。」

松鼠飛用鼻子輕磨他的面頰。「我來負責跟蜜妮和灰紋解釋。」她告訴他。

松鴉羽心情沉重地走進窩裡，坐在薔掌臥鋪旁邊，感覺到眼前這隻年輕的貓內心的驚恐如洪水向他淹漫而來。

「我再也不能走路了，是不是？」

她不斷發抖，松鴉羽用鼻子輕輕抵住她的頭。「是的，」他低語道。「我真的很抱歉。」

第十三章

「星族將以妳的英勇及膽識為榮。」火星的口鼻輕觸薔掌的頭。在旁觀禮的鴿掌好興奮。

「妳將取名為薔光。」已經獲得命名的蜂紋和花落率先開口為雷族新誕生的戰士歡呼。

「薔光！薔光！」族貓們的熱烈歡呼，驅走了冷冽的空氣，迴盪空地，響徹清朗的藍天。蜜妮和灰紋緊靠一起，驕傲的目光裡摻著些許憂傷。

薔光蠕動前腳，撐起身子，抬高下巴。鴿掌盡量不去看她身後那雙癱軟的後腿。

自從大樹砸毀營地之後，已經又過了四分之一個月。鴿掌像其他族貓一樣筋疲力竭。如今大夥兒除了得照常巡邏之外，還得清理營地。白天時間變得愈來愈短，捕到的獵物愈來愈瘦，數量也愈來愈少。

鴿掌一直希望能睡個飽覺。最近她老在做

惡夢。要是當初她早點警告大家，或許長尾就不會死，薔光也還能繞著她的兄弟姊妹跑跑跳跳，眼裡不會老是愁雲慘霧。昨夜她又做了一個惡夢：大樹砸進空地，斷成好幾截，有隻貓被困住了，哀號連連。

是藤掌！

每次做夢，都不是夢見薔光被困在山毛櫸底下，而是藤掌。而且夢裡的她，怎麼樣都沒辦法鑽進樹枝裡，救她的妹妹出來。

「鴿掌？」白翅的聲音令她回神。「妳還好吧？」

鴿掌甩甩身子。「我只是為薔光感到高興，她終於升格為戰士了。」

「她是實至名歸的戰士。」白翅喃喃說道。

這話一點不假。薔光無時無刻不在為自己的生命奮鬥。松鴉羽設計了一套運動來幫忙活化她的胸腔，強化她的前腿。薔光從不懈怠練習：她會做各種伸展和柔軟運動，完全靠兩隻前腳，直到撐不住為止。過去幾天來，雖然大家都爭先恐後地想把最美味的食物送到巫醫窩給她享用，她卻堅持自己去獵物堆那裡拿。

有一次小櫻桃把她的食物分給她，她卻告訴小櫻桃：「我自己去拿。」

小櫻桃瞪大眼睛，看著薔光從臥鋪裡用兩隻前腳爬出窩外，她拖著身軀，費力地穿過空地，去到獵物堆那裡。

「小錢鼠，你看！」小櫻桃大喊道。「她自己去耶！」

小錢鼠跑了過來。「加油！薔光！」

鴿掌總認為這兩隻小貓和松鴉羽才是薔光生活裡最好的夥伴，他們坦然接受她現在的模樣。不像蜜妮總是用憂傷的眼睛看著她，而其他戰士每回看見她拖著身軀走在營地裡，也都會用種同情的目光看她，鼠毛則是連看都不敢看，到現在都還很自責，認定這位見習生的殘廢和老友的死全是她害的。所以每次薔光從她身邊走過，她都愧疚地低頭看著自己的腳。

多數族貓已經開始對薔光的特殊復健方式見怪不怪，所以現在每次她在松鴉羽的要求下用盡肺活量地大聲吼叫時，他們都不再驚恐地瞪著巫醫窩看。

「這可以活化妳的胸腔，」他鼓勵她道。「妳愛叫多大聲就叫多大聲，大家不會介意的。」

這種治療好像真的很有效。薔光的後腿雖然還是沒起色，但毛色變得愈來愈光亮，眼睛也炯炯有神，前腿像其他戰士一樣結實。

就連被小錢鼠爬上肩膀，這位新戰士的前腿也不會顫抖。「薔光！」他大聲歡呼。

蜜妮很不高興地把他推下來。「小心點！」

「沒關係，」薔光很堅持。「就算扛兩隻小貓也沒問題。」

「真的？」小櫻桃兩眼發亮。

「你們敢給我爬上去看看！」蜜妮警告小貓。

灰紋輕輕推開自己的伴侶。「就讓他們玩一下嘛。」

「我們就快成為戰士了！」小錢鼠突然撲上他妹妹，假裝攻擊。

「你連見習生都還沒當上呢。」薔光揶揄他。

鴿掌看著自己的昔日室友，她怎麼還能這麼開朗？

白翅傾身向前，舔舔女兒的耳朵。「別忘了，我們要去幫新長老窩收集新鮮的青苔。」她沒有忘記！這些天來，她一直在幫忙重建長老窩。新窩的空間比較大，也比較堅固，他們就地利用山毛櫸圍出一個空間，再用忍冬樹的鬚蔓編織出牢固的圍籬。等到臥鋪弄好，波弟和鼠毛就能搬進來了。鴿掌希望他們快點搬進去，因為長老們現在都睡在見習生窩裡，此起彼落的打呼聲實在害她睡得並不好。

她環顧營地，漸漸習慣它的新樣貌。戰士窩被山毛櫸這麼一砸，早就毀得不成形了。不過由於空地有一半都被山毛櫸拱狀的粗樹枝覆蓋，而且緊貼其中一面岩壁，等於憑空多了許多新的遮蔽處，所以他們打算直接在最隱密的枝葉下方蓋戰士窩。他們已經把樹枝都堆在旁邊了，隨時準備開工。而現在的育兒室也變得比獾的巢穴還結實，因為爪狀的樹根包覆著它，等於在舊的刺藤叢外面形成像保護殼一樣的圍籬。

「來吧，」白翅用尾尖輕彈鴿掌，並向蟾蜍步和玫瑰瓣示意：「準備好了嗎？」

兩位戰士快步走來會合。

「藤掌呢？」鴿掌環顧空地，看見她的妹妹正從如廁處的隧道鑽出來。

「我來了。」藤掌跑過空地。「待會兒見，薔光！」她從新戰士身邊經過，開心地喊道。

薔光躺在微弱的陽光下曬太陽，小錢鼠和小櫻桃在她身上爬來爬去。她抬起頭，對藤掌開心說道：「妳能不能把這兩隻也帶走啊？」

「他們恐怕還得再纏著妳一個月哦。」藤掌開玩笑道。

「嘿，」小錢鼠反駁道。「要是能去的話，我們早去了。」

藤掌在蟾蜍步身邊停住。「懶惰貓是收集不到青苔的哦。」她故意揶揄那隻黑白公貓。

鴿掌繞著他們轉。「我敢打賭我一定會收集得最多。」她下了戰書。

藤掌聳聳肩。「隨便妳怎麼說。」

鴿掌當場愣住。藤掌最近怪怪的，她們好像不再是好姊妹了。自從山毛櫸砸進山谷，她就變成這樣。難道她猜到她的特異能力是什麼？還是怪她沒提早警告部族？鴿掌甩甩頭，揮開這念頭。**不可能！**

她看著妹妹跟在蟾蜍步和玫瑰瓣的後面，跑向營地入口，還是不確定藤掌對她的冷漠是不是純屬自己的憑空想像。

等他們抵達湖岸前面的斜坡時，藤掌對蟾蜍步喊道：「看我的！」然後把肚皮貼在柔軟的草地上，往下滑了大約三條尾巴的距離。

「妳看起來好像鴨子哦。」蟾蜍步取笑她。

玫瑰瓣瞇起眼睛看著那兩隻貓，難道她也發現藤掌變了？

「好了，」白翅的目光掃向湖岸。「我們來看看能不能在這裡找到一些天鵝毛。波弟和鼠毛才剛逃過一劫，如果有舒服的臥鋪給他們睡，他們一定很開心。」

「還有薔光。」鴿掌補充道。

藤掌翻翻白眼。「當然還有薔光啊。」

白翅瞪了她女兒一眼。「妳好像和蟾蜍步挺合得來的……」

「也沒有啦。」蟾蜍步不安地蠕動著腳，尷尬到毛髮都豎了起來。

「不管有多要好，」白翅繼續說道，「還是得把工作先做好。」

藤掌推推蟾蜍步，看見後者一臉尷尬，更是得意的兩眼發亮。「來吧，」她喵聲道。「看誰最先跑到湖邊。」說完，便一溜煙地往下衝，然後在湖邊及時煞住腳步，旋身一轉，腳下卵石嘎吱作響。

鴿掌彈彈尾巴。藤掌甚至連肢體動作都變得跟以前不一樣了。

「妳和玫瑰瓣一起。」白翅告訴鴿掌。「我去上游一點的地方，有需要的話，再叫我。」她用尾巴指指風族領地的方向，然後就走了。

「妳要從哪裡開始？」玫瑰瓣問道。

「妳是戰士欸。」鴿掌回答。她因為藤掌的事而被搞得心情大亂。

「我知道啊，」玫瑰瓣說道。「可是我想既然妳的嗅覺那麼靈敏，也許能像聞到獵物一樣很快聞到青苔的味道。」

鴿掌看看自己的腳。「我想河邊林子那應該有很多青苔吧，搞不好也有羽毛被勾住。」

「沒錯。」玫瑰瓣往下游河口邊的成排林子走去，鴿掌緩步跟在後面。等她追上時，玫瑰瓣已經站在水邊的樹根處拔青苔了。

「妳去上游一點的地方。」深乳白色的母貓命令道。

鴿掌點點頭，沿著岸邊爬過糾纏的樹根，進入陰冷的林子深處。河水在腳邊潺潺流過，她低頭尋找樹根上的青苔。

突然有個白色的東西閃現，吸引她的目光。原來是片隨風飛舞的羽毛，沿著林地輕飄飄的彈躍。鴿掌開始追它。那片羽毛很長，毛絨絨的，很適合拿來墊在臥鋪裡。她在林子裡追著它跑，往上一躍，用前腳撲住它。「抓到了！」

「原來妳在這裡！」獅焰從蕨叢裡悄悄走出來。「白翅說妳在這裡。」

鴿掌坐起來，一臉詫異。「什麼事？」一陣風襲來，蕨叢沙沙作響，也吹走了她的羽毛，在林間飛舞。「老鼠屎！」鴿掌正要追上去。

「先別管那根羽毛。」獅焰喊她回來。

「那鼠毛的臥鋪怎麼辦？」

獅焰背上的毛豎得筆直。「邊界裡出現了更多影族氣味，」他吼道。「他們一定在暗中搞鬼，我們得盡快查明對方的動機，也許他們正計畫入侵。他們已經知道山毛櫸砸進營裡的事，或許認為可以趁虛而入。」

鴿掌很不高興地坐了下來。影族早在一個禮拜前就知道山毛櫸砸進營裡，可是到現在都還沒入侵啊。她看著那根羽毛消失在視線裡。**或許是虎心又跑了過來**。只有星族才知道他在搞什麼鬼，可是他說過不會給雷族惹麻煩啊。他為什麼要騙她？他們不是朋友嗎？

「怎麼樣？」獅焰看著她，鬍鬚微微顫抖。「妳有聽見影族那裡傳來的任何動靜嗎？他們是不是在計畫什麼？」

「我怎麼會知道？」她老大不願意地回答。

獅焰翻翻白眼。「妳忘了妳有特異能力啊？」

鴿掌的尾巴往林地上一甩。「別煩我了，行不行？要是我真的聽見什麼要緊事，難道不會告訴你嗎？」

「也許妳分不清楚什麼事才是要緊。」

鴿掌霍地站起，直接回嗆她的導師。「那是我自己的特異能力！」她的喉嚨裡發出低吼聲。「我有告訴過你該怎麼作戰嗎？」

離這裡幾根樹長之距的上游處，突然傳來刺藤叢的沙沙聲響，藤掌從裡頭跳出來。「哈囉，」她喵聲道，兩隻眼珠骨碌碌地從獅焰身上移到鴿掌。「我……我剛剛找到很棒的青苔。」

獅焰狠瞪鴿掌一眼，隨即跳進林子裡。

「他來這裡做什麼？」藤掌問道，語氣比前幾天來得好多了。

「他是我的導師，只是來查看我的工作情況。」鴿掌沒好氣地說道，心裡還在氣惱獅焰，不想再接受任何質問。

「可是聽起來好像有要緊的事。」藤掌探問道。「他為什麼認為妳知道影族的事？」

鴿掌繃緊神經。她妹妹到底聽見多少？「我不知道。」她隨便搪塞。

「妳說謊！」藤掌臉色一沉。

鴿掌縮起身子。

藤掌朝她逼近。「到底跟妳有什麼關係？為什麼妳老是得去找火星談？為什麼獅焰總是找妳去祕密會商？」

「他們只是關心我上課的進度。」鴿掌討厭說謊，每說一次謊，就覺得和藤掌的隔閡又更深了。

藤掌不屑地冷哼一聲。「火星就從來不會關心我的上課進度，妳到底有什麼特別啊？」

「真的不像妳想的那樣！」鴿掌開始緊張，她怕自己守不住祕密。「我不認為我很特別，只是……」她的聲音愈說愈小。「這事有點複雜。」

藤掌退後一步。「複雜？」她的聲音聽起來有點受傷。「複雜到不能告訴妳的親妹妹？我還以為我們是最要好的姊妹。」她轉頭去看林子，眼神黯了下來。「沒關係，妳有妳的祕密，我也有我的！」

祕密？藤掌在說什麼？

突然間，她想起藤掌說過她做了一個夢，可是一直沒機會把話說完。她說有星族的貓來找她，鴿掌的爪子戳進土裡，覺得不太對勁，懊惱當時怎麼不多追問幾句？

「妳又做夢了嗎？」她猜道。「星族的貓又來找妳了嗎？」

「嫉妒了吧？」藤掌冷哼一聲。「以前我想告訴妳，妳都沒興趣聽，老是忙著找獅焰講話，所以憑什麼我現在要告訴妳？妳是擔心我變得比妳特別嗎？還是擔心資深戰士會變得比較看重我？」

「我……我很抱歉。」她開口道。

可是藤掌已經跳進林子裡，回頭瞥她一眼。「現在抱歉已經來不及了。」

有一天我一定會把事情真相全告訴妳！鴿掌暗自發誓，**到時妳就明白了！**

任務。

一回到山谷，玫瑰瓣和蟾蜍步立刻把青苔放進新的長老窩裡，然後跑去找棘爪聽取下一個任務。

「妳會鋪嗎？」玫瑰瓣回頭對藤掌大聲喊道。

「放心吧。」嘴裡叼著羽毛的藤掌咕噥地回答，身子鑽進長老窩入口的拱狀樹枝底下。

鴿掌跟在她妹妹後面進去。冰雲和樺落在長老窩的牆邊拍平蕨葉，鴿掌和藤掌不發一語地工作，把青苔鋪在蕨葉上。向晚陽光從忍冬樹頂密密滲了進來，看上去，長老窩就像水底下的世界一樣。

藤掌默默打開羊蹄葉，抓了一把羽毛放在鴿掌鋪好的臥鋪上。

「妳真的不要跟我說話嗎？」鴿掌哀求道。

藤掌沒理她，繼續專心鋪羽毛。忍冬樹一陣沙沙作響，鴿掌轉過頭，看見波弟陪著鼠毛走進窩裡。

「妳瞧，」獨行貓喵嗚說道。「我早告訴過妳，他們會把臥鋪準備好的。」他朝鴿掌和藤掌點點頭。「看起來真舒服，謝謝妳們。」

鼠毛表情茫然環顧全新的長老窩。「好大哦。」她喃喃自語。

鴿掌本來以為她會抱怨通風的問題，但老母貓什麼話也沒說，只是蜷起身子，躺進其中一個臥鋪，鼻子擱在前腳上。

鴿掌心想，早知就在青苔裡偷偷埋顆刺果，反正什麼東西都好，只要能惹火鼠毛，讓她抱怨幾句都好。因為這太不像她了，她不應該這麼悲傷。「不會太溼嗎？」她提醒她。

「我比較喜歡以前的臥鋪，」鼠毛嘆口氣。「上面有長尾的味道。」

波弟瞥了見習生一眼，鴿掌心想他大概希望她們先離開，於是轉身往入口走去。她看見波弟正在臥鋪上繞著圈子，最後挨著鼠毛躺了下來，突然感到一陣心痛，懷疑她和妹妹以後能否也像他們一樣在臥鋪裡緊緊相偎。她看著走在前面的藤掌，鬍鬚伸得筆直，下巴抬得老高，看來是別抱希望了。

「嘿，」她們一來到空地，站在獵物堆旁的玫瑰瓣就朝她們喊道。「妳們要吃老鼠嗎？」

「好啊，謝謝。」藤掌快步走過去，彷彿鴿掌不存在。

鴿掌難過到胃口全無。也許薔光會想要個伴，於是往巫醫窩慢慢走去，在鋪滿山毛櫸葉的地上無精打采地拖著腳，最後停在洞外，聽到松鴉羽在裡頭幫忙薔光活動筋骨。

「就是這樣，」松鴉羽鼓勵道。「再伸長一點。」

「呼！」薔光氣喘吁吁。「再多練習幾次，我就能跟刺爪摔角了。」

「好啊！」松鴉羽喵嗚說道。「我倒想看看他的表情！」新鮮藥草的強烈氣味從刺藤叢裡飄出來。「再做三次，就可以吃藥了。」

「太陽快下山了，我能不能出去曬一下太陽？」薔光懇求道。「族貓們等下都會出來分享舌頭，我不想一直待在窩裡。」

「先把藥草吃了，」松鴉羽很堅持。「就可以出去陪妳哥哥姊姊一起吃老鼠了。」

「他們巡邏回來了嗎？」

鴿掌環顧空地，花落和蜂紋正叼著新鮮獵物走進空地。她應該和松鴉羽一樣事先察覺到才對，可是因為她太掛慮藤掌的事，以致於封閉了感官。

「好噁哦，」蕾光對著藥草作嘔道。隨後鴿掌聽見她拖著後腿，爬過巫醫窩空地的聲音。她往後退了幾步，這時刺藤簾幕輕輕一甩，蕾光的頭伸了出來。「你能不能想辦法讓藥草變得好吃一點？」她回頭向松鴉羽喊道。

「我盡量。」他允諾道。

蕾光拖著身子爬出洞外，在鋪滿落葉的地上賣力前進。她兩眼雖然炯炯發亮，卻是緊咬牙關，吃力地移動身軀。就在這時，她瞄見了鴿掌。

「嗨！」這聲招呼說得很吃力。「對不起，」她呻吟道。「這對我來說有點困難，不過以後就不會了。」

她往獵物堆爬去，花落和蜂紋剛把捕來的獵物放上去。他們一看見她，眼睛頓時一亮。

「蕾光！」花落叼著老鼠，快步過來招呼她的妹妹，然後把老鼠放在蕾光腳下。「要不要一起吃？」

鴿掌鑽進松鴉羽的窩裡。「嗨。」她小聲招呼，心情低落。她需要聽聽其他貓兒的意見，她想和藤掌再成為好姊妹。她想和妹妹一起分享食物，就像花落和蕾光一樣。

松鴉羽正用尾巴把地上的藥草屑掃成一堆，抬頭望見鴿掌走了進來。「如果要把藥草調成甜的，妳覺得用哪種配料比較好？蜂蜜還是老鼠血？」

「老鼠血。」鴿掌心不在焉地說道。

松鴉羽停止尾巴的動作。「妳怎麼啦？」巫醫窩裡光線陰暗，他的藍色眼睛閃著幽光。

「拜託你，讓我把預言的事跟藤掌說，好不好？」

松鴉羽嘆口氣，又回頭去掃地。「不行。」

「可是如果不說的話，我們很難做好姊妹。」

「這話怎麼說？」

「她老是認為我受到特別待遇。」

「她嫉妒妳？」

「沒有啦，」鴿掌直覺想保護自己的妹妹，隨即又嘆口氣，改口道：「呃，也算是吧。」

「獅焰和我從來沒告訴過別的貓。」松鴉羽直言道。

「可是你們彼此知道啊！」

「一開始也沒有。」松鴉羽從破損的葉堆裡挑出比較乾淨的葉片，甩掉灰塵，放到腳邊。

「我是第一個知道的，可是我沒有跟獅焰和冬青葉說，一直到後來我確定他們也是預言的一部分，才說出來。」

「可是冬青葉不是啊。」

「我那時候以為她是。」松鴉羽甩甩另一片破損的葉子，眼神一黯。「她也以為她是。」

他小心放下葉子。「不是三力量之一，對她來說，打擊很大。」

「其實她不知道她有多幸運，」鴿掌喃喃說道。突然她覺得好奇。「後來她怎麼了？」

「她離開了。」松鴉羽拾起另一片破損的葉子。「她沒辦法繼續待下去。」

「只因為那預言沒把她包含在內？」鴿掌皺起眉頭。有時候她會試著想像當名普通戰士的感覺是什麼。**一定輕鬆多了，不是嗎？**

「部分原因吧。」松鴉羽喵聲道。

「部分原因？」**難道還有其他原因？**

松鴉羽用嘴含住那些葉片破損的藥草，放進他儲存藥草的岩縫裡，顯然不想再說下去。

祕密！什麼都是祕密！鴿掌滿臉不悅，鑽出巫醫窩外。

花落、蜂紋和薔光躺在向晚陽光可以曬到的空地上共食老鼠大餐。藤掌坐在玫瑰瓣旁邊，和她共食一隻黑鳥。

鴿掌看著她妹妹。**我也很想告訴妳啊。**

藤掌吞下最後一口食物，然後幫忙梳理玫瑰瓣。

可是我必須守密，就算這代表我得失去我最要好的妹妹。

第十四章

藤掌渾身發抖。冷風颼颼撲打草地裡的花叢，急急吹趕天上灰雲。腳下地面傳來震動聲，馬群正沿著草地邊緣奔跑，眼神狂野，耳朵平貼。

鷹霜呢？藤掌有點緊張，她今天不想獨自待在牧場。野風呼嘯，狂掃灰暗的草地，也吹亂她的毛髮。

在那裡！一個暗色背影出現在草堆裡，毛髮蓬鬆的尾巴正拍來打去。

她朝河族戰士奔去。

「你在這裡！」她跑得氣喘吁吁。他轉過身，那雙深藍色的眼睛一如往常地注視著她，她才寬下心來。「我還以為你不來了，我找你找好久。」

鷹霜坐了起來，半眯起眼睛，慵懶地看著她。「還好妳找到我。」

「快教我一些新的招式。」她懇求道。煤心對她最近的上課表現非常刮目相看。她想在今天的戰技課上，拿出更好的表現給她導師看。

鷹霜打個呵欠，拱起肩膀，伸個懶腰。

「再教我一招就好了。」藤掌懇求他。

「我不是教妳很多了嗎？妳有練習嗎？」

「我都練過了，現在需要學點新的。」藤掌瞪大眼睛充滿企盼地望著他。「拜託啦！」

鷹霜不耐煩地站起來。「妳也這樣常常煩妳族的貓嗎？」他低聲抱怨。

「他們沒教過我這麼棒的東西。」藤掌喵聲道。

「注意看。」說完，鷹霜立刻撲過來，從下方勾住她後腿，再迅速地用前腳將她來個過肩摔，等她反應過來時，已經四腳朝天地躺在地上。

「哇！」她尖聲喊道，趕緊跳起來站好。「讓我試試看！」

她跳向鷹霜，用腳勾住他後腿，用力一拉。

對方不動如山。虎背熊腰的戰士轉頭看她。「妳開始了嗎？」

藤掌沮喪地退回去，再試一次。

鷹霜還是紋風不動。

藤掌偏著頭。「你是怎麼辦到的？」

「妳用腳沿著我的後腿摸，」鷹霜指示道。「有沒有感覺到關節後面有條肌腱？」

藤掌摸到後腿凹處有條很硬的帶狀物，就像拉直的老鼠尾巴一樣。

「妳要瞄準那裡，」鷹霜告訴她。「戳進去，盡量一次踢到兩條腿。」

藤掌興奮地蹲下來，瞄準目標，往前一躍，後腳壓低，猛擊那條肌腱，鷹霜雙腿立刻一垮。她見機趕緊抓住機會，肩膀一使力，鷹霜重心不穩，翻了過去，她隨即跳上去，將他壓制在地上。

「很好，」他咕噥說道，站起來，甩掉她。「一定要看準時機出手，機會稍縱即逝，所以妳一定要抓準，再試一次。」

藤掌又練習一次，不過這次是從下面掃他前腳，而且趁他還沒來得及反應前，尖牙先抵住他的喉嚨。

他嘶聲推開她。「還不錯。」

藤掌好得意。

「或許妳真的是個可造之材。」他終於承認道。

藤掌抬起下巴。「我當然是啊。」

遠處草地有黑影竄動。藤掌扭頭去看，發現有雙發亮的眼睛正盯著她看。她愣在原地。「那是誰？」她一開口，對方就低下身子，一溜煙地走了。

鷹霜聳聳肩。「我跟幾個朋友提過妳。」他喵聲道。「可能是其中一位吧。顯然他想見見那位老纏著我教新招的見習生。」

藤掌甩甩頭。「搞不好他是想跟我拜師哦。」

「才怪，」鷹霜輕輕甩了一下她的耳朵。「來吧，再試試那一招，看看能不能連做兩次。」

「好啊，」藤掌蹲了下來。「我要把這一招練到十全十美，再秀給鴿掌看。」

鷹霜瞇起眼睛。「誰是鴿掌？」

「我姊姊。」藤掌蠕動後腿，準備要跳。「我上次跟你說過啊，還記得嗎？」

她往前一躍，這次力道更猛，壯碩的戰士腳一軟，被她打得翻滾在地，她得意極了。

她用後腿坐下來，伸掌擦擦鬍鬚，歇口氣。「資深戰士都認為鴿掌是他們所見過最厲害的見習生。」她聳聳肩。「他們一直在向她請教問題，好像她有什麼通天本領。」

鷹霜坐下來，舔舔胸毛。「她真的這麼厲害嗎？」他邊舔邊問道。

「她有事瞞我，只是我不知道是什麼事。」藤掌偏著頭。「我只希望她不要裝得自己好像多特別，她老是豎著耳朵，像在隨時警戒什麼，自以為部族裡只有她能保護我們。」

鷹霜梳理好胸毛，爪子劃過一片苜蓿葉，柔嫩的綠色葉片立刻裂開變色。「妳跟她提過我嗎？」

「我本來要跟她說的，」藤掌喵聲說道，她想到上次被打斷的談話就很生氣。「可是找不到機會。」然後冷哼一聲。「不過我現在不想跟她說了，」尾尖抽了抽。「我為什麼要說？她有她的祕密，我也有我的啊。」

鷹霜又去摘另一片葉子。「這樣也好。聽起來好像……」他停頓一下。「妳說……她叫鴿掌？」

藤掌點點頭。

「聽起來好像鴿掌很嫉妒妳，想偷學妳會的招式。」

藤掌的爪子立時出鞘。

「她只是妳的姊姊，」鷹霜追加一句。「又不是妳的分身，對不對？」

「對啊，」藤掌大聲說道。「所以我為什麼要給她機會偷學我會的東西？」

鷹霜伸伸後腿。「別管她了，我們試點新的。」

藤掌醒了過來，肩膀僵硬。她把肩膀挪到臥鋪裡較軟的地方，心想自己是不是落枕了？然後才想起來，是鷹霜操太兇了，操到她覺得肩膀痠痛才停止。她坐起來，覺得不可思議。**哇嗚！那夢好真實哦。**

鴿掌正睡得打呼。這位灰色見習生蜷伏在臥鋪裡，雙眼緊閉，看上去毛絨絨的好小一團，像隻天真的小貓，而不是自以為是的見習生。藤掌突然覺得親情難捨，好想告訴鴿掌她做的夢，就像以前在育兒室那樣無話不談。

不！藤掌揮開親情的牽絆。鴿掌有她的祕密，**我也有我的**。搞不好我的比鴿掌的還炫。是星族戰士親自教她戰技！有天她一定會成為有史以來最厲害的戰士，甚至比獅焰還厲害！

「藤掌！」煤心的喵聲在見習生窩裡迴盪。

藤掌爬出窩外，走進冷冽灰暗的黎明曙空下。花落和蜂紋正在山毛櫸拱狀樹枝下的臨時臥鋪裡伸懶腰。煤心用尾巴示意他們出來。

「你們三個今天要一起上課。」她大聲說道。

花落坐了下來，打個呵欠。「妳是要我們訓練藤掌嗎？」

煤心搖搖頭。「你們要一起上課。」

「我們又不是見習生。」蜂紋甩甩身子，抖鬆毛髮，以便禦寒。

煤心的目光掃向岩坡。火星正跳下空地。

花落翻個白眼。「讓我猜猜看，」她咕噥抱怨道。「一定又有什麼新的上課點子了。」

藤掌聽見刺爪無奈地嘆口氣，顯然刺爪是在附和花落的想法。

火星走到他們身邊。「試點新的點子，也沒什麼不好啊。」他喵聲說道。

花落低頭看著自己的腳。「也許吧。」

火星朝空中伸直尾巴。「我希望部族能打起精神，所以才要戰士們多練習戰技，這也算是有益無害，我們總不能靠打仗來溫故知新吧？」

「是不行。」花落理虧道。

藤掌瞥了見習生窩一眼。「那鴿掌呢？她要跟我們一起上課嗎？」

煤心搖搖頭。「獅焰會幫她上課。」

「想也知道。」藤掌背上的毛豎了起來。「她怎麼可能和我們這些普通戰士一起上課呢？」

「妳說什麼？」煤心豎起耳朵。

「沒什麼，」藤掌趕緊回答。她看見火星瞪著她看，全身不禁發燙。「我只是覺得好多天都沒跟她一起上課了。」

塵皮、樺落和葉池正從斷樹底下的臥鋪裡逐一醒來。

「煤心，我聽說火星要妳今天負責帶隊。」塵皮打個呵欠，從盤生的枝葉底下緩步走出來。「準備要走了嗎？」

樺落和葉池跟在他後面，兩隻貓看起來都對上課有點無精打采。

「是啊，我們準備好了。」煤心喵聲道。「跟我來吧。」

他們最後停在林地一處鋪滿落葉的空地，四周圍著蕨叢。葉池不安地彈著尾巴，煤心則穿梭在戰士裡頭。藤掌先是繞著蜂紋轉，最後坐了下來。

「和資深戰士一起上課，感覺好怪哦。」她在他耳邊說道。

「當然有點怪。」年輕戰士的兩眼發亮。「我在想我們能不能打敗他們？」

「也許可以。」藤掌伸伸爪子。剛剛在林子裡跑了一會兒，全身筋骨已經活絡開來，肩膀肌肉也不再痠痛。她迫不及待地想試試鷹霜的招式。

「現在，」煤心開口道。「我們要來進行幾場模擬戰鬥。」她朝空地盡頭的榛木叢揮揮尾巴，然後又指一指另一頭的蕨葉叢。「我要你們分成兩隊，」她對塵皮點頭示意。「你的隊員是葉池、花落和藤掌，我的隊員是蜂紋、榛尾和樺落。樺落，這樣可以嗎？」

黃褐色公貓朝年輕戰士點頭表示同意。「我們會想辦法先一步衝到那裡的榛木叢，至於你們……」她再度向塵皮點個頭。「則是設法衝到羊齒植物那裡。」

藤掌跟在蜂紋後面，進入空地中央，在他旁邊蹲下來，做好攻擊準備，至於葉池和塵皮則守在他們左右兩邊。煤心的隊員也在他們對面擺好陣勢，兩隊迎面對峙的距離近到幾乎可以碰到對方鬍鬚。

蜂紋瞇起眼睛，專心看向對手後方有一棵樹長之距的榛木叢。榛尾和樺落壓低身子，肚皮貼著地面。

「記住，」煤心下令道。「收起爪子，我們不是影族。」

戰士們點頭同意，藤掌趕緊將她白色腳掌底下的爪子縮起來。

「開始！」

煤心一聲令下，藤掌立刻翻滾一圈，然後就聽見煤心衝向她剛剛所站之處，撲了個空。

「不錯哦！」煤心才剛誇獎完，葉池便撲上她，兩隻貓一陣扭打，雙雙滾到空地盡頭。

藤掌轉身，準備再次進攻。蜂紋正和花落角力，花落被他壓在下面，身子不斷蠕動。「你這幾招，早在你還沒出育兒室之前，我就學會了。」

「那我猜妳一定不記得這一招。」蜂紋騰空一跳，直接泰山壓頂在花落的後背。

花落啪地趴在地上，四腳不斷掙扎。「嘿，這不公平，這根本是小貓玩的把戲！」

「可是這招有效啊。」蜂紋揶揄道，拒絕讓步，花落還在他的下面拚命掙扎。

藤掌身子突然一僵，她看見樺落正偷偷往羊齒植物接近，如果得逞，他那一隊就贏了。她後腿一蹬，塵土漫天，追了上去，他已經快碰到蕨葉叢，她只好縱身一躍，伸長前腿，對準他後腳關節的肌腱。他被她絆了一跤，跌倒在地，她趁勢跳上他肩膀，爪子出鞘，奮力扣住下方扭動的樺落。

他用力一甩，把她狠狠摔在地上，飛沫從嘴裡噴出。她瞇起眼睛，跳了起來，決心不讓鷹霜失望！

樺落也站了起來，表情疑惑，後腿顫抖。她趕緊抓住機會從下面進攻，縮起身子，彎成鉤狀，伸出兩隻腳，撞他的前後腿，趁他仆倒之前，趕緊衝出來。

其他隊員呢？沒有幫手，她怎麼保護蕨葉叢？她環顧空地。

結果發現葉池正瞪大眼睛看她。**她八成對我的招數很刮目相看，**藤掌心想道。

葉池眨眨眼，塵皮卻趁她不備，攻上來，棕色的虎斑母貓被扳倒在地，掙扎著想要脫逃，但塵皮壓住她，她只能無能為力地甩打尾巴。

「我輸了！」葉池吼道。

「你們本來就輸了！」煤心站在榛木叢旁邊。「我宣布這叢榛木已經被煤族拿下了。」

樺落從地上爬起來，向藤掌垂頭致意。「雖然妳還是見習生，但身手不錯哦。」

葉池奮力從塵皮下方爬起來，緩步穿過空地。「是啊，」她附和道。「那幾招很厲害，妳從哪裡學來的？」

藤掌才不想把祕密說出來。「我……我自己想出來的。」為什麼她的族貓就是不認為她和鴿掌一樣有才華？

「最後一招有點像河族的招式。」塵皮評論道，緩步走了過來。

藤掌聳聳肩，故作無辜地睜大眼睛。**塵皮錯了，這是星族的招式！**

「不管看起來像什麼，」樺落熱絡地說道，「反正很厲害，希望妳以後還能常使出來。」

葉池仍是一臉疑惑地看著她。「妳再做一次看看，」她提議道。「我們也可以學學。」

藤掌張開嘴巴。「我……我不記得我剛剛是怎麼做的了。」她才不想和其他貓兒分享自己的祕密招式呢，而且也不希望塵皮再深究。葉池看起來已經一臉疑色了。他們兩個搞不好認識生前的鷹霜，所以認得出他那獨特的戰技。

塵皮彈彈尾巴。「真可惜。」他轉身對仍得意洋洋地站在羊齒植物旁的煤心喊道。「要不要再給我們機會扳回一城？」

「好啊，」煤心同意道。「不過這次我們從蕨葉叢開始，你們守那邊，我們守這一邊。」

藤掌慶幸他們的注意力已經轉移，於是跟在花落、葉池和塵皮後面，走進空地盡頭的蕨葉叢裡。她蹲在枯乾的枝葉間，往外窺看空地。

煤心那一隊也躲在對面的蕨葉叢裡準備進攻，葉叢窸窣作響。

「花落，」塵皮嘶聲道。「妳速度最快，我要妳直接衝向羊齒植物，其他隊員則負責阻擋對方的攻勢。」

花落立刻蹲好姿勢，繃緊後腿。

「準備好了嗎？」塵皮低聲問道。

他們還沒來得及回答，空地對面的蕨葉叢已經被撞倒，煤心的隊員從裡頭衝了出來。

「進攻！」塵皮大吼道。

花落立刻衝向羊齒植物，藤掌則跑在塵皮和葉池旁邊，試圖阻斷對方接近榛木。樺落和蜂紋已經朝它衝來，煤心和榛尾則趕去阻擋花落接近羊齒植物。

花落左躲右閃，想避過他們，但煤心和榛尾還是把她撂倒。

「快去幫她！」塵皮對葉池喊道。葉池領命跑開，藤掌則跟在塵皮旁邊，加大步伐，跟上戰士腳步，他們往前急奔，蜂紋已經快跑到榛木處。

休想再打敗我們一次！藤掌往前一躍，伸長前腳，抓住蜂紋的尾巴，猛地往後一拉，他絆了一跤，藤掌趁機爬了過去，咬他後腿。

「噢！」他臀部一扭，甩開她，轉身朝藤掌的鼻子揮拳。

藤掌低頭旋身一轉，伸出前腳勾住他的腳，害他跌倒在地。

「這太簡單了！」她洋洋得意地跳到他身上。

但他竟然沒有掙扎，只是抬頭看她，黯色的眼裡有悲戚的愁雲。

「怎麼啦？」她一臉詫色地用後腿坐下來，讓他爬起來。

怒吼聲在他們身後響起，塵皮和樺落扭打了起來。不過蜂紋顯然有心事，於是她把比賽的事暫擱一旁。

「你還好嗎？」藤掌追問道。

戰士面帶愁容地看著那棵榛木，他是在耍她嗎？他會不會突然衝過去？藤掌瞇起眼睛，全身警戒。

「薔光一定很喜歡參加這種競賽。」蜂紋低聲說道，眼裡突然怒光一現。「不公平！」他大吼道。「她只是想幫長尾，為什麼星族要懲罰她？」

藤掌真希望自己能給他一個答案。「有時候只是運氣不好。」這話說出來，一點說服力也沒有。

「那還要星族做什麼？」蜂紋看起來很無助。

藤掌走到他旁邊，用頭抵住他的肩膀。「薔光不會被打敗的。」她低聲說道。

「是不會，」蜂紋嘆口氣。「可是根本就不應該發生。」年輕戰士微微顫抖，藤掌感覺得到他濃濃的悲傷。她不禁想像如果是鴿掌猶如行屍走肉般地拖著身軀在山谷裡爬來爬去，她會作何感想。她能理解蜂紋的憤慨，老天真的很不公平。

「我們贏了！」

葉池占領了羊齒植物，一片葉子被她壓在腳底下，榛尾繞著她轉，表情不屑。煤心很有風度地垂首承認敗仗，接著回頭瞥了蜂紋一眼，眼睛瞇成細線，一臉困惑，顯然想不透為什麼那兩隻年輕的貓坐得那麼近。

然後煤心眨眨眼，點個頭。

她突然懂了。

「嘿，你們兩個！」煤心轉身對塵皮和樺落喊道。那兩隻公貓還在扭打，塵皮用強而有力的後腿踹開他，但樺落安全落地，旋身一轉，準備再次攻擊。

煤心清清喉嚨。「我是很不想掃你們的興啦，」她喊道。「可是比賽已經結束了。」

塵皮和樺落停止動作，一臉驚訝地瞪著灰色母貓。

樺落坐了下來，肩上毛髮凌亂。「我們只是在練習格鬥技巧。」他不好意思地說道。

「是啊，」塵皮也跟著附和。「這不就是上課的目的嗎？」

煤心的鬍鬚抽了抽。「大家都這麼喜歡上課，星族應該會很高興。」

太陽當空，高掛樹頂，白晝明亮。「看來這是個狩獵的好日子。」葉池發表意見。

煤心點點頭。「我們回營地裡吧，看看棘爪要不要派我們出去狩獵。」

塵皮點點頭。「族貓們得趕在禿葉季之前增胖點才行。」

樺落率先穿過蕨葉叢，消失在林子裡。煤心、花落和塵皮跟了上去。

蜂紋從藤掌身邊走開，身上有塊地方的毛髮因為剛被她壓住而顯得扁塌。「謝謝妳。」他低聲道，說完便快步追上他的姊姊，走在她旁邊。

藤掌跟了上去，看見前面兩個年輕戰士肩並肩地走在一起，輕聲交談，覺得自己好孤單。

「藤掌，」葉池輕輕喚她，藤掌嚇了一跳。淺色戰士追上她，走在她旁邊。腳下落葉嘎吱作響，金黃的色彩如同蕨毛身上的毛色。「妳使出的那幾招真的都很厲害。」葉池評論道。

藤掌的目光移向別處，但那隻母貓的琥珀色眼睛仍盯看著前方。

「我只是誤打誤撞地使出來。」

「那妳很幸運哦。」葉池說道。

「可能吧。」藤掌渾身都有罪惡感。

「妳確定不能再使出那幾招嗎？」葉池追問道。

別再煩我了！藤掌加快腳步，但葉池還是追上她，她覺得很煩。族裡的每隻貓都有自己的祕密，包括葉池在內，為什麼她就不能讓她也保有自己的祕密？

第十五章

「你為什麼不讓我帶鴿掌來？」獅焰坐在牆邊，廢棄的兩腳獸巢穴就在他們的正上方，後面是光禿禿的林子。

「我不想嚇到她。」松鴉羽正在幫那些珍貴的綠薄荷壓實泥土，因為快下雪了，把土壓實，嬌嫩的莖幹才挺得住風雪的肆虐。

「早晚她會知道的。」獅焰直言道。

但還不到時候。松鴉羽身子突然一僵。**有腳步聲**。

他抬起鼻子，嗅聞空氣。

獅焰扭頭過去。「怎麼了？」他的毛髮豎了起來。「那只是沙暴的巡邏隊啊。」

矮木叢窸窣作響，沙暴和雲尾在附近的林子裡穿梭奔跑，松鼠飛和蛛足跟在後面。

「所以你到底想知道什麼？」獅焰的尾巴甩在冰冷的地上。

「你最近有夢到虎星嗎？」

「沒有。」

松鴉羽嘆口氣。

「你在想什麼？」獅焰用腳搓著地上的泥土。

「他就是不死心，是不是？」松鴉羽嗅聞著他在兩腳獸巢穴牆邊找到的一叢琉璃苣。「來幫個忙吧。」最大片的葉子都已經枯萎，發出腐味，不過他聞到底部還有新芽冒出，他想要摘下來。琉璃苣最適合用來退燒。他撥開枯萎的莖，好讓獅焰看見下面的嫩芽。「你可以摘下來嗎？」他問道，同時扶住上方的葉子。

「可以啊。」獅焰幫忙拔起那些嫩芽，空氣裡頓時充滿嗆鼻的味道。

「所以呢？」獅焰追問道。「你認為虎星會去找誰？」

「當然是風皮，不然他幹嘛攻擊我？」

獅焰又拔了一些起來。他有吭氣，不過松鴉羽感覺得出來獅焰思緒的微妙變化。終於他開口了。

「我以前認為我很特別，」他低聲道。「所以他才找上我，因為我們有血緣關係，而且他覺得我有潛力成為最厲害的戰士。」

「你**是**很特別。」松鴉羽堅稱道。

「可是虎星從來不相信那個預言。」

「是不相信。」

「而且我們根本沒有血緣關係，」獅焰直言道。「他早就知道棘爪不是我的親生父親。」

「沒錯。」

獅焰用後腿坐下來。「所以他為什麼要找上我？」

松鴉羽放開琉璃苣的莖梗，葉子立刻彈了回來。「就算沒有血緣關係，沒有預言，你也是我們當中最有實力的戰士。」他說道。

「也許吧。」獅焰聳聳肩。「可是這就是他要的嗎？有實力的戰士？」

「他顯然需要戰士為他效命。」松鴉羽開始堆土，以保護剛被拔斷的莖梗。「他已經在利用風皮了。還記不記得上次有隻惡靈貓幫風皮的忙？他一定是在黑暗森林裡找到了同夥。」

「同夥？」獅焰大聲說道。

「不是所有的貓死後都能成為星族成員，」松鴉羽提醒他。「但他為什麼要這麼做呢？」

「他恨火星啊，這是每個部族都知道的事。如果能在火星毫無防備的情況下，養成一支屬於他自己的軍團，何樂不為呢？」

「我想也是。」

獅焰舔舔胸毛。「不過風皮的加入，倒是有點奇怪。他和虎星又沒有任何血緣關係。」

「他恨我們啊，因為我們是鴉羽的孩子。」松鴉羽把幼芽集中一處。「虎星很聰明，他知道大部分的戰士都是忠心不二，不可能打破戰士守則，所以必須找出對方的弱點來攻破。」

「他倒是沒攻破我的。」

松鴉羽對他的哥哥非常敬佩。「當然攻不破，不過他至少試探過你，誰知道他接下來會再去找誰。」

獅焰的腳不安地蠕動著。「所以我們得想想看有哪些貓可能被他抓住弱點來利用？」

「或者和他有血緣關係。」松鴉羽感覺到獅焰身子一僵。「怎麼了？」

「所以他才找上虎心！」獅焰在地上彈著尾巴。「你記不記得我告訴過你，我們在和河狸大戰時，虎心使出的招術完全是虎星那一套！」

「沒錯！」松鴉羽腹部抽緊，現在整件事情的輪廓愈來愈清楚了。「而且你記不記得，風族把鴿掌送回家的那天晚上，我在邊界也遇過他。」

「所以我們找到的影族氣味可能是虎心留下來的，他是在虎星的指使下越界？」

「沒錯，」松鴉羽同意道。「虎心顯然是他心目中最好的棋子，他的名字就是從虎星的名字而來。這表示我們可以大膽假設虎星找來為他效命的貓，不是和他有血緣關係，就是有弱點可以利用。」

獅焰低聲吼道：「那我們要怎麼阻止他？」

「我們阻止不了，現在還沒有辦法，只能小心警戒。」松鴉羽警告道。「因為我們沒有證據，更何況也沒有貓兒敢承認他們對自己的部族不忠。」

「我們得設法查出還有哪些貓正在接受他的訓練和指導。」

松鴉羽聞了聞款冬。「我們可以在集會上多留心一點。」他指示道。「看看還有誰越過我們的邊界。今晚的巫醫集會，我會盡量從中找些蛛絲馬跡。」

「好吧，」獅焰同意道。「目前為止，我們已經知道有一隻風族貓和一隻影族貓被虎星吸收，河族呢？虎星有認識什麼河族貓嗎？」

松鴉羽若有所思地瞇起眼睛。「有哪個河族戰士會像風皮那樣恨我們入骨？或者有足夠的弱點可供虎星利用？」

「我想不出來。」獅焰回答道。「可是……」他的聲音愈說愈小。

松鴉羽傾身向前。「怎麼樣？」

「虎星有個兒子，不是嗎？」

「鷹霜？」松鴉羽倒抽口氣。他從沒在星族見過他，所以很有可能也跟虎星一樣滯留在黑暗森林裡。「他以前住在河族，一定很清楚可以拉哪隻貓兒入夥。」

「所以虎星可能不是夢裡那些戰士的唯一講師。」獅焰揣測道。

松鴉羽聳聳肩。

「這下可好。」獅焰發出低沉的怒吼聲。

「我們該回營地了。」松鴉羽喵聲說，「集會前，我想先休息一下。」

他往林子走去，鑽進蕨叢，蕨葉輕撫他的毛髮。獅焰窸窣跟在後面。「藥草沒問題吧？」

「希望沒問題。」松鴉羽暗自向星族祈禱。「至少現在有新鮮的藥草可以用了。」

「你好像很喜歡種花種草。」

「植物聽話啊，」松鴉羽評論道。「不像那些見習生。」

獅焰發出愉悅的喵嗚聲。「你有想過收個見習生嗎？」

松鴉羽突然全身繃緊。「現在還不……」那些字很難說出口。「葉池還在，我就不收。」

「難道你希望她再回來當巫醫？」

松鴉羽動動其中一隻耳朵。「或許吧。」他並不是婦人之仁。「我只是覺得她這樣說放就放，實在可惜。她的知識那麼淵博，相形之下，我根本比不上。說到底，部族還是需要她，甚至比以前還需要。」

「松鴉羽，」栗尾在空地上喊道。「小雲來了。」

「來了。」松鴉羽聞聞薔光，臥鋪裡的她很快就睡著了，身上沒有疾病的氣味。他匆匆走出巫醫窩，感覺到山谷上懸著半顆月亮，空氣裡有新鮮的森林味道。寒冷的季節就快到了，他快步穿過空地。現在的空地總算不再有障礙物橫擋著他的去路。

「我還以為你們要在邊界碰面。」松鴉羽經過時，栗尾這樣低聲說道。

「我猜他只是想過來親眼瞧瞧那棵樹的破壞力。」

小雲正站在荊棘圍籬旁，松鴉羽感覺得到影族巫醫張望營地時，內心所受到的強烈衝擊。

「我真的很訝異，碰到這麼大的災難，竟然只有一隻貓喪命。」小雲對著走過來的松鴉羽說道。

「薔掌怎麼樣了？」

「她現在叫薔光。」

「真的嗎？」小雲語氣非常驚訝，但松鴉羽沒多說什麼，直接跟著影族巫醫走出荊棘隧道。小雲的見習生焰尾在隧道外頭等候。

很好，他是虎心的弟弟，若說有哪隻貓兒的夢可能藏有線索能夠查探虎星的意圖，那絕對非焰尾莫屬。

除非虎星也在訓練他。

巫醫？不會吧！

松鴉羽試著揮開這個念頭，但它卻像壁蝨一樣緊緊巴住自己的思緒，害他擔心自己可能說溜嘴。

小雲讓松鴉羽帶路，一起往風族邊界走去。他們將在那裡和其他巫醫會合。

「所以火星還是讓她成為戰士？」小雲正在探聽薔光的事情。

「因為她像其他戰士一樣勇敢。」松鴉羽試著感應焰尾的反應。這隻年輕的貓對他們之間的談話很感興趣嗎？

「她有生病嗎？」焰尾把口鼻湊近松鴉羽。

「沒有，我們盡量保持她的活動力，」松鴉羽解釋道。「她每天都要運動，而且都是自己去獵物堆那裡找東西吃。保持胸腔和腹腔這兩個部位的健康，似乎是很有效的方法。」

「那你是怎麼讓她保持心情愉快的？」焰尾問道。

他在試圖找出薔光的弱點嗎？「沒做什麼啊，」松鴉羽喵聲道。「她本身就很樂觀。」

剛從林子出來，他就聞到隼翔、蛾翅和柳光的氣味，他們正在風族邊界等著，這令他鬆了口氣。他急忙走到最前面，越過草地，與他們會合。

他熟練地躍過小溪。「好冷哦。」他這樣打招呼。冷風撲襲著這片高地，吹亂了每隻貓兒的毛髮。

「等會兒走一走就不冷了。」隼翔在原地踏步以便驅寒。這隻風族巫醫率隊往上游走去。

「蛾翅。」松鴉羽向蛾翅客氣招呼。他感覺到她的目光冷冷掃向他。

「松鴉羽。」她的聲音有點尖銳，難道她以為我洩露了她的祕密？如果她這樣想，那她就大錯特錯了。這麼做對他一點好處也沒有。

「希望山谷裡有地方可以避風。」小雲咕噥道。

「你語氣聽起來好像長老哦。」隼翔揶揄道。

焰尾加上一句：「也快了。」

「沒大沒小！」小雲假裝不悅。但其實在往上游走的一路上，大夥兒的氣氛還滿熱絡的。如果是其他時候，松鴉羽一定會盡情享受這段消除成見，互無猜忌的美好時光。但今夜的他心事重重。虎星的鬼魂害他對這些巫醫夥伴的信任不再。他跟在他們後面，沿著河流往瀑布走去，小心攀過岩石，感覺離他們的距離愈來愈遠。

「要不要我們走慢一點？」小雲回頭喊道。

「我會趕上你們的。」松鴉羽一邊回答，一邊在兩座大圓石之間費力爬走。他不免好奇今夜虎星和他在黑暗森林的夥伴們會不會來找其中一位巫醫。

這太荒謬了！他告訴自己。可是真的會成真嗎？他們以前都被星族探訪過，那為什麼來自無星之地……黑暗森林的貓就不能來探訪他們呢？

松鴉羽站上滑溜的岩石，卻不小心踩滑了腳。

「小心。」他感覺到小雲扶了他一把，這隻影族公貓好心地站在這裡等他。

松鴉羽往前慢慢走了幾步，小雲跟在後面。「葉池好嗎？」

松鴉羽察覺到小雲在問到那位老朋友時，語氣是擔心的。

「我意思是她轉任戰士之後的情況如何？」小雲的表達方式似乎意謂他到現在還無法相信葉池竟做了那樣的決定。

「她很好。」松鴉羽加快腳步。為什麼要由他來解釋她的行為呢？

「她不懷念以前的工作嗎？」

松鴉羽轉向他。「我們沒有強迫她不當巫醫！」他不屑道。**可是她已經打破戰士守則，怎麼好意思繼續留任？**

松鴉羽揮開同情的念頭，繼續往前走，這時小雲又開口了。

「我們都犯過錯，」他低聲道。「只是有的錯誤會影響終生。」

前方的焰尾此時已經攀上離幾條尾巴距離以外的瀑布了。等松鴉羽也爬上去，影族見習生和蛾翅早在月池邊坐定。柳光則還尋找一個好位置。

小雲走過去找他們。

「小雲，你說得沒錯，」隼翔喊道。「這裡比較能避風。」

松鴉羽循著足印往下走到月池，池裡漣漪四起。他等待著古代貓的低語聲，卻只聽見岩石上方風聲呼嘯。

他感到前所未有的孤單，沒有古代貓從他身邊輕輕飄過？沒有歡迎的低語聲？聞不到一絲熟悉的味道？祂們是在氣他折斷磐石的棍子嗎？

對不起！他在心裡吶喊。

松鴉羽在月池邊坐定，這時蛾翅已經沉沉睡去。沒必要去夢中打擾她。如果星族從來不找她，那麼黑暗森林的貓也可能攻不進她的心防。

所以最有可能從中找出虎星線索的就是焰尾了。不過小雲或柳光也可能透露出什麼新的訊息，他們搞不好在擔心什麼，見過族裡貓兒的怪異行徑或出現不明傷口。

又或者他只需要獨自到他的戰士祖靈那裡逛逛就行了？

松鴉羽的鼻頭輕觸冰冷的池水，閉上眼睛。

綠油油的世界在他眼前霍然打開。溫煦和風迎面拂來，鼻間隱約聞到新鮮獵物的味道。他慢慢穿過長草堆，林間陽光斜灑而下。

前方矮木叢出現一個毛髮糾結凌亂的熟悉身影，松鴉羽立刻認出對方。他加快腳步，正要喊對方，卻看見另一隻貓從長草堆裡跳出來，跟那位星族戰士打招呼。

「黃牙！」

「嗨，焰尾！」

松鴉羽停下腳步，豎起耳朵。

「鼻涕蟲要找你談一談。」黃牙告訴焰尾。

不曉得那位影族老巫醫找焰尾有什麼事？

松鴉羽潛進蕨叢裡，隔著林子尾隨焰尾。

「你永遠學不會教訓嗎？」

松鴉羽嚇得跳起來，發現黃牙離他很近，幾乎貼在他眼前。他豎直毛髮。「是他跳進我的夢裡的！」

「然後要求你跟蹤他？」黃牙那雙琥珀色眼睛用一種譴責的目光銳利地瞪看他。

「祢又不知道來龍去脈！」松鴉羽低吼道，眼睜睜看著焰尾消失在矮木叢裡。

「我只知道你必須相信他，」黃牙厲聲回道。「他是巫醫。」

「葉池以前也是巫醫。」松鴉羽冷哼一聲。

黃牙瞇起眼睛。松鴉羽繃緊神經，以為祂會長篇大論地教訓他，但祂沒吭氣，反而若有所思。「你說我不知道來龍去脈，」祂喃喃說道。「那就把來龍去脈告訴我啊。」

「從哪裡說起啊？」松鴉羽氣呼呼的。

黃牙低吼一聲。「沒時間廢話了。」祂的眼色一黯。「有幾隻星族貓一直很擔心，總覺得有什麼可怕的事情即將來臨，也許這就是三力量之所以出現的原因。」

松鴉羽繃緊神經。「可怕的事？祢們知道是什麼事嗎？」

黃牙搖搖頭。「我們還指望你們知道呢。」

「我們只知道……」松鴉羽告訴她。「虎星正潛進各部族戰士的夢裡，訓練他們，鷹霜恐怕也在幫他忙。」

黃牙瞪大眼睛。「訓練他們？為什麼？」

「黑暗森林正在崛起，」松鴉羽脫口而出，心跳跟著加速，嘴巴乾渴。「黑暗森林正在逆勢崛起。」

「這句話是什麼意思？」黃牙毛髮倒豎。

「虎星正在訓練戰士為他效命，對抗我們。他已經訓練了風皮，我在月池和他打過一次架，不過不只是他，還有別隻貓在幫他忙，一隻來自黑暗森林的貓。」

「是誰？」

「我不認識。」松鴉羽回答。「他長得很高大，有深色的虎斑紋。我沒見過這隻貓。」

「你認為他在幫虎星忙？」

「還有鷹霜。」松鴉羽不禁渾身發冷。「我不知道他們有多少成員，但他們正潛入貓兒的夢裡……包括那些對我們不滿或者和他有血緣關係的貓。他們正在訓練他們的格鬥技巧。」

「你懷疑焰尾也被找去了？」黃牙表情驚恐。「他是巫醫欸！」

「我們也不知道誰可以相信，」松鴉羽氣惱地說道。「虎心老是趁夜裡越過雷族的邊界，或許不只他而已。所以我答應獅焰要想辦法找出那些同謀。也許河族貓也有，譬如和鷹霜有血緣關係的貓。」

黃牙坐了下來，強作鎮定。「所以他們的擔心不是沒有道理。」祂自言自語道。

「他們是誰？」不安和恐懼襲上了松鴉羽。「星族嗎？」星族怎麼會擔心？**祂們是星族欸**，他的背脊開始發涼。「我們該怎麼辦？」要是星族也會害怕，那麼森林裡的貓還有什麼機會可言？

黃牙凝神遠望，琥珀色的目光越過松鴉羽，看向不知多遠的遠方。「我們必須去黑暗森林一趟。」

第十六章

林木蓊鬱，風中低語，小溪蜿蜒於綠草間，黃牙一躍而過，松鴉羽跟在後面。最近總是走在枯黃林地裡的松鴉羽，非常享受此刻腳下的綠草如茵。黃牙帶著他穿過茂密的灌木叢，毛髮不時沾到樹叢裡的水珠與花粉。

前面是遼闊草原有綠木點綴、鮮花添色，陽光斜灑，熠熠生輝。戰士們個個毛色光滑，自在悠閒，或漫步於長草堆裡，或在陽光普照的山凹處伸著懶腰，陽光下，祂們的毛髮蓬鬆柔軟。有隻白貓伸長身子，趴在白蠟樹的樹幹上，腳跟是淡淡的玫瑰色，祂開心地扒著樹皮，盯著樹枝上來回跳躍的松鼠。突然祂縱身一躍，迅速攀上樹，消失在茂密的葉叢裡。

松鴉羽嗅聞空氣，風裡隱約傳來熟悉的氣味：風族、影族、雷族和河族。

「嗨，銀流。」黃牙對著一隻正從蕨葉叢裡出來的灰色虎斑貓開心打招呼。

「黃牙，」虎斑貓點點頭。「你有看見羽

尾嗎？」

「她剛剛在暖岩那邊休息。」

「謝了。」銀流鑽進草堆，尾尖彈呀彈的。

松鴉羽瞇起眼睛。「沒有爭吵、沒有禿葉季、沒有飢餓，」他說道。「難怪大家看起來都那麼悠閒滿足。」

黃牙眼神一黯。「我們一直放心不下生前的親友舊識。」

松鴉羽聳聳肩。「如果我們將來都會來到這裡，那還有什麼好放心不下的？」

「沒有貓兒喜歡看見別的貓兒受苦，更何況也不是每隻貓兒死後都能來到這裡。」黃牙回答道。

松鴉羽突然想起他們等一下要去的地方，不禁全身發抖。

這時另一個熟悉身影抓住他目光，**熟悉到令他害怕……**火焰一樣的薑黃色毛髮，筆直的大耳朵，翡翠綠的眼睛……身影修長，正在前方的矮樹叢裡穿梭，看起來比其他貓兒蒼白，好似不存在，但又確實存在。

「火星？」松鴉羽倒抽口氣。

「也不完全是，」黃牙輕聲說道。「他已經丟了五條命在這裡，要等到九條命都到齊，他才聽得見，才能跟我們說話。」

松鴉羽看著那像貓魂一樣的身影消失在橡樹後方。火星感覺得到自己的魂魄正在消失嗎？**不可能**，他甩開這念頭。**如果他的魂魄在消失，怎麼可能繼續當我們的族長？**

松鴉羽發現還有其他類似的蒼白身影，有些簡直跟鬼魂一樣縹緲，猶如輕煙一般。

「那些貓也是丟了很多條命嗎？」這時一隻玳瑁色的貓魂從他們面前走過，幾乎沒注意到黃牙的招呼，松鴉羽於是這樣問黃牙。

黃牙搖搖頭。「他們只是在這裡待太久了，」祂解釋道。「久到都快被遺忘了。」

「被大家遺忘？」這念頭令松鴉羽不寒而慄。

「被遺忘並不可怕，就算是天上的星星也不可能永遠存在，所有的貓兒最後都會魂飛魄散，完全消失，安詳以終。」

松鴉羽不禁想像黃牙完全消失的可能，驚訝自己竟然會感到難過不捨。

「別擔心，」黃牙喵嗚道，彷彿能讀透他的心思。「誰能忘得了一個像我這麼討厭的老傢伙！」

「嘿，黃牙！」一隻漂亮的玳瑁色母貓在瀑布上的岩石處喊道，下方是熒熒發亮的小溪，瀑布洩進溪裡，水花四濺飛舞。祂跳下來，消失在長草叢裡，過一會兒又現身朝他們走來。

松鴉羽立刻認出那是斑葉。「嗨。」他向祂垂首致意，這時祂已經走到他們面前，抖抖身子，甩掉身上的草籽。

祂的眼睛像星星一樣明亮。「你們要去哪裡？」但那雙眼睛一迎上黃牙嚴峻的目光，便立刻黯了下來。

「黑暗森林。」

「你們不能去！」

「我們一定得去。」

松鴉羽偏著頭，看祂們爭執，不確定祂們當中究竟誰在害怕，不過顯然兩隻貓都不願洩露自己的情緒。「虎星正在陰謀設計我們，」他告訴斑葉。「我們必須查出他的意圖。」

斑葉一聽到這名字，毛髮頓時倒豎。「單獨前去不是聰明的辦法。」

「我們會互相照應。」黃牙告訴祂。

「那我跟你們一起去。」斑葉下定決心。

黃牙身子一縮。「我不想太張揚。」

斑葉緊盯老貓的眼睛。「如果松鴉羽有什麼閃失，火星絕不會原諒我的。」

松鴉羽抬起鼻子。「我又不是不會照顧自己。」他反駁道。

斑葉轉頭用琥珀色的眼睛看著他。「你要找的是虎星，」祂提醒他。「面對那種惡魔，誰都照顧不了自己。」

松鴉羽甩著尾巴。「我就行。」

他們緩步穿過林子，腳下的茵茵綠草隨著步伐的一步步踏出，逐漸消散。樹木變得愈來愈細瘦光滑，枝葉高到根本搆不著。太陽從天空裡消失，僅剩慘白的詭異晦光滲進林子，猶如蘆葦叢間淹漫開來的水光波影。松鴉羽吸一口溼冷的空氣，除了腐臭味，什麼也沒有，他全身發抖。地上草葉稀疏，甚至寸草不生。光禿的林地有霧氣裊裊縈繞，形成濃霧，將他們包圍，直到松鴉羽驚覺視線裡再也看不見黃牙的雜亂毛髮，聽不見斑葉的輕柔步伐。

松鴉羽大口吸氣，空氣濃濁，害他咳了起來，他加快腳步想要跟上，但又不敢喊出聲，深怕被聽見。

他快步向前跑，地上泥煤愈來愈多。**祂們在哪裡？**他的心開始狂跳，血液往腦門和耳朵衝。他拔足狂奔。**黃牙！斑葉！**

他看不見，濃霧吞沒了他。這比盲眼的他跑在雷族領地裡的情況還糟。他在林子裡奔逃，路上盤根錯節的樹根絆倒了他，他腿好痛，但還是繼續跑。一聲嗥叫在濃霧裡迴盪，身後傳來隆隆腳步聲。

誰在追他？

他往前急奔，穿梭林間，身上毛皮被樹木刮得傷痕累累。那腳步聲快要追上，帶著節奏，很有力量，緊跟在後。他開始慌張，幾乎無法呼吸，只顧著奔逃。

撞上了！

他撞上樹的那一刻，已經嚇得不能自己，他暈頭轉向，胸部往前撲進水塘，好不容易翻身過來，卻看見有個東西正陰森逼近，一張寬臉隔著霧氣，詭異地俯覷他。

「不要！」他嗚咽哭了出來。

「我是黃牙，你這個鼠腦袋！」母貓一把抓住他頸背，將他拉了起來。

斑葉跟在旁邊煞住腳步。「妳找到他了。」祂氣喘吁吁的。

黃牙氣得全身發抖。「我們不能再走散了。」祂嘶聲道。

松鴉羽看過黃牙發怒的樣子，卻從沒見過祂這麼生氣。他現在才知道這隻頑固的老母貓心裡其實也很害怕。

他點點頭，大口吞進空氣。

「來吧。」黃牙繼續往前走，但又不時停下來查看松鴉羽和斑葉有沒有跟上。他們緩步穿過泥沼地，濃霧漸漸消散。松鴉羽認得這裡，包括樹木，詭異的幽光，以及無聲的空谷迴音。有一回他在這裡遇見虎星，後來是斑葉來這裡把他帶回家。如今二度來到無星之地的斑葉，心情不太高興，毛髮豎得筆直，眼睛也瞪得又圓又大。但真正又驚又怕的其實是黃牙。

松鴉羽緊張地瞥了那隻全身髒亂的老母貓一眼。他一直以為祂什麼都不怕，但那僵硬的動作洩露了祂內心的恐懼。他決定細讀祂的心思。

恐懼頓時淹沒他……在祂的思緒裡有一隻毛色暗沉的大貓，紅色莓果像鮮血一樣殷紅，閃閃發亮，接著是痛徹心肺的悲痛與憤怒。

他禁不起好奇心的驅使，又往深處探了一點。**不行！**他必須專心，現在的處境危機四伏，他不能分神去探查另一隻貓的夢魘。

松鴉羽突然聽見稀疏的矮木叢裡有沙沙響聲和腳步聲，扭頭去看，朝斑葉投以探詢的目光。

祂搖搖頭。「這裡沒有獵物。」

松鴉羽頓時毛骨悚然，陰暗處有幾雙眼睛看得他渾身發毛。他掃視林子，發現有好多雙眼睛在暗處幽幽發亮。

松鴉羽往斑葉挨近。「祂們是誰？」他低聲問道。

「貓，早就死掉和久被遺忘的貓，」斑葉喃喃說道。「別理祂們。」

怎麼可能不理祂們？松鴉羽感覺得到祂們的不懷好意，滿腦子是邪惡念頭。

黃牙停下腳步，嗅聞空氣。「我們必須找到虎星，查出他的意圖。」

斑葉眨眨眼。「妳認為我們能神不知鬼不覺地查出他的計謀嗎？」她瞇起眼睛。「他對這片林子太瞭若指掌了，還沒找到他，就會被他發現了。」

松鴉羽沿著灰色林子裡的小路往前走。「我們一定得試試看，不然不就白來了。」他聞到公貓的味道，那氣味很熟悉，偏又聞不出來是哪個部族的。他回頭看，確定黃牙和斑葉仍緊跟在後。

斑葉張開嘴巴，鼻孔一張一合。

「祢聞得到嗎？」他低聲問道。

「等一下！」黃牙倉皇地瞪著林子。「我們回去吧，來這裡只是徒勞無益。」

松鴉羽不安地蠕動著腳。究竟是什麼東西令這隻老貓這麼害怕？

「哈囉。」前面路上傳來一聲低吼，松鴉羽扭頭四處張望。

一隻黑色大貓擋住去路。「妳來這裡做什麼？」

松鴉羽愣在原地，這公貓的氣味翻攪著他過往的記憶。他在哪裡見過這位戰士？他壯起膽子，挺起胸膛，準備回答這隻公貓的問題。

但這時他才發現這隻公貓不是跟他說話，那雙冷酷的琥珀色眼睛其實一直鎖在黃牙身上。

松鴉羽突然陷入無邊無際的記憶漩渦裡……黃牙哀號，小貓落地，在陰暗的角落裡不停蠕動，不敢讓部族知道……這團小毛球被丟進別隻貓的臥鋪裡，貓后不想要他，她咬他、捏他、不給他吃奶，像在懲罰他的不該誕生……小貓長大了，**是碎星！**這名字在松鴉羽的腦海瞬間閃過。一名體型壯碩的戰士，他靠著自己的狩獵技巧養大自己，對權力的渴望就像狐狸看見兔子一樣。族長死了，部族陷入混沌與黑暗。突然他又看見黃牙，當時的她意氣風發。而那位戰士雖然身體虛弱，雙眼瞎了，行動受到限制，但眼裡仍閃現凶光。松鴉羽透過黃牙的眼，看見他死命掙扎，被她逼著吃下有毒的莓果，再眼睜睜看著他在痛苦中抽搐。垂死中的他發下毒誓復仇。松鴉羽感覺到罪惡感像刀子一樣割在心上：貓后恨自己生出這樣的怪物來危害貓族，也恨自己必須親手解決他。

我殺了自己的孩子！

松鴉羽全身發抖，深吸一口氣，好不容易從可怕的影像裡脫身，回到現實。

所以這是碎星，黃牙的孩子！

那隻公貓不屑地瞪著他母親，晦光中，陰森露出尖銳的黃色利牙。

松鴉羽退後幾步，緊靠著黃牙。「祢是他的母親？」他低聲問道。「可是祢是巫醫欸！」

黃牙把目光從祂兒子那裡移到松鴉羽身上。「這就是我犯錯後的報應！」祂低吼道。

松鴉羽縮起身子。**犯錯後的報應？祂也是這樣看我嗎？**

斑葉的甜美氣息呼在他耳毛間。「松鴉羽，你不是錯誤下的結果，你母親一直很愛你。」

祂瞥了碎星一眼。「你是被愛的。」

碎星嘶聲道：「你想要做什麼？」

松鴉羽張開嘴巴，想說點什麼，但思緒裡全是黃牙當下的所有回憶。

我以前那麼相信祂！原來祂比葉池好不到哪裡去！

斑葉從他們兩個中間擠出來，直接面對碎星。「你們想要做什麼？」祂質問他。

碎星專注地看祂，彷彿這裡只有祂一隻貓。「沒做什麼。」

「我是說你們為什麼要訓練湖邊的部族貓？」祂逼問道。

碎星眨眨眼睛，表情故作溫柔，兩眼水汪汪的。「訓練部族貓？」碎星的喵聲故意裝得像小貓一樣無辜。「我們為何要訓練他們？」

斑葉不受他動搖。「這也是我們想知道的。」

碎星搖搖身後的尾巴。「你們四處看看吧，」他喵嗚說道，狀似歡迎。「可以去逛逛。」

松鴉羽發現他正順著戰士的目光，掃過那片水氣很重的灰色林子和裊裊雲霧。

「這是我家，別客氣，歡迎參觀。」他力邀他們。

「好啊。」斑葉上前一步，卻被他擋下。

「不過話說回來，」他用甜似蜜糖的聲音說道。「如果我讓星族參觀黑暗森林，那星族是不是也該開放，讓我參觀一下他們的狩獵場。」他露出尖牙。「這樣才公平啊，也符合戰士守則。」他撇起嘴，哼了一聲。

黃牙往前一躍，蹲伏下來，毛髮怒張，當面反駁他。「想都別想，那裡不歡迎你！」

碎星聳聳肩。「那你們也不准進入我的領地。」他轉身離開。

松鴉羽氣得頸毛豎直，正要撲上去。

「不要，」斑葉擋下他，將他推開。「你打不贏他的。」祂看著他，低聲說道。

松鴉羽氣餒地點點頭。斑葉說得沒錯，要是獅焰有來就好了。

「走吧。」斑葉轉身，用鼻子輕輕將黃牙推回去。老貓的眼睛茫然地看向前方，此刻的松鴉羽一點也不想探究祂的思緒，因為祂的目光裡除了痛，什麼也沒有。

他們沿著小路慢慢前進，直到再也看不見後方霧裡的碎星。

松鴉羽突然絆了一跤，原來是斑葉撞他肩膀，要他離開小路。斑葉把他推進枯槁的羊齒植物裡。黃牙停下腳步，轉頭找他們，一臉茫然。

「在這裡！」斑葉嘶聲喚黃牙。

黃牙一頭霧水地鑽進來。「你們在做什麼？」

「妳回去吧，」斑葉命令道。「碎星在這附近，妳幫不了我們忙的，妳的判斷力會大受影響。」祂用鼻子輕觸老貓肩膀。「回星族去吧，」祂低聲道，「回到有愛的地方。」

黃牙對著斑葉眨眨眼，嘆了口氣。「好吧。」

「如果我們沒回去，」斑葉補充道。「派支巡邏隊來找我們。」

黃牙點點頭。「我會在瀑布那邊等你們。」說完，便低頭鑽進蕨葉叢裡。「小心點。」

「我們會的！」斑葉允諾道，然後帶著松鴉羽離開小路，穿梭在水氣凝重的矮樹叢間，那裡霧氣迷濛，視線不清。

松鴉羽不敢離斑葉太遠，腳下泥巴又溼又冷。

他們躡手躡腳地走在羊齒植物叢裡，前方水聲潺潺，有條河從林子裡徐徐淌出，水色暗沉，毫無生氣。

斑葉掃視河岸。沒有樹幹橫躺水面，也沒有踏腳石可以過河。松鴉羽全身發抖，希望斑葉不會提議游泳過河。

「你看！」祂嘶聲說道。

河對岸的林子裡有多隻身影在移動，霧中隱約出現一群戰士齊聚一處。

「一定要對準喉嚨。」一隻暗色虎斑貓正在訓斥其他貓兒，這時只見他一把抓起一隻精瘦的棕色公貓，爪子戳進對方糾結的毛髮裡，往地上猛力一摔。「看到沒？」虎斑貓的利爪劃過公貓喉嚨，後者費力掙扎，鮮血滴了下來。

松鴉羽感覺到旁邊的斑葉當場愣住。「暗紋。」斑葉低聲道。

那隻虎斑貓立刻轉頭，朝他們的方向瞪看。

松鴉羽趕緊低下頭去，心跳加快。暗紋眨眨眼睛。

「沒關係，他沒看見我們。」斑葉低聲道。

一聲低吼嚇得松鴉羽毛髮瞬間倒豎。鷹霜從暗處走出來，把暗紋從那隻被欺凌的公貓旁邊推開。「你專心點好不好？」然後一把搶過還在流血的公貓，丟回圍觀的群眾裡。

那隻棕色公貓甩甩身子，舔舔身上的傷口。

鷹霜卻大吼道：「先別管你身上的傷行不行？」

公貓停下動作，瞪大眼睛看著鷹霜。

「你不是想學會戰無不克的致命招術嗎？」鷹霜對他嘶聲吼道。「那就別再裝得像小貓一樣害怕，給我好好聽清楚。」他轉身對一隻半閉著眼睛，在旁觀戰的瘦弱白色公貓說道：「你過來，雪叢！」

白色公貓緊張地爬過去。

「你決定要學了嗎？」鷹霜冷笑問道。

雪叢點頭，眼裡幽光一現。「這是我來這裡的目的。」他呸口道。

「那好，」鷹霜立刻往他身上一撲，抓住對方喉嚨，將他高高舉起，然後旋身一轉，對著其他貓兒說：「破尾，過來！」

雪叢的腳在空中無助踢打，一隻暗棕色虎斑貓爬了出來。

「把他的肚子劃開！」鷹霜喝令道。

破尾的眼裡閃過嗜血的兇光。

松鴉羽嚇得快要喘不過氣來，直覺反胃。「不要！」他低聲說道。「戰士守則絕不容許這種殘忍的打鬥行為。」

斑葉的爪子緊緊戳進地面。「這些貓從來不遵守戰士守則。」祂的語氣充滿不屑。「他們以前是披著部族貓外皮的惡棍貓，現在則是十足的惡棍貓，所以才會在這裡，他們根本不配當戰士。」

一股惡臭的口氣飄了過來，微微吹動松鴉羽背上的毛髮。「妳錯了！」

兩隻貓兒嚇得轉身。

虎星就坐在小路上瞪看他們，眼神慵懶，帶著不屑。「這裡沒有戰士守則說什麼事可以做，什麼事不能做。」他的目光眺向鷹霜，又收回來。「那是你們的世界給的規定太多。」

松鴉羽忍不住發怒。「真正的戰士並不需要靠任何規定來約束自己，因為他們行得正，坐得直。」他脫口而出。

虎星的那雙琥珀色眼睛顯出興味。他轉身對斑葉說：「妳不覺得他無知得很可愛嗎？」

斑葉挺起身子。「他是善良，不是無知。」

「所以善良的貓會偷偷跑到人家地盤來當間諜囉？」

斑葉的喉嚨傳出低吼。「如果沒有辦法查出事情真相，就得出此下策。」

虎星瞪大眼睛。「妳大可直接來問我。」

「很好，」松鴉羽坐起來，強作鎮定。「你為什麼訓練那些部族貓？」

虎星先是抬眼看看林子四周。「我沒看見這裡有部族貓啊，」再冷眼看向松鴉羽，而那眼神冷酷到松鴉羽必須把爪子牢牢戳進土裡，才不會讓四條腿發抖。「這裡就只有你們兩隻部族貓啊，是你們越界了。」他挨身過來，惡臭的口氣朝松鴉羽迎面撲來。「你們才是這裡唯一打破戰士守則的貓。」他眨眨眼。「碎星不是喝令你們離開了嗎？」

他怎麼知道？

「為什麼要教這些貓那麼殘忍的格鬥技巧？」斑葉瞪著虎星。

戰士甩甩尾巴。「為什麼不行？」

「你們已經死了！」

虎星聳聳肩。「就算死了，也沒有理由不讓我們練習格鬥技巧啊。」

松鴉羽低聲嘶吼。「你們練這些技巧做什麼？」他質問道。

「一日為戰士，終生為戰士。」虎星喵嗚說道。

斑葉上前一步。「你在殺害藍星的同時，就已經放棄戰士的資格！」祂呸口道。「你沒有資格要那些部族貓當你的爪牙。」

「真的嗎？」虎星抬起一隻腳，伸出爪子。「是誰說的？」

松鴉羽昂起頭，直接面對虎星。「我們說的！」

虎星一掌揮開他。

松鴉羽狠狠撞上地面，耳朵一陣劇痛。他爬了起來，二度面對虎星。松鴉羽下定決心，絕不讓這個已經死了的戰士認定他怕他。

「別自找麻煩了，」暗色戰士低吼道。「你打不過我的。」他轉身離開。「我命令你們兩個現在就離開，免得我叫我的同伴把你們抓去當沙包練習。」

「走吧，」斑葉低聲道。「多留無益。」

松鴉羽跟在斑葉後面匆匆離開，這時後方傳來雪叢的哀號聲，聽在耳裡，毛骨悚然。

第十七章

獅焰睡不著。不知道松鴉羽有沒有在月池那兒發現什麼蛛絲馬跡？他現在已經潛入別隻貓兒的夢裡了嗎？他們一定得盡早查出敵人是誰。

獅焰坐了起來，目光眺向臥鋪上方的拱狀樹枝。沙沙作響的葉縫間有半顆月亮若隱若現，銀毛星群正在夜空裡閃閃發亮，身邊的貓兒沐浴在皎潔的月光下，全在臥鋪裡沉睡。不知道有沒有誰會在夢裡接受虎星的訓練？

蕨毛？金色戰士動了動肚子，**不可能**，虎星不可能從他身上找到什麼弱點。

松鼠飛？雖然他恨她撒謊，害他、棘爪以及全族的貓都誤以為她是他母親，但他還是不相信她會背叛雷族。

塵皮？這隻暗色公貓老愛和火星唱反調，不過獅焰懷疑這只是他們的樂趣之一，他們就是喜歡脣槍舌戰，其實並無嫌隙。

白翅？不可能……反正就是不可能。

他把目光探向刺爪。**有一點點可能**。他曾是灰毛的好朋友，也許他應該叫松鴉羽去探探刺爪的夢。

葉池？黑暗森林裡的貓絕不會笨到去找她來當他們的戰士。**那煤心呢？**

獅焰心煩地彈彈尾尖。

灰色母貓抬起頭來。「獅焰？」

獅焰眨眨眼。他在想什麼？他怎麼可以懷疑族貓？「我睡不著。」他低聲道。

煤心打個呵欠。「那我們出去走走。」她從臥鋪裡跳出來，小心地落在蕨葉叢之間，穿梭臥鋪，走進空地上的僅存空裡。

獅焰跟在後面，很高興有她作伴，如果這族裡有誰可以幫忙揮走他的灰暗思緒，自然非煤心莫屬。

星光下，煤心灰色的毛髮閃閃發亮，眼珠在幽光中幾乎是黑的。「小心！」她回頭低聲喊道，這時獅焰的尾巴正輕掃過灰紋的鼻子。「他可能夢見一隻老鼠，正在咬牠的尾巴呢。」

獅焰忍住不敢笑出聲。灰紋八成連做夢的時候都在享用大餐。

「走吧。」煤心朝荊棘圍籬跳過去。那裡最近才用枝葉重新搭好，像以前一樣圍住山谷。煤心鑽進縫裡，獅焰緊跟在後。

外面冷風颼颼，光禿的樹木微微晃動。

「去森林還是湖邊？」煤心問道。

「森林。」獅焰不想沿著空曠的湖邊走，總覺得夜裡會被偷窺，心裡不安。森林裡的小路比較不引人注目。要是他們走到影族邊界，還可以順道檢查一下有沒有虎心的氣味。他沿著溪谷慢慢走在鋪滿枯葉的林地裡。煤心從旁邊跑了過來，故意踢打腳下樹葉，灑得他一頭一臉，隨即溜到最前面，怕他回敬她。她氣喘吁吁地站在前方等他追上，柔和的身影鑲在月光下。

「你有沒有注意到藤掌和鴿掌最近在冷戰？」

她的提問嚇了他一跳。「沒有啊。」

「你最好注意一下，」煤心建議道。「她們都不一起吃老鼠了。」

「姊妹之間難免會吵架。」獅焰聳聳肩。他以前和冬青葉也常鬧彆扭，尤其是她特別霸道的時候。憂傷啃食著他，他急忙甩開這念頭。

「可是鴿掌和藤掌不一樣。」煤心還是堅持自己的看法。「她們一向很親。」她的藍色眼睛若有所思。「不過我想以前蜜蕨和鼴掌還活著時，我也和她們吵過架。」

煤心的神情看起來悲傷，獅焰很想告訴她，她在部族裡還是有親人的。

「妳很久沒跟罌粟霜吵架了。」

「她忙著照顧小櫻桃和小錢鼠，哪有時間跟我吵架。」煤心的心情又開朗起來。「他們真是精力充沛的小傢伙，不是嗎？」

「幸好只有醒著的時候。」獅焰喵嗚說道。他們不是來這裡哀悼逝去的手足，他只想暫時拋開煩惱。他緩步爬上斜坡，往橡樹林裡的刺藤叢走去。

煤心走在他身邊，每次從刺狀的樹枝間擠過去時，毛髮便會輕輕磨蹭到他。「可是我真的希望藤掌不要什麼事都想跟鴿掌比。」她嘆口氣道。

「見習生本來就愛互相比較。」

「我認為是鴿掌被選去參加探險隊之後才開始的。」煤心說出自己的觀察。她轉頭看著獅焰。「為什麼火星要選她？她只是見習生，我聽說是星族託夢給她，真是這樣嗎？」

「她是這麼說的。」獅焰不願正面回答。「不管怎麼樣，反正我們很幸運。」

「也許她像松鴉羽一樣有天份，」煤心追問道。「應該接受巫醫訓練，松鴉羽會收她為徒嗎？」

獅焰搖搖頭。「千萬別這樣跟她說，她會嚇到的，她天生是個戰士。」

「你對她這麼有信心，我很高興，我也不希望你對她有成見，不過……」煤心有點不安地看他一眼。「你可不可以跟她說，請她多體諒一下藤掌？我不希望藤掌覺得自己比不上她。」

「藤掌最近好像進步很多，」獅焰直言道。「也許這樣的競爭對她也有好處。」

煤心煩躁地彈彈尾巴。

「我們來賽跑吧。」獅焰不希望今晚的氣氛被見習生的話題給破壞。「暖和一下身子。」

煤心聳聳肩。「好啊。」一說完，突然倒抽口氣，瞪著頭上的樹枝。「啊，完了！」

獅焰警覺地抬頭張望。

「哈，被騙了吧！」煤心一溜煙地鑽進林子裡。

「妳耍我！」獅焰一搞清楚自己被耍後，立刻追上去。

這時煤心已經消失在一棵斷樹殘幹的後面。他繞過它，鑽進冷颼颼的林地裡，徐徐涼風吹拂毛髮，他往她靠近，她卻鑽進中空的樹幹裡，他急忙繞到另一頭，及時追上從洞裡鑽出來的她，毛絨絨的尾巴猶沾著不少蜘蛛絲。

現在換獅焰領先了，他爬上地上的突岩，煤心跟在後面跳上去，他感覺到她的口鼻輕蹭他的尾巴。岩石在他腳爪下發出刺耳的摩擦聲，他想起石楠尾，還有以前在洞穴裡快樂嬉戲的時光。

他停下腳步，氣喘吁吁地站在岩頂。「等一下！」煤心正要從他旁邊衝過去，卻被他及時喊下。

她緊急煞住腳步，轉過身，帶著挑釁的表情看著他。「你累了嗎？」

「才不是呢。」

「那我們爬樹好了。」她的眼裡閃過調皮的點光。「哦，我差點忘了，」她故作無辜地說道。「你不喜歡爬樹。」

「能跑，為什麼要爬？」獅焰往前一躍，衝進林子裡。這裡不是洞穴，煤心也不是石楠尾。這隻母貓徹頭徹尾是真正的雷族貓。和她在一起，絕對不會出錯。他發現自己已經好幾個月不曾這麼快樂和放鬆，他轉身朝湖邊走去。

我才不要像獵物一樣偷偷摸摸地躲在林子裡！

他繞過羊齒植物，鑽出林子，煤心一路跑跑跳跳地跟在後面。他滑下草坡，她從他旁邊衝下去，跳上湖岸，腳下卵石嘎吱作響。

煤心直衝湖裡，站在水深及腹的地方，湖浪波瀾起伏。「我想你應該敢下水吧。」

「想都別想！」獅焰在水邊煞住腳步。

煤心低下身子，肩膀浸在水裡，開始游泳。湖水冷冽，她倒抽口氣。獅焰這才想起以前還是見習生的她是在一場意外發生之後，靠著松鴉羽幫忙復建才學會游泳。「妳看起來好像河族貓哦！」他在岸上喊道。「乾脆妳上岸前幫我抓條魚好了。」

煤心踩著水花上岸，甩甩身子，水滴像雨一樣灑向獅焰，他趕緊跳開。

「不准叫我河族貓！」她出聲恫嚇，兩眼閃閃發亮。「我可是貨真價實的雷族貓欸！」

「我很高興妳是雷族貓。」獅焰完全拋開石楠尾的影子，全心全意地欣賞眼前這位活潑好辯的室友，她那一身剛甩過水的毛髮像刺一樣向外賁張。

煤心眨眨眼。「當然囉！」她大聲說道。「雷族是最棒的部族。」

獅焰瞥了一眼自己的腳。他的意思其實不是那樣。他覺得好糗，渾身發燙，於是沿著湖邊走，也不知道該不該慶幸她剛沒聽懂他的弦外之音。**她一定以為我是個鼠腦袋！**

「吁！好冷！」煤心追上他，渾身發抖。

「我們回營地吧，免得妳感冒了。」他轉個方向，帶她往岸上爬，進入林子裡，他緊偎在她身邊，不吝分享他的體溫。她聞起來好香……像臥鋪一樣暖綿。

「謝謝妳陪我出來走走。」他喃喃說道，這時他們已經快到山谷。

「不客氣，很好玩啊。」她打個呵欠。「明天一早我們兩個一定都很沒精神。」

「不過很值得。」獅焰喵嗚說道，很高興能短暫拋開預言和黑暗森林這些心煩的事情。

獅焰醒來得很晚，睜開眼睛時，棘爪已經在召集早班的巡邏隊了。他甩甩身子，讓自己清醒一點，然後爬出臥鋪，從山毛櫸底下匆匆出來。

煤心和族貓們圍擠在雷族副族長四周。「我和藤掌可以加入邊界巡邏隊嗎？」她問道。

棘爪看了蕨毛一眼，後者點點頭說：「好啊。」

獅焰試著捕捉煤心的目光，希望能在她眼裡看見昨夜殘存的熱情，但她只是朝他很快地點個頭。「我要帶藤掌加入巡邏隊。」

他沒等她說完就說道：「我剛聽見了。」她是故作冷漠嗎？還是不像他那樣那麼回味昨夜的滋味？

鴿掌打斷他的思緒。「棘爪要我們和刺爪一起去狩獵。」她告訴他。

邊界巡邏隊已經往營地外面出發，獅焰看著藤掌的尾巴消失在荊棘叢間。「妳會不會介意不能和妳妹妹一起執行任務？」他想起煤心的擔憂。她們真的吵架了嗎？

鴿掌看著他。「幹嘛介意？」她聳聳肩。「反正不管她在哪裡，我都能知道她在做什麼。」

獅焰偏著頭。「是啊。」聽見鴿掌能這麼冷靜地提到自己的特異能力，感覺很怪，以前她一向很厭煩提這種事。

「你們要一起來嗎？」刺爪在入口喊道。冰雲和沙暴正在他旁邊踱步。

「我會第一個抓到獵物的。」冰雲看看刺爪和沙暴，然後大聲說道。這位年輕戰士顯然下定決心要令他們刮目相看。

「那也得靠我幫忙才行啊。」鴿掌喵聲道，說完隨即衝過他身邊，搶先鑽進圍籬縫裡。

獅焰在溪谷那裡追上她。刺爪和沙暴已經站上斜坡，正用鼻子嗅聞。冰雲從旁邊衝過去，地上枯葉被蹬得漫天飛舞。

「妳這麼吵，怎麼可能抓到獵物！」鴿掌在她後面大叫。

「噓！」獅焰警告她。「妳會把所有獵物都嚇跑的。」

「我嚇跑獵物？」她瞪著前方的冰雲，滿天飛的葉子紛紛掉落地面，她用尾巴彈彈獅焰。「你今天腦袋昏啦？」

獅焰皺皺眉。他才不想承認自己整天都在想著煤心。可是鴿掌似乎對他的答案不感興趣。她的耳朵豎得筆直，鬍鬚不停抽動。「丘頂有隻老鼠，」她大聲說道。「我可以去抓嗎？」

「給冰雲一個機會吧。」獅焰建議道。根據煤心的說法，鴿掌已經和藤掌不合了，他可不希望族裡的其他貓兒也都對他的見習生有所不滿。

「可是不知道要等多久她才抓得到一隻，而眼前就有隻現成的老鼠可以抓。」她懇求道。

「再等一下，好嗎？」他厲聲回道。「沒有妳的特異能力之前，部族還不是一樣活得好好的。」

他看見她身子猛地後縮，立刻後悔自己剛說的話，他不是有意兇她的。

突然溪谷上方的矮木叢裡傳來樹葉的沙沙聲響，一隻鴿子竄飛出來。冰雲往上一躍，爪子胡亂扒抓，鴿子驚慌拍翅，終於甩掉她，消失在橡樹的枝葉間。冰雲笨拙地跌在地上，伸伸腿，甩甩身子，毛髮凌亂，表情尷尬。

「我們分頭進行好了！」獅焰喊道。他為那位年輕戰士感到抱歉。如果不必在刺爪和沙暴面前和鴿掌一較高下，冰雲應該會輕鬆一點。「這裡有太多腳步聲，反而會嚇跑獵物。」沙暴從溪谷上方走下來。「我沒意見，」她朝冰雲點點頭。「我們去湖邊那裡試試運氣好了。」說完穿過林子，跑了過去。刺爪和冰雲跟在後面。

「我現在可以抓老鼠了嗎？」鴿掌尖銳地問道。

「牠可能已經躲起來了。」

「我還聽得到牠的聲音。」鴿掌跑上斜坡，熟練地往前一躍，抓住老鼠，大口一咬，立刻斃命。她把牠丟在獅焰面前。「要不要埋起來，晚一點再來拿？」

獅焰不發一語地挖了個淺洞，把老鼠丟進去。當他用泥巴和葉子蓋好之後，鴿掌走到他後面。質問道：「你是不是覺得很不公平？」

「什麼？」

「我靠特異能力來狩獵。」

「當然沒有。」獅焰真希望他剛剛沒有兇她。她好不容易才學會適應自己的能力，他竟又數落她一頓。「這是預言的一部分，當然可以好好利用它。」

「可是我認為這預言不單是為了雷族而生，」鴿掌爭論道。「而是為了所有部族。所以如果我能靠特異能力去幫所有部族獵捕食物，才算公平啊。」

「我不認為他們會感激妳的幫忙。」他直言道。不過他明白她的意思。他一樣會為了保護族貓而力抗敵族，而且知道自己一定會贏，所以這種打法真的公平嗎？他甩甩頭，不確定該給她什麼答案。「我想我們只要記得這種特異能力曾幫我們做過什麼好事就行了，畢竟，如果沒有妳事先察覺到河狸的存在，我們現在恐怕早就渴死了。」

鴿掌的眼睛一亮。

獅焰鬆了口氣，這才帶著她沿溪谷往山坡走去。他們在坡頂看見沙暴的狩獵隊正沿著湖邊的坡岸追蹤獵物。沙暴突然往前一撲，一隻野雞從草叢裡飛了出來，守在旁邊的冰雲立刻一躍而上，俐落地逮住牠。

「幹得好，冰雲！」鴿掌歡呼道。

她才歡呼完，耳朵又豎了起來，獅焰見狀愣了一下。「怎麼了？」

「藤掌的巡邏隊。」

他彈彈尾巴。「他們是不是找到更多的影族氣味？」難道虎心又越過邊界了？

鴿掌搖搖頭。「不是，不過他們正在搜找。」她站立不動，豎直耳朵。她在找什麼？獅焰看向林子深處，可是樹枝和灌木叢擋住了視線，他什麼也看不到。

鴿掌身子抽動了一下，眼睛瞪大。

「怎麼了？」獅焰立刻伸出爪子。

「沒什麼。」她趕緊回答。

獅焰瞇起眼睛。她剛剛的確跳了一下，他們是不是應該去查看一下影族的邊界？

「我們為什麼不到風族邊界那裡去試試運氣？」鴿掌突然說道。「我聽見啄木鳥的聲音，我們可以找到牠的窩。」

獅焰猶豫了一下。也許還是去風族邊界比較好。負責巡守影族邊界的是蕨毛。如果由他來帶隊的話，一定也會不高興有別的貓兒多管閒事。

於是他和鴿掌循著啄木鳥的聲音朝林子邊緣的一棵樹走去。風族高地在邊界的另一頭豁然開展，灰色天空下，更顯灰濛濛。

「我爬上去。」鴿掌提議道。

「我跟妳上去。」獅焰不想讓大家認定他討厭爬樹，煤心的揶揄已經夠糟了，於是跟在鴿掌後面，爬上白楊樹，站在離地很高的粗樹枝上。啄木鳥的敲擊聲已經停止，但鴿掌卻往另一根樹枝爬。「聲音是從那裡來的。」她朝下面喊道。「你看。」她小心讓出位置給獅焰，然後用尾巴指指鉤狀樹枝上的一窩鳥巢，裡面沒有蛋也沒有鳥，卻鋪滿柔軟的羽毛。

「這可以拿來給薔光墊臥鋪。」獅焰開心說道。

「剩下的可以給小櫻桃和小錢鼠玩。」鴿掌補充道。

獅焰把頭探進鳥巢，臭味嗆得他鼻子都皺了起來，但也叼出了一大坨羽毛。

鴿掌喵嗚一聲。「你看起來活像剛吞了一隻歐掠鳥。」

獅焰抽動鬍鬚，卻在這時聽見聲響。

松鴉羽。

巫醫們正從月池那裡回來，他聽見他們在邊界處互道再會。

「我們去等他們。」他含著羽毛，咕噥說道，然後從樹上滑下來。他看見松鴉羽正跟著小雲和焰尾從邊界處走來。巫醫們爬上草坡，走進林子。

「來吧。」獅焰從樹上下來時，剛好落在影族貓兒面前。

小雲嚇了一跳。「雷族貓什麼時候改行當松鼠啦？」他連忙舔舔自己身上凌亂的毛髮。

「我不是故意要嚇你。」獅焰歉聲道。「我們只是在收集羽毛。」

「你要學習飛行啊？」焰尾喵聲道。

他說這話的時候，鴿掌剛好從樹上下來，一不小心灑了一堆羽毛和樹皮下去，嚇得焰尾像老鼠一樣低頭閃躲。

「對不起！」鴿掌喵聲道。她看了松鴉羽一眼。「月池的聚會還順利嗎？」

獅焰仔細搜看弟弟的表情，想知道他有沒有找到線索。

「還好。」松鴉羽回報道。他轉身向影族貓點點頭。「我和我的族貓一起回去了。」他告訴他們。

「好啊。」小雲點個頭。「那我們就在這裡分手了。」

「下次再見囉。」松鴉羽朝著走進林子的兩隻貓兒喊道。

「幫我跟虎心問好。」鴿掌喵聲道。

獅焰瞥她一眼。**為什麼要跟虎心問好？**

她發現他在看她，頓時心虛起來。「呃……也幫我跟曦皮問好。」她趕緊多加一句。

松鴉羽已經往回家的路上走去，垂著肩膀，眼露倦色。

獅焰追上他，走在他旁邊。「怎麼樣？」

「等一下，這些東西怎麼辦？」鴿掌看看四周的羽毛，全都散落在白楊樹底下。

「我們晚點再回來拿。」獅焰回頭朝她喊道。「發生什麼事了？」他追問松鴉羽，同時用肩膀幫他帶路，松鴉羽似乎很高興能這樣傍著他一路走回去。

「我去過黑暗森林了。」松鴉羽開口道。

「什麼意思？」鴿掌倒抽口氣。

「那裡才是我們真正敵人的藏身之處。」獅焰告訴她。

鴿掌眨眨眼睛。「你是說已經死掉的戰士？」

獅焰有點後悔為什麼沒早點告訴鴿掌？但現在沒時間多作解釋了。「妳先聽好嗎？」他命令道，然後轉頭對松鴉羽說：「你看見了什麼？」

「我遇見碎星，」松鴉羽喵聲道。「那天風皮和我打起來，就是他幫風皮的忙。」

「影族的前任族長？」獅焰不禁毛骨悚然。到底還有多少已故戰士參與其中？

松鴉羽點點頭。「我們還看見鷹霜在訓練戰士。」

獅焰心一抽。「部族戰士？」

「不，黑暗森林裡的戰士。」

「所以我們沒有證據可以證明他們在吸收部族貓？」

「沒有，」松鴉羽嘆口氣。「不過他們的確在密謀策劃著什麼。不然為什麼要訓練那些早已身亡的貓兒？他們叱吒戰場的歲月早就過去，而現在卻開始使一些下三濫的招數。」

獅焰感覺到身旁的松鴉羽全身發抖，但他不怕。他伸出爪子，鼓起結實的肌肉，等不及想在戰場上找鷹霜和虎星單挑。他知道他打得過他們兩個。

鴿掌走在他們後面，背上的毛豎得筆直。「黑暗森林的貓是怎麼吸收部族戰士的？」

「他們會潛入他們的夢。」松鴉羽告訴她。

「可是部族貓為什麼要聽他們的鬼話呢？」

「妳不懂虎星，」松鴉羽警告道。「他很會利用貓兒的弱點，讓他們自以為厲害，虎星會給他們一些崇高正當的理由，他們甚至不知道自己做的是錯事。」

鴿掌目光盯著松鴉羽，走到他身邊。「怎麼有貓兒笨到相信他呢？」

獅焰不安地縮起身子，松鴉羽當時一定也認為他是個鼠腦袋，竟然會去相信虎星的謊言和哄騙。他挺起肩膀，告訴自己，**我再也不會上當了。**

松鴉羽聳聳肩。「大家都喜歡被誇獎，」他喵聲道。「虎星很聰明，他知道怎麼利用你妒恨的心理，也知道一定會有戰士慶幸能有機會報舊仇。」他沒有提到風皮對雷族同父異母手足的嫉恨。

鴿掌瞪大眼睛。「雷族戰士不會喜歡去揭開舊傷疤的。」

獅焰聽見見習生的想法像戰士一樣成熟，覺得很安慰。在他看來，只要開戰，他一定能一次了結所有禍害。不過鴿掌還太單純，所以還是有可能會被騙。「我們只是想警告妳，戰士不是完美的，虎星只是懂得怎麼利用這種弱點。」

「如果他早就死了，那我們要怎麼對付他？」鴿掌質疑道。

「我們需要靠妳的特異能力來提高警覺。」獅焰喵聲道，「仔細探查其他部族有沒有什麼異常舉動。如果妳發現有奇怪的地方，趕快告訴我們，只要覺得可能是黑暗森林在訓練他們，就趕快通報我們。」

「你意思是暗中監視他們？」鴿掌語氣吃驚。

「沒錯，」松鴉羽說得簡單明瞭。「而且不只監視別的部族，也包括雷族在內。」

鴿掌愣住。「監視我們自己族裡的貓？我辦不到！」

「我們不是不信任他們，」獅焰試著解釋。「我們是不信任虎星。」

「你們根本誰都不信任！」鴿掌指責道。「你們信任我嗎？」她的毛髮倒豎。「你們反應過度了，只是在找方法實驗自己的特異能力。也許這預言跟虎星一點關係也沒有，也許這預言的目的只是告訴我們，我們生來就是最強的戰士，所以為什麼要去管其他貓的閒事？」她衝到前面，又回頭吼道：「我要回營地了，我只想過正常的生活，不想暗中監視任何一隻貓！」

說完，她就跑進林子裡。

「真是手腳敏捷，」獅焰咕噥諷道，隨即嘆口氣。「也許我們對她的要求太多了。」

松鴉羽繼續往前走。「她是預言的一部分，」他低聲吼道。「由不得我們選擇。她只能學會接受。」隨即又放柔語調。「我也不希望鴿掌受到傷害，可是她是三力量之一，她必須做好自己的本分。」

三力量之一！獅焰突然想到冬青葉。如果是她，該多好！他不禁懷念起她的機智與清晰的思路。她或許不是預言之一，但她是他姊姊，而這一點有時候比什麼都來得重要。

第十八章

鴿掌不想回山谷，她滿腔怒火，她不是間諜，也絕對不會聽從他們，讓自己變成那種角色！這絕不是這個預言的目的！

她在林子裡狂奔，在灌木叢間逃竄。她衝出蕨叢，任蕨葉刮扒，微微刺痛身體，腳下枯葉漫天翻飛。她才不在乎會不會嚇跑獵物，反正她有特異能力，什麼時候想抓都可以，牠們根本逃不出她的手掌心。

還好她有特異能力，部族不必再挨餓。她心中憤慨，情緒激昂。

鴿掌！去找獵物！

鴿掌！快救救我們脫離河狸的魔掌！

去暗中監視湖邊四周的貓兒，哦，也順便監視一下自己族裡的貓。

我才不聽你們鬼扯呢！她不屑地想道。**你們為什麼不自己去監視？**她想像她若說出這些話，獅焰和松鴉羽會有什麼表情。**是啊，你們不想得罪朋友，我就可以得罪朋友，就算我妹**

妹不跟我說話，你們也無所謂。

她突然覺得怒火中燒！

她豎起耳朵。樹葉沙沙作響，灌木叢窸窣抖動，邊界巡邏隊就在附近。她有跑這麼遠嗎？她趕緊煞住腳步，嗅聞空氣。她幾乎已經踩在影族邊界上。她早該注意到這附近的刺藤叢愈來愈多，橡樹和白蠟樹不再，取而代之的是落葉松和松樹。她緊張地四目張望，她要怎麼解釋這種脫隊的行為。

前方地面高高隆起，她聽見藤掌的巡邏隊就在山丘上。

「有沒有看見什麼？」蕨毛喊道。

「沒有找到什麼毛髮。」藤掌回報道。

鴿掌低下身子，躲進刺藤叢裡，肚皮緊貼地面。

「氣味記號很新鮮嗎？」白翅追問道。藤掌於是攀過山頂，去聞一棵樹幹。鴿掌看見她的妹妹皺起鼻子。

「是前幾天留下來的味道，不過也有昨天晚上的。」藤掌喵聲道。

鴿掌覺得好驕傲。她妹妹的嗅覺向來靈敏。她一定會成為一名出色的戰士，大家都會覺得她很厲害。

不像我。

鴿掌嘆口氣。要是族裡的貓兒知道她用特異能力來刺探他們的忠誠度，一定會恨她的。**真正的戰士應該要信任自己的族貓才對！**

蕨毛、蜂紋和白翅陸續出現在山頂，他們正在仔細檢查每棵樹和每株灌木。鴿掌鑽進刺藤叢深處，毛皮被刺刮到，但只能咬牙，不敢哼出聲。蕨毛正往她這兒走近，也許她不該躲起來，但要是被蕨毛發現，一定會奇怪她在這裡做什麼。

老鼠屎！

她再往深處鑽，這時蕨毛開始往刺藤叢嗅聞。絕望中，她只好攀上粗壯的莖幹。她被刺扎得好痛，卻只能咬牙強忍住，攀著灌木叢的樹枝慢慢往上爬。尖尖的刺不斷戳著她的毛皮，磨到她的鼻子。她痛得擠臉皺眉，隔著盤生糾結的樹枝往外探看，發現蕨毛已經往另一個方向離開。他一定是只想聞出影族的味道，才會忽略雷族的氣味。她鬆了口氣，在刺藤裡費力掙扎，好不容易才從樹叢的另一頭爬下來，還好她和雷族巡邏隊之間有刺藤叢隔開距離。

她的腳在鋪滿針葉林的林地上滑了一下。

我的星族！

她嗅聞空氣。

她竟然進到影族領地。

她看看那叢刺藤，如果能趕快跑回另一頭，就能不留痕跡地回到雷族領地。她只希望蕨毛的巡邏隊沒看見她。於是她壓低身子，沿著樹叢邊緣慢慢往回走。

「哈囉！」

虎心！

她的心怦怦地跳，趕緊轉身跟影族戰士打聲招呼。「對不起，我不是故意的……我意思是，我沒有想到……」

虎心聳聳肩。「沒關係，我相信妳，我們是朋友，不是嗎？」

鴿掌頓時覺得耳朵好燙。「應該是吧。」

陽光下，虎心的虎斑毛皮像水波一樣閃閃發亮。他緩步走向她，用鼻子輕蹭她的鼻子。「很高興見到妳，」他喵聲道，然後坐了下來，舔舔其中一隻腳掌，再摸摸鬍鬚。「自從探險結束後，我一直好想再找妳聊聊。」

「我也是。」鴿掌感覺到身上的毛髮終於平順下來。一日朋友，終生朋友。為什麼要讓邊界阻礙她交朋友的權利呢？「我意思是，雖然大集會上可以見到，」她繼續說道。「可是感覺就是不一樣，因為戰士們會一直監視我們的一舉一動。」

「我懂妳的意思。」他附和道，然後開始舔自己的腹毛，將凌亂的毛髮梳整歸位。「以前很好玩，對不對？在星空底下搭建臨時臥鋪，每天早上都在不同的地方醒來，但看到的卻是熟悉的臉。」他語氣顯得激動，鴿掌好奇他是不是不喜歡每天只被局限在自己的領地裡活動。

「你知道，我曾試圖去找莎草鬚。」

「真的？」虎心停止梳洗，抬起頭來。「她好嗎？」

「她被狗咬了，但不是很嚴重。」

「我在大集會上注意到她身上帶了傷，」虎心瞇起眼睛。「那時我還在想是怎麼回事。」

「可是他們都對我很兇，」鴿掌想到這裡，就很氣餒。「他們都覺得我幹嘛越過邊界去找她？但我只是擔心她啊，我們都是部族貓，不是嗎？互相關心有什麼不對？」

虎心深深看進她的眼裡。「沒有，沒有不對。」

鴿掌突然害羞起來，目光趕緊移向別處。

「妳記不記得水壩坍塌的時候？」虎心話題一轉，似乎察覺到她的不安，於是換個話題。「那條河差點把我們送到星族。」他站了起來，用腳蹭著地面。「我們只能抓住浮木，才不會滅頂。」他撲向一根低矮的松樹枝，用前腳搖晃它。

鴿掌開心喵嗚。「那你記不記得我們連手把水壩裡的木頭拖出來？感覺像要把整片樹林連根拔起一樣！」她用牙齒咬住腳邊一根棍子，費力地將它舉起，活像它的重量跟河狸一樣。

「我覺得妳那時候好勇敢！」虎心告訴她。

鴿掌吐掉棍子，「你才勇敢呢。」她爭辯道。

「才沒呢，我當時快嚇死了。」

「看不出來欸。」鴿掌發現自己正凝神看著他那雙溫柔的琥珀色眼睛。喉嚨突然乾的說不出話來。

「虎心！」影族貓的叫聲嚇得她當場愣在原地。

虎心毛髮頓時倒豎，趕緊將她推到刺藤叢的另一頭，要她快越過邊界。「再見！」他嘶聲說道，然後才跑回去找他的族貓。

鴿掌四處張望，沒有貓兒發現她，她趕緊離開邊界，穿過林子，往回家的路上走去。她一想到虎心，心裡便暖烘烘的。這是一份獅焰和松鴉羽破壞不了的友誼，因為她絕對不會讓他們知道。

她抬起鼻子，如果他們以為她會幫他們暗中監視影族貓，那他們就大錯特錯了。族貓雖然重要，但友誼也一樣可貴。

ᛋᛋᛋ

「族貓是最重要的，而現在我們就是妳的族貓。」

鷹霜專注地看著藤掌的眼裡，藤掌情不自禁地放鬆全身。終日雲霧繚繞的灰色森林好像不再那麼可怕，就連從晦暗林子後方傳來的戰士受訓聲，聽在耳裡，也不再陌生，甚至有種親切感。因為她是和自己的族貓在一起啊。

一開始，當藤掌夢見自己離開野花遍野的草原，進入陰冷的森林時，其實很害怕。她小心地走在如尖塔般聳立的林木間，感覺毛骨悚然，每次一聽見林子深處傳來尖嗥聲，便嚇得愣在原地。

可是鷹霜找到了她，他從暗處走來，藍色眼睛看著她，裡頭有愉悅的光芒在閃爍。

「別怕。」當她又被另一聲若有若無的嚎叫聲給嚇一大跳時，他這樣安慰她。

「他們是誰？」藤掌用尾巴指著幾根樹距以外的空地，那裡有兩個像鬼魅一樣的貓兒正在角力。

「妳的族貓。」鷹霜回答道。

「他們是雷族貓嗎？」藤掌眨眨眼。如果雷族貓也來這裡，那表示這地方一定很不賴。

鷹霜沒有回答，只是在汙濁的地上畫一條線。「試試看妳能不能越過這條線？」

又要訓練了嗎？

藤掌蹲伏下來，但肩膀的疼痛令她不禁皺起眉頭。這種痛不管是在夢裡還是醒來，都如影隨形。正午過後，她是忍痛和冰雲、蟾蜍步去狩獵的。夜裡的課程搞得她傷痕累累，鷹霜不曾鬆懈對她的訓練，甚至比煤心還嚴格，但藤掌知道自己的格鬥技巧正一日千里的進步，只要有鷹霜的肯定，再辛苦也值得，因為要得到他的讚美，絕非易事。

她在地上甩著尾巴，兩眼瞪著鷹霜。他坐在那條線的後方，冷眼旁觀。她瞇起眼睛，照他教的，臀部靜止不動。

等一下，再等一下，她在腦袋裡重溫以前學過的招式，**一直等到對方開始不確定妳下一步是什麼的時候再出手。**

鷹霜看著她，尾巴不停抽動。

藤掌突然往前一撲，伸長前腳，爪子出鞘。她在尋找鷹霜出招的可能徵兆，她知道他會耍詐，假裝要出甲招，卻出乙招，然後又回到甲招。她的後腿一直沒有離地，直到確定他要往哪個方向移動，才利用後腿來操控自己的方向，出其不意地逮住他，朝他的口鼻揮出一隻前爪。

他一拳打了回來，擊中她的肩膀，她四腳趴跌地上，隨即爬起，滿眼金星地甩甩身子。

鷹霜瞪著那條線。地上都是刮痕，但都在她那一邊。

「妳沒越過線，」他低吼道。「再試一次。」

藤掌壓低後腿，這次更全神貫注，以致於沒看見視線角落裡有個黑影在移動。

「哈囉，**鷹霜！**」一個低沉的聲音從霧裡傳來。

藤掌當場愣住，旋身一轉。一隻壯碩的暗色公貓緩緩走出來。**棘爪**？不是，這隻貓雖然也有很寬的肩膀和虎斑毛皮，但眼神卻像狐狸一樣狡猾。

「他是誰啊……」藤掌還沒來得及說完，鷹霜就猛地一撞，將她壓在地上，他貼近她，齜牙咧嘴。「我早就警告過妳不要隨便分心。」他低吼道。爪子劃過她的臉頰，她緊張地皺起臉，以為一定會很痛，但這次他沒碰到她的皮，只是刷過她的毛髮，就放了她。

她費力地爬了起來，急著想查探新來的貓兒是誰，但視線又不敢離開鷹霜。

藍眼公貓點點頭。「見見虎星吧。」

藤掌在他的准許下，轉身去看那位暗色戰士。他的體型比棘爪大，身上到處都是傷疤。

「虎……虎星？」她聽過很多有關他的故事……令她不寒而慄的故事。

她很驚訝他的眼神竟如此柔和。「小傢伙，別相信那些道聽塗說的事情。」他低沉地說。

他看得透她的心思？「我……我沒有，」她結結巴巴。「我意思是，我不會……」

虎星繞著她轉，毛髮輕輕蹭過她的。「藤掌，這裡都是妳的朋友，」他喃喃說道。「我知道貓族在背後怎麼說我，那是因為他們不了解我。」他坐了下來。「成功是寂寞的。我只是想領導自己的部族，卻受到懲罰。他們看不見前方的險阻，誤會了我，我不過是想帶領他們克服未來困境，他們卻逼我離開。」

「你是說雷族？」藤掌努力回想以前在育兒室裡聽過的故事。

「那是我的原生部族。」虎星嘆口氣。「如果由我來領導他們，就不會有那麼多戰士喪命。可是他們趕我走，不是我自己要走。不過他們動搖不了我對原生部族的忠誠。」

藤掌瞇起眼睛。「可是你後來成為影族族長。」

「我能怎麼辦？」虎星聳聳肩。「去當惡棍貓嗎？真正的戰士怎麼能做這種事？」他朝她挨近，眼睛瞪得圓圓的，語氣真誠。「老實說，我們本是同族貓。」他轉身對鷹霜問道：「她學得怎麼樣？」

鷹霜用尾巴彈彈藤掌的腰腹。「秀給他看吧。」

「要秀什麼？」藤掌突然緊張起來，這是考試嗎？

鷹霜歪著頭。「妳轉身的速度可以多快？可以多精準地飛撲目標物？」

藤掌立刻壓低身子，一躍而起，盡可能伸長後腿，一落地，立刻靠單隻後腳轉動身子，再一躍而起，撲上她瞄準的小樹枝，前爪一拉，在空中扯掉它，然後落地，伸長四肢，垂下尾巴，繃緊肌肉，隨時準備再次跳躍。

「動作很俐落。」虎星低聲說道。他緩步走向她，突然毫無預警地伸出巨大的腳掌，將一根斷掉的小樹枝拋到空中，在她頭上劃出弧線。

「抓住它！」他命令道。

藤掌想也不想，立刻一躍而起，身子在半空中一扭，伸爪去搆，輕鬆抓住樹枝，三隻腳平穩落地，得意地將小樹枝放在虎星腳下。

虎星的琥珀色眼睛閃閃發亮。「她已經準備好了。」他對鷹霜喵嗚說道。

藤掌難掩興奮之情。「準備好什麼？」

虎星將目光轉向她，微微瞇起眼睛。「我還不想告訴妳……」他瞥了鷹霜一眼，似乎正在盤算。「不過我認為我們愈早行動，妳的族貓就愈安全。」

藤掌傾身向前。雷族有危險嗎？

「影族正計畫入侵你們的領地。」

「入侵？」藤掌心跳加快。她知道邊界最近出現異常，但還不致於有立即威脅。「為什麼？」

虎星嘆口氣，開始解釋。「幾個月前，火星把大片領地讓給了影族，他告訴族貓那塊地對雷族沒有用，不值得花太多時間巡守。」

藤掌眨眨眼。「他給了嗎？」她知道以前兩腳獸在綠葉季時會到那裡蓋巢穴，可是讓影族的邊界往林子外擴張，是何等重要的事，而她一直以為那是影族靠武力奪來的。「為什麼？」

虎星難過地搖搖頭。「從以前火星離開他的寵物貓生活，一直到現在，他都很懼怕影族。他們的殘暴故事令他害怕。」

「可是火星什麼都不怕啊！」藤掌反駁道。

「真的嗎？」虎星表情驚訝。「那是裝給見習生看的吧。他還沒當上戰士之前，我就認識他了，那時他年紀很小，什麼育兒室的故事他都相信。」

「他才不會相信那種胡說八道的故事呢！」藤掌大聲說道。

「當然不。」虎星把尾巴塞在腳上。「戰士怎麼會相信呢？不過他還是決定放棄領地，不願用生命來捍衛它。不幸的是，影族不認為你們的決定是睿智的，反而因此看扁你們。」

藤掌覺得事有蹊蹺。「你為什麼要告訴我這件事？」她問道。「你當過影族族長，為什麼還要洩露他們的計畫？」

虎星的目光銳利。「我告訴過妳，雷族是我的原生部族，就算他們把我趕走，逼我向別族哀求一個落腳處，我還是心向雷族。」他看了自己的腳一眼。「我寧願當個卑微的戰士，也不願離開貓族，自絕於戰士守則之外，得不到星族的垂愛。」他抬頭仰望。「妳會想淪落為獨行貓或惡棍貓嗎？」

「你真的認為他們會入侵？」

鷹霜走上前來。「他們已經嚐過甜頭了。」

「他們還想要什麼？」藤掌的心噗通噗通跳。她好想趕快回家，她必須捍衛自己的部族！

虎星頭偏到一邊。「他們想把領土擴張到廢棄的兩腳獸巢穴那裡。」他告訴她。

「可是那裡是松鴉羽種藥草的地方！」

「他們知道啊！」虎星低聲說道。

藤掌覺得自己好笨，他們當然知道！「我該怎麼做？」

虎星閉上眼睛好一會兒。「妳確定妳準備好了？」

「我當然準備好了。」

「那麼，」虎星喵聲，「妳必須說服火星先一步出擊，拿回以前讓給影族的領地。」

「這樣就能阻止他們嗎？」

「這就像是下達最後通牒，」虎星低吼道。「證明雷族不怕他們。」

藤掌腳爪刮著地面。「我們本來就不怕！」

鷹霜鼻子挨近藤掌。「但影族知道嗎？」

「如果我們先一步出擊，他們就知道了！」藤掌大聲宣示道。

虎星看起來很高興。「沒錯。」

藤掌皺皺眉。「可是我要怎麼讓雷族主動展開攻擊？」

「跟火星說。」

「他才不會聽我的，」藤掌垂下耳朵。「如果我告訴他，這消息是你給我的，他更不會相信了。」

「那就別告訴他。」虎星站起來。「只要找對方法，他就會相信你說的話了。」

藤掌心亂如麻，她要怎麼說服火星呢？「我不知道欸……」她低聲道。

虎星緊盯她的雙眼。「妳會想到辦法的，我的族貓。」

「我會找到辦法的。」藤掌低聲道，這時虎星帶著鷹霜走進霧裡。

「找到什麼啊？」花落的喵聲在她耳裡響起。

藤掌倏地睜開眼睛，清晨陽光透過見習生窩上方懸垂的樹枝滲了進來。

花落氣惱地瞪著她，轉身對蜂紋說：「我們真是夠倒楣了，回見習生窩睡覺就算了，還得聽他們像麻雀一樣喋喋不休地說夢話。」

藤掌緊張地坐起來。她還說了什麼夢話？

冷空氣襲上她的鼻子，讓她聞到濃烈的森林氣味。

鴿掌在她旁邊的臥鋪裡動了動。「怎麼了？」她睡眼惺忪地問道，抬起灰色頭顱，環顧四周，眨眨眼睛。

「沒什麼。」藤掌告訴她，隨即跳出臥鋪。

「妳要去哪裡？」鴿掌喊道。

「去找火星。」

鴿掌坐起來。「為什麼？」

花落的鬍鬚抽了抽。「我想火星這陣子早就習慣找見習生當顧問了。」她語氣很酸地說。

藤掌沒理會她們兩個，直接從入口處的樹枝底下鑽出去，走進空地。

煤心正在育兒室外面和栗尾、罌粟霜聊天。小錢鼠和小櫻桃在霜白的地面上打滾，爭搶一顆青苔球。蜜妮才剛消失在巫醫窩的刺藤入口，雲尾和亮心則在擎天架底下分食一隻老鼠。

「藤掌！」煤心喊道。

「我現在有事。」藤掌告訴她，同時往亂石堆走去，已經走了一半。

煤心站了起來。「妳要去哪裡？」

「我要去找火星。」藤掌沒有停下腳步。「我有急事。」

她爬上亂石堆，雲尾和亮心都抬起頭來，瞪大眼睛看著她。

藤掌知道族貓們都在看她，但她還是繼續往前走。雷族的未來全靠她了。她停在族長窩的入口，很清楚山谷下方的煤心正緊盯著她。「火星？」她聲音力持鎮定，他可能會以為她瘋了。她緊張地等在外面。

「藤掌？是妳嗎？」火星的聲音在洞穴裡迴盪。

「是我，」她回答道。「我想跟你談一談。」

「進來吧。」雷族族長的語調驚訝。

藤掌走進陰暗的洞穴，心跳開始加速。灰紋和棘爪都坐在火星旁邊。

「這不表示我們不能加派巡邏隊伍。」灰紋力促道。這三位資深戰士顯然正在商討事情。

火星點點頭，才將注意力轉到藤掌身上。「什麼事？」

她環顧洞裡平滑的岩壁和角落裡柔軟的臥鋪。她以前從沒進來過。她牢牢站穩四隻腳，不讓它們發抖。「呃……」她突然覺得自己剛剛應該先想好要說什麼才對。

「很好，」火星明快說道，但語氣並不兇，然後轉頭對他的戰士說：「在藤掌想到該怎麼開口之前，我們先繼續討論好了。」

「值得這樣大費周章地加派巡邏隊嗎？」棘爪彈彈尾巴，「禿葉季快到了，我們應該以狩獵為主，再說影族好像也沒有再越界了。」

藤掌脫口而出：「你錯了！」

三位戰士同時轉頭，驚訝地看著他。

「妳看到他們越過邊界？」火星質問道。

「沒有。」她要怎麼跟他們解釋她知道的事呢？她是在什麼情況下發現這件事？

「我……我做了一個夢。」

棘爪立刻垂下耳朵。灰紋偏著頭。

「然後呢？」火星語氣溫柔，要她繼續說下去。

藤掌索性一股腦兒地說道：「我夢見我站在雷族領地邊緣……就在綠葉季時兩腳獸會來的那片草地旁。」她試著去讀戰士們的表情，他們在認真聽嗎？「那地方以前是雷族的，後來你給了影族。」

火星瞇起眼睛。「妳怎麼知道？那時妳又還沒出生。」

「也許是聽鼠毛說的。」棘爪咕噥道。

藤掌搖搖頭。「我是從夢裡知道的。你之所以送給影族，是因為它沒有狩獵的價值，不值得多花心力巡守。」

「然後呢？」火星此刻傾身向前，兩耳豎得筆直。

「我看見那條河，河裡都是血……」藤掌發現自己滔滔不絕。她已經起了頭，而且發現其實不難。「雷族的血，還有影族貓在旁邊巡邏，表情得意，他們說再過不久，森林裡都會灑滿雷族的血，他們會拿下整座森林，因為雷族跟甲蟲一樣脆弱，腳一踩就扁了。」藤掌停了下來，自知自己說得太激動了。

她深吸一口氣，力持鎮定，她知道三位戰士正全神貫注地看著她。她大受鼓舞，於是繼續說道：「於是我跑回山谷，可是影族貓已經到處都是，他們穿梭林間、藏身矮樹裡、獵捕松鼠、接受戰技訓練……一直到兩腳獸的巢穴那裡，全都是影族貓。他們在摘松鴉羽種的藥草，還說影族貓以後再也不怕生病了。」她話說完了。他們相信她嗎？

灰紋半閉起眼睛。「她說的或許有部分屬實。」他瞥了火星一眼。「你以前還是見習生的時候，也做過夢。」

棘爪一張一合腳下的爪子。「可是年輕的貓兒想像力向來豐富。」

「她的姊姊曾警告我們河狸的事，」灰紋提醒他。「那可不是想像出來的哦。」

「這個夢值得我們找影族翻臉嗎？」棘爪質問道。「我們沒有直接證據，我說過，影族貓已經不再越界了。」

灰紋移動了一下腳。「也許這是他們的策略之一，」他提議道。「讓我們誤以為現在安全無虞。」

藤掌耳裡聽著兩位戰士爭辯，但目光一直盯著火星。雷族族長把尾巴蓋在腳上。「還有誰知道這個夢？」

「沒有。」藤掌向他保證道。「我直接來找你。」

「夢裡除了妳和影族戰士，還有其他貓兒嗎？」他那雙綠色眼睛一直看著她。「有星族的貓嗎？」

「她年紀太小，恐怕不認得祂們。」灰紋直言道。

「長尾？」火星好奇問道。

藤掌搖搖頭。「只有影族戰士。」

「妳能認出他們嗎？」火星追問道。

「鴉霜……呃……焦毛。」藤掌的心跳得厲害，她努力回想大集會上曾見過的影族貓。她是為了雷族好，所以撒點謊應該沒關係，只要能讓他們相信就行了。

「好吧。」火星轉身對灰紋和棘爪說。「你們覺得呢？」

藤掌暗自竊喜。

「這足以解釋他們為什麼要越界。」灰紋低吼道。「他們可能在找最適合進攻的地點。」

「她竟然在夢裡看到那塊兩腳獸的地方，這倒是很有趣。」棘爪瞥了藤掌一眼。「拱手送他們一塊地，似乎讓他們看扁了我們。」

「那次的決定是對的。」灰紋力挺他的族長。「可以免去流血的可能。更何況我們向來不在那麼空曠的地方狩獵，尤其兩腳獸又喜歡在獵物最多的時候住在那裡。」

「主動放棄它，的確可能釋出錯誤的訊息，」火星自承道。「也許我當初真的不該將那塊地輕易送給對方，雖然只是好心，卻讓他們從此看扁我們。」

他們相信我了！藤掌忍不住開口說道：「如果我們能拿回兩腳獸的那塊地，他們就知道我們不是好惹的了。」

火星站了起來。「藤掌，謝謝妳告訴我們這件事。」他喵聲道。「我們還得和其他戰士討論一下，但在作出任何決定之前，我希望妳不要說出去。」他從她身邊經過。「連鴿掌也不准說。」

藤掌表情嚴肅地點點頭，這時戰士們魚貫從她旁邊經過，走出洞外。她跟在後面，爬下亂石堆。

火星回頭瞥了一眼。「如果妳還做了別的夢再告訴我。」他命令道。

「我會的。」藤掌的心跳得厲害。她成功了！他們真的在考慮對影族展開攻擊。她迫不及待地想要告訴虎星這個好消息。

第十九章

薔光在咳嗽。昨晚她的喉嚨就開始不對勁，後來擴及胸部，每次松鴉羽低頭去聽，都會聽見裡頭有很濃的痰音。

「來，」他喵聲道，把一小坨藥草推給她。「把這吃了。」

「我不要再吃了，」她抱怨道。「我吞不下去。」

「我加了點鼠肉在裡面。」松鴉羽哄她。

薔光低聲發出呻吟，彷彿一想到食物，就覺得更不舒服。這不是好兆頭。松鴉羽強迫自己揮開小雲的警告，小雲曾說野毛發生意外後，就慢慢步入死亡之路。薔光不是野毛，他不會讓同樣的事情發生在她身上。

蜜妮從刺藤叢裡鑽了進來。「我來幫薔光做點運動……」但話還沒說完，就發現她的小貓面有病容。「她怎麼了？」她的聲音很緊張。

「只是有點發燒。」松鴉羽故作輕鬆。「作點運動或許能幫忙她好得快一點。」

「生病了，不是應該多休息嗎？」蜜妮疑問道。

蕾光用爪子蹭著臥鋪。「我已經休息一整夜了！」她喵聲道，可是又開始咳嗽，她強忍住，把痰吞回去。「來吧。」

松鴉羽聽見蜜妮遲疑了一下，才快步穿過巫醫窩。「那我們就開始吧。」

蕾光在母親的協助下，開始做伸展運動，呼吸聲開始變得粗重，她盡量伸長前腿，扭動背脊，突然她停下來，松鴉羽隨即聽見撲通一聲，她又趴回了臥鋪。「好累哦！」

松鴉羽頓時緊張起來。蕾光以前從不曾放棄過，現在他也絕不讓她放棄。「來吧，」他催促道。「如果妳繼續運動，身體會好很多。」

「可是太累了。」蕾光嗚咽道。「早晚要運動，還要拖著身體爬到生鮮獵物堆那裡，就像爬過一座山一樣。我甚至不能好好地呼吸或躺著，更別提單獨狩獵或者和我的哥哥姊姊一起玩了。」

蜜妮突然害怕起來。「可是妳想想看，妳其實很幸運的，」她盡可能用輕快的語調說道。「妳還是能和哥哥姊姊聊天，一起吃美味的老鼠，還有族貓們都很欽佩妳。」松鴉羽感覺得到這隻母貓正費盡心思地想找出更多理由來激勵蕾光，要她開心起來。

他走上前去，用鼻子碰碰蜜妮的肩膀。「我再調些新鮮的藥草。」他轉身對蕾光說。「這陣子妳已經夠努力了，休息一天也好。」

蜜妮一離開洞穴，松鴉羽便開始接手按摩蕾光的胸部，希望能刺激她的呼吸器官，讓她咳得順暢點。咳嗽也是種治療方法，能幫忙清理積在胸腔的污痰。

「如果可以的話，妳母親一定很願意代妳受傷。」他低聲道。

「哪有貓這麼笨的，」薔光厲聲回道。「想變成我這樣？」

「做母親的都是這樣。」他突然想到葉池。她會願意代他瞎掉一雙眼睛嗎？

「小心點！」薔光的喵聲使他回神。「我剛剛才梳好毛，現在你又把它弄亂了。」

「對不起。」松鴉羽聽見她的精神又回來了，這才鬆了口氣。

「這陣子我會做的就只是梳理自己的毛，」她繼續說道。「你別把它弄亂了。」

松鴉羽喵嗚地笑了，同時用舌頭將她的毛梳回去。

刺藤叢一陣窸窣。

「松鴉羽？」塵皮站在入口。「火星要召開資深戰士會議，」他喵聲道。「他要你也參加。」

松鴉羽遲疑了一下。**那誰來照顧薔光呢？**

「我沒關係啦。」年輕戰士猜出他的心事。「事實上，我也想自己靜一靜。」

「妳確定？」

「確定。」

「好吧。」他低頭鑽出洞外。火星正坐在山毛櫸的一根鉤狀樹枝上，離空地有段距離，不會讓其他族貓聽見他們的談話。灰紋、棘爪、松鼠飛、塵皮、刺爪、沙暴、亮心和雲尾都坐在他下方，空氣裡充斥著他們的味道，松鴉羽在他們旁邊找到位置坐下。

「謝謝你來參加。」火星的尾巴輕刷山毛櫸的樹皮，情緒有點激動。「藤掌做了一個夢。」

「這和我們有什麼關係？」塵皮喊道。

火星的爪子扒著樹皮。「我想那應該是星族降下的預兆。」

「藤掌？」刺爪的喵聲顯得不屑。

「為什麼不能是藤掌？」亮心不滿有貓兒質疑她的孫女。

「我們的孫女不會撒謊的。」雲尾低吼道。

刺爪的毛豎得筆直。「我沒有說她撒謊，」他回嗆道。「我只是想知道為什麼火星對她做的夢那麼認真。」

灰紋不停移動著自己的腳。「她似乎知道一些不是她那個年紀應該知道的事。」

刺爪氣沖沖地說道：「見習生知道的事總是比我們想像中來得多。」

「這次不一樣。」棘爪的尾巴掃過地面。

松鴉羽默默地聽著。**藤掌？做夢？她又不是三力量之一**。星族在搞什麼？怎麼會把訊息給她？他豎直耳朵。

「好啦，好啦，」塵皮不耐地哼了一聲。「我們就先假設這夢真的是從星族來的。到底是什麼夢啦？」

「她夢見影族入侵雷族，」火星告訴他們。「綠葉季時兩腳獸常去的那塊空地，旁邊有條河，河裡都是雷族的血。」

松鴉羽感覺到戰士們開始緊張。

「我們能解讀得出那個夢嗎?」刺爪質問道。

「很容易解讀,」塵皮嘲笑道。「影族嚐過一次甜頭之後,又想再嚐第二次,所以現在要求我們割讓更多領地給他們。」

火星有點不高興,但還是力持鎮定地回答這位暗色戰士。「我做的決定不一定是十全十美,但絕對是出於經驗判斷,而且也都有正當理由。」

「沒有貓兒懷疑你的理由不夠正當。」塵皮承認道。「只是有經驗的戰士都知道,影族最愛得寸進尺。」

灰紋的喉嚨裡發出低吼。「我們只是希望如果我們尊重他們,他們就會懂得尊重自己,而不是像狐狸一樣狡詐,老愛趁人之危。」

「夠了,」火星失去耐心。「我們開會的目的要討論雷族的安危,不是影族的品德。如果藤掌的夢是真的,我們就必須有所行動。」

「很好!」塵皮用爪子刮著地面。

「松鴉羽?」

他抬起頭來。

「星族最近有警告過你影族的事嗎?」

「沒有。」**沒有提到影族的事。**

「我們不必等星族警告我們,」金色虎斑貓低聲說道。「我們已經從影族那裡得到更多警訊了。」

「他們最近常常越過邊界。」松鼠飛同意道。

「為了防患未然，我們最好早一步行動。」沙暴大膽建議。

「怎麼行動？」亮心好奇問道。

塵皮站起來。「以前我們把空地送給他們，現在也可以要回來啊。」

「當初本來就是我們的。」雲尾同意道。

「而且禿葉季快到了，」灰紋也補上一句。「多一塊狩獵場總是好的。」

松鴉羽感覺得到火星良心不安。「我不想食言。」他低吼道。

「我們的對手是影族！」刺爪提醒他。「他們根本不把戰士的承諾當一回事。」

「而且如果藤掌的預言是真的，」火星低聲道。「我們要是不採取行動，恐怕會有危險。」

松鴉羽嘆口氣。他知道這話代表什麼意思。他的腦袋已經開始在清點儲藏穴裡的藥草。金盞花夠用嗎？它可以用來治療砍傷和咬傷。

「我們必須趕在他們行動之前，先發動攻擊。」火星決定道。

「現在嗎？」塵皮來回踱步。

「還不是時候，」火星顯得很小心。「我要先警告他們。」

「警告他們？」棘爪語調驚訝。「那不就還沒開打就輸了。」

「我們不會輸的。」火星告訴他。「我只是要給黑星一個和平解決的機會，要求他把那塊地還給我們。」

雲尾一臉不可置信。「說得跟真的一樣。」

「我必須給他一個機會。」火星堅持道。「也許就不必流血了。」他從樹枝上跳下來。

獅焰呢？松鴉羽突然發現他的哥哥不在山谷裡。他必須讓他知道發生了什麼事。松鴉羽匆忙趕上火星。「我可以去找獅焰嗎？」

「沒時間了，」火星回答道。「我要你陪我去影族。」然後回頭對他的副族長喊道，「棘爪，巡邏隊的分配工作就交由灰紋來處理，我要你跟我們一塊去。」

松鴉羽貼平耳朵。率領副族長和巫醫一同拜訪影族，此舉無疑是在展現他最大的決心，尤其面臨這麼重大的決定，他卻放下族貓，無畏族裡群龍無首，不怕後方可能遭遇攻擊，直接帶著另外兩隻位居要職的貓，單槍匹馬地前往敵營。松鴉羽不免興起不祥的預感。

要是這就是虎星想看見的結果，那該怎麼辦？畢竟他已經吸收了虎心，可是到底還有多少影族貓已經被他吸收？

棘爪似乎並不擔心目的地是哪裡，反而比較擔心這種離營之舉。「就這樣放著營地不管，不是很危險嗎？」

「危險？」灰紋重覆道。「你當我們是小貓嗎？」

灰色戰士語帶玩笑。不過他說得沒錯，就算火星和棘爪離開營裡，營地的防禦工作也不會懈怠。

可是……松鴉羽還是心裡發毛，**要是他們回不來，怎麼辦？**

他們穿過林子，地上的落葉覆了一層白霜，踩在腳下，嘎吱作響。火星和棘爪一抵達影族邊界，立刻嗅聞空氣，松鴉羽感覺到他們似乎有著某種期待，心想他們大概是在搜找邊界這頭的影族氣味吧。光憑藤掌做了一個夢，就能構成攻擊的理由嗎？那個夢真的是從星族來的嗎？

火星在邊界處停下來，然後一腳跨過它。空氣裡充斥著松樹的芳香氣味，腳下的針葉觸感柔軟。松鴉羽感覺得到他的族長正強作鎮定。身為一族之長的他，怎能表現出軟弱的一面。棘爪走在他旁邊，神情堅定冷靜。松鴉羽跟在後面。

「要跟緊。」棘爪命令道。「我們現在踩的是敵營的領地。」

他話還沒說完，松鴉羽就警覺到前方樹林的動靜。「有巡邏隊！」他出聲警告。

火星停下腳步。「我們是來找黑星的。」他的聲音在松樹林裡迴盪。

松鴉羽認出對方是蟾蜍足和鼠疤。他們的腳不斷蹭著林地，身上散發出警覺的氣味。

「你們找他做什麼？」鼠疤低吼道。

「談點事情。」火星回答道。

松鴉羽想像得出蟾蜍足和鼠疤先是面帶疑色地互看一眼，然後鼠疤才開口說道：「好吧。」

松鴉羽很熟悉這條通往影族營地的蜿蜒小徑，只是從來不曾這麼不安過，他對這次來訪的理由，完全沒有把握。他跟著戰士們穿過多刺的入口，立時聽見影族貓兒的低語聲如漣漪般擴散開來。

「火星？」褐皮疑惑的聲音在空地上響起。

鼠疤走向族長窩。「他要找黑星談事情。」他低聲道。

黑星已經走出洞外。「雷族族長怎麼會來影族呢？」他的聲音刺耳，語帶懷疑。

「我必須找你談一下。」火星回答道。「私下談。」

黑星的尾巴在空中甩打。「私下談？」他緩步繞著棘爪和松鴉羽轉，鬍鬚不停抽動，表情不解。「什麼事這麼神祕兮兮？」

「歡迎你找你的副族長和巫醫一起參加。」火星提議道。

「你還真是慷慨，」黑星冷哼一聲。「枯毛，小雲，」他喊道。「我們有訪客。」

松鴉羽察覺到枯毛走進空地時，四肢顯得僵硬，身上散發出虛弱的氣味，而且他還聞到她的嘴裡有補氣強身的藥草味。這位影族副族長年事已高，松鴉羽突然驚覺，她很可能撐不過這個禿葉季。小雲從巫醫窩裡匆匆出來，腳下沾著剛剛還在處理的藥草味，那是款冬和貓薄荷的味道，可見一定有貓兒得了白咳症。

松鴉羽釋出感官，先搜尋育兒室。那裡沒有貓兒生病。這時他聽見見習生窩裡傳來咳嗽聲。松掌生病了，不過沒發燒。這隻身強體健的年輕見習生，想必很快就能痊癒。

松鴉羽跟著黑星、火星和棘爪，走進影族族長窩，窩裡的臭味令他皺起鼻子。他就是搞不懂，為什麼影族的品味跟老鼠沒什麼兩樣。

「你們到底要做什麼？」黑星單刀直入地問道，火星也不客氣。

「我要你把兩腳獸的那塊空地還給雷族。」

影族族長大吃一驚，枯毛的爪子不斷扒著地面。

「你說什麼？」黑星厲聲回答。

「我們把它當禮物送給你們，」火星繼續說道。「但你們還是常常越過我們在林子裡的邊界。」

「我們沒有！」枯毛嘶聲道。「你只是想要更多的狩獵場，所以拿這當藉口。難道你們家那些貪婪的戰士已經把林子裡的獵物都獵光了嗎？」

「我們有足夠的獵物餵飽自己，」火星冷靜說道。「只是我們沒有多餘的獵物供影族盜獵。」

族長窩裡有很濃的煙硝味，濃到松鴉羽的心跳開始加速，總覺得好像沒有足夠的空氣可以呼吸。

「你是在指控我們越過邊界？」黑星呸口道。「不過我們也在懷疑雷族是不是忘了氣味記號的定義是什麼了。」

松鴉羽感覺到棘爪全身繃得死緊，彷彿正在克制自己不要出手攻擊影族族長。「我們要拿回自己的土地。」他低吼道。

「它現在是我們的了。」枯毛呸口道。

「那麼我們只好靠武力取回。」火星警告道。

黑星的尾巴掃向窩的一側，全身毛髮賁張。「如果你是想找我們打一場，我們樂意奉陪。」他嘶聲道。

「很好，」火星回答道。「我的戰士將在明天黎明為新的邊界標好記號。就由你自己來決定要不要阻止他們。」

「不要玩火自焚！」黑星嘶聲道。「是你把雷族推向戰場的。」

「蟾蜍足！鴉霜！鼠疤！」黑星大聲吼道，看著他們穿過空地。「送客！」他怒氣騰騰，營裡貓兒們聞之畏怯。

松鴉羽不安地跟著火星走，他雖然很想拔腿就跑，但還是忍住衝動，放慢腳步。營地裡充斥著很濃的敵意。

蟾蜍足走在他後面，不耐煩地用肩膀頂他。「你們為什麼不管好自己的事就行了？」影族戰士低聲吼道。他現在就很不高興了，那要是等一下聽見黑星宣布他們此行的目的，不就更不爽了。不知道他對歸還領地這件事，有何感想？

松鴉羽走到旁邊，不想讓他護送。他總覺得蟾蜍足的憤憤不平是應該的。把送出去的禮物再要回來，這要求合理嗎？他閉上眼睛，暗自祈禱藤掌的夢沒有錯。

第二十章

藤掌深吸一口氣。冰冷的空氣令她舌間發麻，但新鮮的雷族氣味記號聞起來卻是溫熱的。藤掌挺起胸膛。她的族貓像老鷹一樣沿著邊界一字排開，誓言守護新的領地。魚肚白的曙光下，清晰可見裊裊熱氣從他們鼻間吐出。影族那頭的幽黑林子霧氣縹渺，朝草地上的他們緩緩淹漫過來。

「妳還好嗎？」

鴿掌渾身發抖地站在她旁邊。

「沒事。」鴿掌不停地變換站姿。

「妳認為影族會來嗎？」

鴿掌沒有回答。她正瞪著林子，豎直耳朵，爪子出鞘。

有那麼一瞬間，藤掌真希望鴿掌不在這裡。畢竟，她不像她受過鷹霜的完整訓練，哪有本事跟影族戰士開打？藤掌不禁想像鴿掌萬一身受重傷，那怎麼辦？一想到這裡，她忍不住發抖。不管最近她們是不是在吵架，她們終究是姊妹。

她把爪子狠狠戳進潮溼的地表，思緒拉了回來。這是屬於她的一仗。因為她，才有了這新的邊界。她已經準備好了，就算流血，也要捍衛到底。

「站在線上！」獅焰看見年輕的玳瑁色戰士往前跨了一步，立刻吼道。

「我好像有聽到什麼聲音。」花落抗議道。

「退回線上！」火星低吼道。他扭頭瞪看成排的戰士。「不要越過邊界。」

花落拖著腳步，回到原位。

鴿掌縮起身子。

有貓來了。

藤掌屏住呼吸，看見黑星從林子裡走出來，左右兩邊是枯毛和花楸爪。幽光下，他的毛髮閃著淡淡的白光，看起來比大集會上的他還要威風凜凜。他豎直頸毛，眼裡閃著怒火。藤掌很想後退，但強忍住。**我受過鷹霜的訓練！**她緊抓住這個念頭不放。

她的勇氣又回來了。黑星這時停下腳步，皺起鼻子。空地上到處都是雷族的氣味記號。

「你當初做了決定，」他對火星吼道。「把這塊地送給我們，現在沒有權利再跟我們要回去。」

火星抬高下巴。「當初會送給你們，是為了避免戰爭，即便是現在，也還是一樣可以用不流血的方式來解決。」

黑星齜牙說道：「這次不流血不行了，而且每一滴血都會讓你覺得良心不安。」

影族戰士紛紛從迷霧繚繞的林子暗處跳出來，爪子出鞘，齜牙咧嘴，尖聲嚎叫，劃破黎明的寂靜。

藤掌嚇呆了。這些戰士個個虎背熊腰！但這時她感覺到鷹霜就挨在她旁邊，為她打氣。她知道就算轉頭也看不到他，但他就在她身邊，自始至終。

「捍衛屬於妳的一切，」他低吼道。「妳知道怎麼做。」

戰士們展開第一波攻勢。

一隻暗色虎斑公貓撲向她。藤掌蓄勢以待，旋身，伸出後腿，扣住他的腮幫子，往後一扳，摔在地上，對方想驚聲尖叫，卻梗在喉嚨裡，叫不出來。

鷹霜的呼吸徐徐吐在她的毛髮上。「小傢伙，不要讓他們一次流太多血。」

「好。」藤掌丟下那個摔在地上的戰士，立即轉身，迎戰後方另一個體型比她大兩倍的影族公貓。

鼠疤！

她毫無畏懼地朝他鼻子揮出利爪，當場滲血。

他驚訝地瞇起眼睛。「別以為妳是見習生……」他用力反擊，「我就會手下留情！」

被他打得眼冒金星的藤掌滾到一旁，他的前爪扒過草地，差一點命中她的耳朵。她跳起來站好，再度用後腿撐起自己。

花落出現了。「需要幫忙嗎？」

「好啊。」藤掌呼呼說道，開始猛揮前爪，花落也加入戰局，低下身子，鑽到鼠疤後面蹲下，往後一頂，他頓時失去重心，藤掌立刻趁機跳上前去，重重一擊，趁他還在昏頭轉向，巴住後背，用後腿猛踢。

「快到他下面去。」她對花落厲聲吼道。

年輕戰士聽命鑽進盛怒的影族公貓底下，再次害他失去重心，跌倒在地。藤掌這才放手，鼠疤仍仰躺地面，掙扎著要爬起來，她卻前爪一出，往他肚子用力一擊，口沫從鼠疤嘴裡噴了出來。他躺在地上動也不動地好一會兒，才蹣跚爬了起來，甩甩頭，想清掉滿眼金星。

「哇嗚！」花落低聲說道。「煤心八成是個很厲害的導師！」

藤掌瞥了年輕戰士一眼，心裡嘶聲喊道：我的導師厲害到妳根本無法想像！

鼠疤趕緊溜進戰士群裡。藤掌繼續尋找下一個目標。影族已經攻進新的邊界，正把雷族逼退到長草堆裡。

鴿掌呢？她在找她的姊姊。

戰士們扭打成團，裊裊白霧中，她看不見自己的姊姊，只好衝進去，在那群糾纏在一起的身軀裡頭搜找。戰事激烈，鴿掌沒有受過鷹霜的訓練，一定需要她的幫忙。

第二十一章

黑星在枯毛和花楸爪的左右護法下，從林子大步走出來時，鴿掌不由得將爪子緊緊戳進草地裡。無論如何，她都不能退縮。藤掌的身子緊靠著她，她感覺到自己在發抖，旁邊的藤掌卻是紋風不動。**難道藤掌不怕？**

她聽見影族逼近的聲音，他們偷偷穿越領地，拖著步伐，走在鋪滿針葉的林地上，身子輕輕刷拂松樹幹，呼吸急促，她甚至能想像他們正鑽進稀疏的矮木叢，用利爪在地上劃下記號。臭味迎面撲來，嗆得她快不能呼吸。

黑星正在單挑火星。

她的雙耳血脈賁張。她只看見族長嘴巴在動，卻什麼也聽不見，只聽到自己的脈博聲。影族戰士像一群烏鴉，從迷霧縈繞的松樹林裡傾巢而出。

「我們拚了！」鴿掌還聽不清楚獅焰吼了什麼，他就跳開了。

她蹲下來，努力回想以前學過的格鬥技

巧，但除了驚慌，腦袋裡一片空白。貓群從她兩旁衝過來，她縮起身子，慌張地看向四面八方，所有聲響瞬間喧騰開來。喘息聲、毛髮的撕扯聲、利牙刮磨骨頭的聲音、尖銳的嗥叫聲，全都拉扯著她的感官神經。就在她死命地想關掉所有聲音時，恐懼和鮮血的氣味襲上舌間。難道這氣味來自於被敵營戰士給撞倒在地的塵皮？而栗尾的尖叫聲到底算是痛苦哀嚎，還是勝利歡呼？

一個乳白色身影朝她衝來，腳爪往她肩膀一揮，她被撞得飛起來，腰腹緊接著被爪子扣住。這隻影族母貓聞起來有虎心的味道。

是曦皮？

鴿掌出於本能地拿後腿猛踹戰士腹部，母貓終於放開她。真的是曦皮！鴿掌跳起來站好，從曦皮肚子底下鑽過去，衝出氣味記號線，往前直奔，掙脫成排的影族貓，死命逃開這些尖聲嗥叫的戰士。

吵雜聲響多到她的耳朵不斷抽動。難道有更多影族戰士跳過矮木叢，朝她衝來？她的腳在地上打滑。影族貓已經把雷族貓逼回空地中央。滑溜的草地害鴿掌抓不住任何東西，直到碰到硬實的地面才煞住腳步。

曦皮一直緊追在後。她轉身，用後腿撐起身子，笨拙揮爪，迎戰影族戰士。曦皮反擊，一拳揮向她鼻頭，害她重心不穩。

鴿掌驚駭不已，趴跌在草地上。

快救救我，星族！

她想跳起來，但曦皮壓住她，用後腿的爪子刮她背脊。她一陣劇痛，哀聲慘叫，扭著身子，想要掙脫，這時竟瞥見金色的身影，原來是獅焰正低頭看她。「快滾回你的部族。」他低吼道。然後就聽見上方一陣扭打，曦皮突然鬆手。

鴿掌表情痛苦，抬起頭來，正好看見獅焰把影族戰士摔到旁邊。

「妳照顧得了自己嗎？」

她點點頭，希望自己真能辦到。獅焰又衝回戰場。

藤掌跑到她旁邊。「妳沒事吧？」

「我沒事。」鴿掌氣喘吁吁。她好想隔絕掉所有族貓的吼叫聲。

「小心！」藤掌大聲警告。

鴿掌立即轉身，只見狐躍不斷後退朝她擠來，但前爪朝一隻步步進逼的影族戰士猛砍。

鴉霜！

兩名影族見習生——歐掠掌和松掌——一左一右地護著那隻黑白相間的公貓，他們的眼睛緊緊鎖住狐躍，將雷族戰士逼向松樹林，試圖把他和其他族貓隔絕開來。

藤掌衝了過去，咬住歐掠掌的前腿，鴿掌知道自己必須幫忙，於是大吼一聲，衝向松掌，朝她後面猛地一撞，力道之大，連鴉霜都不能不抬眼看一下他的戰友是否無恙。狐躍於是趁機重新找回身體重心，站穩自己，往前撲了上去。鴉霜被他撞得往後一跌，兩隻貓兒在地上扭打翻滾，鴿掌趕緊抓住機會用爪子猛戳松掌腰腹，對方尖聲慘叫，想要掙脫。

草地上的歐掠掌想要逃走，又被藤掌拉了回去，利牙往他頸子一咬。鴿掌當場愣住，她妹妹的舉動簡直像在宰殺獵物。還好藤掌終於鬆手，讓歐掠掌逃回他的族貓那裡，鴿掌這才鬆了口氣。

藤掌轉身面對鴿掌，露出染血的尖牙問道。「接下來該誰了？」

這時蕨毛和刺爪突然跑了過來，在鴿掌和藤掌前煞住腳步，空氣裡清晰可見他們吐出來的裊裊白煙。

「棘爪要我們試點新招。」蕨毛氣喘吁吁地說道。

他的目光隨後落在狐躍身上，這隻黃褐色的公貓正把鴉霜打得節節敗退，蟾蜍步也在一旁幫忙。影族戰士招架不住，轉身溜回自己族貓群。蕨毛表情讚許地點點頭，用尾巴示意他們過來。

狐躍跑了回來，蟾蜍步緊跟在後。「什麼事？」

「影族一直在重新布陣，」刺爪告訴他們。「他們想把我們逼回空地這頭。」

蟾蜍步點點頭。「在這種草地上開打真的不利於我們。」

「棘爪要我們包抄他們。」蕨毛告訴他。

藤掌傾身向前。「怎麼包抄？」

「我會帶另外一支隊伍，設法把影族貓從空地上引開，進入他們的領地。」刺爪喵聲道。

蕨毛單腳揉揉鼻子。「在林子裡，我們比較佔優勢，」他低吼道。「那裡有刺藤和樹木，地面的觸感比較熟悉，也方便我們施展樹上奇襲的招式。」

鴿掌瞪大眼睛。「可是影族會不會因為我們入侵他們的領地，反而更加奮力抵抗？」

「這是我們必須承擔的風險，」蕨毛咕噥道。「這裡太空曠了，我們根本打不贏他們。」

獅焰跳過來，玫瑰瓣和栗尾跟在後面。「你們準備好了嗎？」他問刺爪。

刺爪點點頭，往影族林子走去。

鴿掌瞥了她的妹妹一眼。要是他們被兩隊影族戰士夾擊，那怎麼辦？

可是藤掌似乎什麼都不怕，她跟在刺爪後面爬過去，鴿掌只好跟在後面，心跳得厲害。

「嘿，他們要去哪裡？」

她聽見身後的影族發出驚恐叫聲。

「他們脫隊了。」

鴿掌試著把注意力集中在自己族貓身上，跟著他們在松樹林裡穿梭，地上布滿針葉，她繞過一叢刺藤，設法適應林子裡的昏暗光線。藤掌已經爬上樹，像松鼠一樣緊抓樹皮。

鴿掌回頭隔著刺藤叢朝空地看，那裡的戰事依舊激烈，一片混亂。他們學過的戰鬥技巧都用到哪裡去了？從這裡看過去，只見戰士們全扭打成團，她聽見戰場上每隻貓兒的痛苦叫聲、恐懼尖嗥聲、毛髮撕扯聲和牙齒啃咬聲。他們怎麼狠得下心這樣凌虐彼此？

「鴿掌！」獅焰的叫聲將她拉回現實。

影族戰士們正朝松樹林衝過來，草地上的腳步聲隆隆傳來，嘶喊咒罵震天響。

「快點，快爬上樹！」

鴿掌驚慌地看著眼前這根瘦長平直的松樹幹。她的族貓已經全爬上樹，攀附著窄細的樹枝，往下盯看，準備襲擊第一批衝進來的影族戰士。

「快爬上去！」獅焰推著她，於是她爬上較低矮的樹枝。

樹下的獅焰轉身，一夫當關，面對來勢洶洶的影族戰士。黑星帶頭。暴怒下的影族族長，表情扭曲。「你們就不能尊重一下你們剛剛才畫好的氣味記號嗎？」他詫異地瞪著獅焰和刺爪。「其他的雷族貓呢？」他質問道。

影族戰士們全都在他旁邊煞住腳步。

獅焰抬頭看了一眼，黑星也順著他的目光抬眼去看，當他瞄見雷族戰士都在樹上時，不禁嚇得瞪大眼睛。

蕨毛全身發抖，想盡辦法要抓緊樹枝，卻在刺爪下達號令之前，先掉了下來。

「攻擊！」

其他雷族戰士一個接一個往下跳，瞄準樹下的影族戰士。鴿掌四肢發抖地攀緊樹枝，下方貓兒的身影在她看來就像魚一樣。最後她鎖定身材精瘦的鴞爪下手，咬牙跳了下去。

喔！星族！

她腳下的樹枝突然下垂，四隻腳瞬間打滑，嚇得她放聲大叫，重心不穩，直落鴞爪背上。動作雖不俐落漂亮，卻也壓垮了對方，鴞爪被她的重量一壓，當場趴在地上。

「我的星族，妳在幹什麼啊？」鴞爪頂開她，轉身伸出利爪，鴿掌立刻低頭閃過對方揮來的拳頭，狠咬他的腿。

「要我幫忙嗎？」玫瑰瓣出現在她身側，開始往虎斑貓猛力揮爪，對方節節敗退到刺藤叢處，發出痛苦哀嚎。

鴿掌掃視附近的戰友。獅焰已經把鼠疤壓制在樹幹上。藤掌又和歐掠掌扭打了起來。**那個影族見習生難道學不會教訓嗎？**蟾蜍步的身子在一隻暗色虎斑貓底下掙扎蠕動，尾巴發狂似地拍來打去。

虎心！

「你們竟然學松鼠那一招！」虎心嘶聲喊道。「雷族的尊嚴都到哪裡去了？」同時拿後腿狠扒他的背脊，蟾蜍步哀聲慘叫，毛髮被硬生扯落。

鴿掌怒火中燒，她必須幫自己的族貓，但她遲疑了一下，那是虎心欸！她真的忍心傷害她的朋友嗎？

星族！我們真的必須交戰嗎？

就在她猶豫的當下，狐躍突然把虎心從蟾蜍步的背上撞開，鴿掌才鬆了口氣。

「快來幫幫我！」栗尾的怒吼從她身後傳來。

鴿掌轉身看見她的戰友正揮爪猛砍煙足，暗色影族戰士齜牙咧嘴地咆哮，亮出森森利爪。栗尾用後腿撐起身子，朝他撲了過去，煙足也不甘示弱地挺身應戰，他們的胸膛對撞。煙足的後腿踉蹌幾步，針葉被他蹬得漫天飛舞，灑在鴿掌身上。鴿掌跳上前去，想要幫忙，從下方去撞煙足的腳，害他悶哼一聲，趴跌地上。

「謝了！」栗尾低吼道，又撲上那隻公貓。鴿掌身子一閃，躲開地上雜沓的腳爪，混亂中，瞄見藤掌正從容地攻擊歐掠掌，每次揮掌都很精準，後者節節敗退。

哇嗚！鴿掌對她刮目相看，藤掌真是厲害！這時眼角餘光突然瞄見一個暗棕色身影，當場一愣，趕緊用後腿撐起身子，目光越過糾纏扭打的眾多貓兒身影，想看清楚對方。

虎心正悄悄接近藤掌。

她不能讓他傷害她！

鴿掌驚恐尖叫，擠過貓群，鑽進鴉霜底下，剛好看見虎心想要撲向她妹妹。

「藤掌！」鴿掌向妹妹大聲尖叫警告。

她看見妹妹閃身躲過虎心的一爪。**感謝星族！**鴿掌利爪張開，正打算衝上前去救藤掌，卻突然停下動作。

眼前的虎心跳到一半竟臨時煞住，四腳笨拙地著地，目光迎向藤掌，兩隻貓兒彼此對看。

鴿掌只覺得胸口一緊。

虎心對藤掌微微點頭，那動作細微到連鴿掌都以為是自己憑空想像。影族戰士旋即轉身，消失在戰場上的貓群裡，身影與鴞爪模糊交疊，激烈迎戰刺爪和狐躍。

鴿掌很想吁口氣，畢竟她的妹妹安全了，虎心沒有傷害她，但她就是放不開心，有某種情緒在她胃裡翻攪。她明知她討厭看見虎心用那種目光看妹妹，因為他也曾用相同目光看過她，跟她說，他想跟她做朋友。

我在嫉妒嗎？

鴿掌試著甩開這惱人的問題。

為什麼虎心會那樣看著藤掌？難道他認得這隻銀白相間的母貓是她的妹妹？

不，那表情不對。他那炯炯目光顯然還有別的含意，不光只是認得而已，好像他們以前見過。**可是如果見過，我應該知道啊！**鴿掌突然生起氣來，難道藤掌曾偷偷跑出營外私會這位影族戰士？所以這就是她們姊妹倆現在之所以有隔閡的原因？所以虎心當初才想跟她作朋友？

沒時間多想了！鴿掌心裡有個聲音告訴她，她正置自己和部族於險境。她的族貓需要她，等她有時間，再來搞清楚虎心和藤掌是怎麼回事。現在她必須專心迎戰。她轉身，揮爪橫掃鴉爪的後腿，再用利牙狠咬鴉霜的尾巴。對方的痛苦哀嚎令她精神大振。這時對方轉身過來，鴿掌立刻用後腿撐起身子，準備攻擊敵人。

當獅焰瞥見焦毛朝他撞來，害他差點在針葉林地上滑了一跤，他趕緊將爪子戳進土裡，及時煞住。**焦毛不知道我是誰嗎？**他爬了起來，面對攻擊者。

焦毛滿臉怒容。這隻灰色公貓的眼裡燃著自以為有理的熊熊怒火，彷彿覺得這場戰爭根本不該發生。

也許他是對的。獅焰愣了一下。

這一切全肇因於一位見習生的夢，而這位見習生以前從來沒和星族打過交道。

獅焰甩開這個疑惑。藤掌是鴿掌的妹妹。光憑這一點，他們就該相信她。

焦毛用後腿站起來，伸爪扒他耳朵。獅焰只感覺到微微刺痛。他體內有股能量正在蠢動，還沒完全爆發。他感覺到能量擴及全身，蔓向每吋肌肉。

四周戰事在他眼前似乎成了緩慢的分解動作。

貓兒們像在水底下交手，他可以清楚看見每一次揮拳的弧度，每一次飛撲的連環躍動。在他四周，貓兒的尖叫聲似乎消失了，而他卻能看見每張嘴裡咒罵吐出的裊裊白煙。

獅焰看見雪鳥迎戰玫瑰瓣，她的綠色眼睛眨呀眨的，像蝴蝶翅膀撲撲拍打，洩露出每吋心思，她邊打量玫瑰瓣的位置，邊移動腳步，鎖定攻擊的落點，繃緊肌肉，隨時準備飛撲上去。**這一切對他來說都太輕而易舉了。**獅焰大步向前，揮開擋在路上的鴞爪，撞退想撲上來的紅柳。他看見花楸爪的目光鎖住他，聽見他蹲伏下來作勢攻擊和嘴裡呼出的濃濁氣音，甚至感覺得到那位戰士齜牙咧嘴地撲向他時所攪亂的氣流。而獅焰只需要用後腿撐起身子，抬掌一揮，就把他送回影族貓裡。

空地邊緣響起一聲深沉的慘叫。

獅焰轉身看見火星，枯毛正瞄準他的喉嚨。影族副族長利牙戳進雷族族長的頸子，火星想擺脫，但她不放，任憑火星用力甩著她的身子。她收緊下顎，火星腳步踉蹌，被自己的鮮血給打滑了腳。

獅焰立時撲向影族副族長，他朝她揮拳，用半張的利爪劃她毛皮，他只想要她放開火星，但她扭動翻滾，緊咬火星不放。

火星倒在地上，瞪大眼睛，眼珠翻白。

獅焰情急之下，只得用腳勒住枯毛脖子，試圖扳開，她才終於放開嘴裡的火星。他往後一跌，兩腳仍緊緊巴住她那骨瘦如柴的身軀。他重重摔在地上，四腳朝天，仰躺地面，枯毛像具屍體一樣倒臥他身上。

戰場上的吵嚷聲突然吞沒了他，尖銳的騷動聲像打碎的浪花迎面撲來，打醒他的意識。

「我的星族！」鴞爪的尖叫聲劃破空氣。「你殺了枯毛！」

獅焰爬了起來，推開壓在他身上的影族副族長。母貓倒在地上，動也不動，瞪大兩眼，但眼神渙散，了無生息。

他倒抽口氣，心慌不已。「我……我沒有做什麼啊！」他甚至沒有用爪子扒她，只是把她拉走。怎麼可能就死了呢？

黑星衝過他身邊，蹲在屍體旁邊。「枯毛！」他用黑色的巨掌搖搖副族長，可是她還是動也不動。「枯毛！」

「夠了！」刺爪甩掉身上的鼠疤，坐了起來。「我們已經贏了這場戰爭，」他吼道。「這塊空地是我們的了，你們是要認輸，還是要再打一次？」

黑星回頭狠瞪。「你們拿去吧，」他嘶聲道。「這塊地根本不值得我們這樣流血喪命。」

他們四周的打鬥聲慢慢平息下來，空氣裡充斥著疑惑與不解，獅焰愣在原地，驚魂未定，直到聽見栗尾尖聲大叫。

「火星！」

獅焰茫然轉身，看見火星頸子附近淌成一片血泊。雷族族長身子不斷抽動，腹部不再規律起伏，身後的尾巴拖在地上，像獵物一樣死寂。

他正在失去一條命！

獅焰突然一個踉蹌，不該發生這種事！

影族戰士開始往枯毛的屍體聚攏，他們爭相走上前去，舔她冰冷的毛髮。

獅焰退到後面。

栗尾朝火星靠近，眼裡盡是愁雲，沙暴這時從林子邊緣出來。

「怎麼了？」橘色母貓趕緊跑到她的伴侶旁邊，蹲了下來。

「他正在失去一條命！」栗尾強作鎮定地回報。

兩條命不見了？

這算什麼戰爭？星族絕不可能託夢要他們打得這麼你死我活。滿身沾滿其他戰士血污的獅焰突然閃過一個念頭，涼意竄起，一個像黑洞一樣的缺口吞沒了他的思緒。

這夢會不會不是來自星族？而是來自星族以外的地方？難道是**黑暗森林**裡的戰士煽動他們上場廝殺？兩位資深戰士陣亡……其中一位再也活不過來……更別提還有多少戰士和見習生身受重傷？兩族貓兒勢必有很長一段時間羸弱不堪，而且禿葉季快要來了。星族絕對不會希望看見這種結果，更不會希望他們為了爭奪一塊對兩族來說都一無是處的土地而大動干戈。

獅焰瞪著枯毛和火星那兩具動也不動的身軀。

戰士們不發一語地魚貫走過他身邊，表情茫然，齊聚屍體旁邊。

這場仗根本不該打！

國家圖書館出版品預行編目(CIP)資料

貓戰士四部曲星預兆. II, 戰聲漸近 / 艾琳・杭特（Erin Hunter）著；約翰・韋伯（Johannes Wiebel）繪；高子梅譯. -- 三版. -- 臺中市；晨星出版有限公司, 2023.01
面；　公分. --（Warriors；20）
暢銷紀念版（附隨機戰士卡）

譯自：Warriors：Omen of the Stars. 2, Fading Echoes

ISBN 978-626-320-307-5（平裝）

873.596　　111018637

貓戰士四部曲星預兆之 II

戰聲漸近 Fading Echoes

作者	艾琳・杭特（Erin Hunter）
繪者	約翰・韋伯（Johannes Wiebel）
譯者	高子梅
責任編輯	謝宜真、陳涵紀、陳品蓉、郭玟君
文字校對	謝宜真、蔡雅莉、陳涵紀、許芝翊、葉孟慈
封面設計	陳柔含
美術編輯	張蘊方、陳柔含
創辦人	陳銘民
發行所	晨星出版有限公司 407台中市西屯區工業30路1號1樓 TEL：04-23595820　FAX：04-23550581 行政院新聞局局版台業字第2500號
法律顧問	陳思成律師
初版	西元2010年12月30日
三版	西元2024年05月31日（二刷）
讀者訂購專線	TEL：（02）23672044 /（04）23595819#212
讀者傳真專線	FAX：（02）23635741 /（04）23595493
讀者專用信箱	service@morningstar.com.tw
網路書店	http://www.morningstar.com.tw
郵政劃撥	15060393（知己圖書股份有限公司）
印刷	上好印刷股份有限公司

定價250元

（缺頁或破損的書，請寄回更換）

ISBN 978-626-320-307-5

☐ 我已經是會員，卡號 ________________

☐ 我不是會員，我要加入貓戰士會員

姓　名：______________ 性　別：________ 生　日：______________

e-mail：____

地　址：☐☐☐ ______ 縣／市 ______ 鄉／鎮／市／區 ______ 路／街

______ 段 ______ 巷 ______ 弄 ______ 號 ______ 樓／室

電　話：____

☐ 我要收到貓戰士最新消息

貓戰士鐵製鉛筆盒抽獎活動

將兩個貓爪和一顆蘋果一起貼在本回函並寄回，就可以獲得晨星出版獨家設計「貓戰士鐵製鉛筆盒」乙個！

貓爪在貓戰士書籍的書腰上，本書也有喔！蘋果則是在晨星出版蘋果文庫的書籍書腰上！

哪些書有蘋果？科學怪人、簡愛、法布爾昆蟲記、成語四格漫畫...更多請洽少年晨星官方Line ID：@api6044d

點數黏貼處

請填妥後對折裝訂，再貼妥郵票寄出

請黏貼
8 元郵票

407

台中市工業區30路1號

晨星出版有限公司

TEL：（04）23595820　FAX：（04）23550581

e-mail：service@morningstar.com.tw

http://www.morningstar.com.tw

請沿虛線摺下裝訂，謝謝！

加入貓戰士俱樂部

【貓戰士會員優惠】

憑卡號在晨星出版社購書可享優惠、擁有限定商品、還能獲得最新消息等會員福利。

【三方法擇一，加入貓戰士會員】

1. 填妥本張回函，並寄回此回函。
2. 拍照本回函資料，加入官方Line@，再以Line傳送。
3. 掃描後方「線上填寫」QR Code，立即填寫會員資料。

Line ID：
api6044d

「線上填寫」
QR Code

★寄回回函後，因郵寄與處理時間，需2～3週。